THE APPRENTICE
門徒

秦絲．格里森——著　尤傳莉——譯

TESS GERRITSEN

媒體名人盛讚

這是犯罪寫作最令人振奮的巔峰！

——哈蘭·科本（Harlan Coben）

一部令人欲罷不能的經典，充滿了高度張力的時刻！

——英國《每日鏡報》（*Daily Mirror*）

如果你想看夠猛的犯罪醫學元素，這本書保證扣人心弦！

——英國《星期日郵報》（*Mail on Sunday*）

燈別關，先檢查家裡的櫥櫃，並把所有門都鎖好，再開始看《門徒》！

——《時人》週刊（*People*）

格里森是個獨特的聲音，她的故事扎實，她的角色令人信服，而且從開頭到結束都極為出色！

——《聖地牙哥聯合論壇報》（*The San Diego Union-Tribune*）

技巧高明且令人提心吊膽……懸疑效果極具感染力！

——《華盛頓郵報》書之世界（*The Washington Post* Book World）

大師手筆……格里森以本書進入了《沉默的羔羊》作者湯瑪士・哈里斯（Thamos Harris）的同一個等級，但完全擁有自己獨特的風格。截然不同於湯瑪士的繁複華麗，格里森總是能夠流暢地增添細節，塑造的角色引人共鳴。注意：不要在床上或獨自在家時閱讀這本書！

——《科克斯評論》（*Kirkus Reviews*）

格里森寫出了當代最出色、最扣人心弦的驚悚小說！

——報書人書評網站（Bookreporter.com）

獻給 Terrina 與 Mike

謝辭

在本書寫作期間，我一直有個絕佳的團隊鼓舞我、給我建議，並提供我所需的感情養分，才能讓我順利前進。非常、非常感謝我的經紀人、好友，同時也是指引的明燈Meg Ruley，並感謝Jane Berkey、Don Cleary，以及Jane Rotrosen經紀公司那些了不起的員工們。另外我也要感謝我出色的編輯Linda Marrow，並謝謝Gina Centrello無窮的熱情，謝謝Louis Mendez總是以我為第一優先。也要感激Gilly Hailparn和Marie Coolman支持我度過九一一事件後那些悲傷、黑暗的日子，指引我安全到家。另外還要謝謝Peter Mars提供關於波士頓市警局的資訊，以及我在英國的啦啦隊Selina Walker。

最後，我要向我的丈夫Jacob致上最深的謝意，他很清楚跟一個作家共同生活有多麼艱難——但依然與我相守。

序曲

今天，我目睹一名男子死去。

那是個出乎意料的事件，至今我依然驚嘆於這場戲劇竟然就在我面前展開。人生中有太多刺激之事皆無法預測，當它們降臨之時，我們務必要學著享受那種奇觀，領略這些穿插在乏味時光中罕見的興奮感。我在此地的時間的確過得很慢，關在高牆之內的這個世界裡，人只不過是數字而已，用以區別每個人的不是名字，也不是天生的才華，而只是我們罪行的性質。我們的穿著、吃的食物相同，也同樣閱讀那台監獄推車裡面破舊的書。每天都一成不變，然後某個驚人的事件發生，提醒我們人生可能轉瞬間便驟然改變。

所以那件事發生在今天，八月二日，這是個極其炎熱的大晴天，就是我最喜歡的那種。正當其他人像懶洋洋的牛一般滿身大汗、拖著腳步走動時，我站在操場中央，臉轉向太陽，像一隻蜥蜴吸取著暖意。當時我閉著雙眼，所以沒看到刀子刺出，也沒看到那個男子踉蹌後退並倒下。但是我聽到了一陣激動的吵嚷，於是睜開眼睛。

在操場的一角，一名男子躺著流血。其他每個人都後退，戴上他們慣常那種「什麼都沒看見、什麼都不知道」的漠然面具。

只有我走向那倒下的男子。

一時之間，我站在那裡往下看著他。他的雙眼睜開且有知覺；對他來說，背對著炫亮天空的我，想必只是個黑色剪影。他很年輕，一頭白金色的頭髮，鬍子只比絨毛粗不了多少。他睜開嘴，粉紅色的泡沫冒出來。一片紅色的污漬在他胸膛擴大。

我在他旁邊跪下，撕開他的襯衫，露出他胸骨左側的傷口。我看到那刀子巧妙地滑入肋骨間，確定刺破了肺臟，或許還割破了心包囊。那是個致命傷，而且他心裡明白。他想跟我講話，嘴唇蠕動著卻沒發出聲音，他的雙眼努力對焦。他希望我彎腰湊近些，或許是要我聽什麼臨終懺悔，但我對他要講的話毫無興趣。

我的焦點集中在他的傷口，在他的血。

我對血很熟悉，了解其中的每個基本要素。我處理過無數根裝在試管裡的血，欣賞過眾多不同的深淺紅色。我會把試管放在離心機上旋轉，成為一根由緊密血球和淺黃色血清所構成的雙色圓柱。我熟知血的光澤，以及絲綢般的質地。我見過血有如緞子般，從剛切開的皮膚源源流出。

血從他的胸部湧出，有如一口聖泉裡冒出的聖水。我一掌按住傷口，讓我的皮膚浸浴在那片液體的暖意中，鮮血有如一隻猩紅的手套裹住我的手。他相信我是試著在幫他，雙眼亮出一星感激的光芒。很可能這名男子的短暫一生中，從來沒有得到過太多善意；我竟然被誤以為是慈悲的象徵，真是太諷刺了。

我身後傳來靴子的腳步聲，接著有人大聲命令：「後退！每個人都後退！」

有人抓住我的襯衫，拖著我站起來。我被往後拉，離開那名垂死的男子。塵埃旋轉，空氣中充滿了叫囂和詛咒，同時我們被趕到操場一角。致死的器具是一把小刀，就棄置在地上。警衛們大聲喝問，但是沒有人看到什麼，沒有人知道什麼。

向來如此。

在那個操場的混亂中，我獨自站在一旁，因為其他囚犯向來迴避我。我舉起一手，上頭還滴著那垂死男子的血，然後我吸入那醇厚而帶著金屬味的芬芳。光憑氣味，我就知道那是年輕的血，從年輕的肉體中流出來的。

其他囚犯瞪著我，躲得更遠了。他們知道我不一樣；他們總是能感覺到。即使像這些人這麼兇殘，他們也還是會提防我，因為他們知道我是誰、是什麼樣的人。我搜尋著他們的臉，在其中尋找我的血盟兄弟，尋找跟我同類的人。我沒看到他，不在這裡，即使是在這個充滿可怕男子的監獄中。

但他的確存在。我知道在這世上，我這類人並不是只有我一個。

在某個地方，還有另一個。他正在等著我。

1

蒼蠅已經成群飛來飛去了。摔爛的肉在南波士頓炎熱的馬路上烤了四小時之後，釋放出來的化學物質就等於是晚餐鈴聲，於是空氣中充滿了嗡響飛舞的蒼蠅。儘管殘餘的軀幹現在蓋著一塊白布，但還是有很多暴露在外的組織可以讓這些蒼蠅大吃一頓。沿著街道半徑三十呎的範圍內，散佈著小塊的腦部灰質和其他無法辨識的部分。一塊頭骨碎片落在一處二樓的花箱裡，還有一團團組織黏在路邊停放的汽車上。

珍·瑞卓利警探向來很能忍受噁心的事物，但這回就連她也不得不暫停一下，閉上雙眼，捏緊拳頭，很氣自己這一刻的軟弱。忍住，忍住。她是波士頓市警察局兇殺組唯一的女警探，而且她知道無情的聚光燈老是對準她。她的每一個錯誤、每一次重大成就，都會被大家看在眼裡。她的搭檔巴瑞·佛斯特已經很丟臉地當眾把早餐吐出來，現在正坐在他們的車子裡吹冷氣，頭歇在雙膝間，等著他的胃平復。她可不能成為反胃嘔吐的受害者。她是這個犯罪現場最顯眼的警察；而在警方封鎖膠帶外頭，那些群眾正站在那裡旁觀，看到了她的每一個動作，每一個外貌細節。她知道自己看起來比實際的三十四歲要年輕，而且要維持一副權威的姿態讓她很不自在。她缺乏的身高，就用直率的目光、挺起的肩膀去彌補。她已經逐漸學會掌控犯罪現場的技藝，純粹只靠強勢的態度。

但這種酷熱吸乾了她的決心。一開始，她穿著平常的夾克和寬鬆長褲，頭髮梳得整整齊齊。

現在夾克脫掉了，襯衫已經發皺，溼氣把她一頭深色捲髮變成亂糟糟的圈圈。她感覺氣味、蒼蠅、刺人的陽光從四面八方同時攻擊她，讓她難以專注。另外還加上有那麼多雙眼睛看著她。

旁邊兩個人的爭吵聲吸引了她的注意。一名穿著正式襯衫、打著領帶的男子正在跟一個巡邏警員爭執，想闖進封鎖線內。

「聽我說，我得趕去一個銷售會議，好嗎？我已經遲到一個小時了，可是你們該死的警方膠帶圍著我的車，現在你又跟我說我不能把車開走？媽的那是我的車欸！」

「先生，這裡是犯罪現場。」

「這是個意外事件！」

「這一點我們還沒判定。」

「你們還要花一整天才能判定？你們為什麼不聽聽我們的說法？這一帶所有街坊都聽到了整件事的發生！」

瑞卓利走向那個滿臉汗水發亮的男子。現在是十一點半，接近正午的太陽像一隻怒視的眼睛，朝地面灼灼照下。

「那麼，先生，你到底是聽到了什麼？」她問。

他冷哼一聲。「跟其他人沒有兩樣。」

「一聲巨響。」

「是啊，大約七點半的時候。我那時才剛沖完澡出來，朝窗外看，就看到他，躺在人行道上。你也看得出那個轉角很糟糕。常常有一堆混蛋司機轉彎時都不減速，像地獄裡飛出來的蝙蝠似的。他一定是被一輛卡車撞飛了。」

「你看到一輛卡車了？」

「沒有。」

「聽到一輛卡車了？」

「沒有。」

「所以你也沒看見有一輛汽車？」

「汽車，卡車。」他聳聳肩。「反正都是肇事逃逸。」

同一個故事，這名男子的鄰居們重複講了好幾次。有的人說是七點十五分到七點半之間，街上有一個響亮的碰撞聲。沒人真看到事情的發生。他們只是聽到了聲音，然後看到那男子的屍體。瑞卓利已經想過他是跳樓自殺的可能性，但是否決了。這一帶的房子都是兩層樓高，沒有一棟高得能讓自殺的屍體摔得這麼爛。爆炸可以造成這麼大的屍體毀損沒錯，但她也看不出有任何炸藥的痕跡。

「嘿，我可以把車子開出來了嗎？」那男子說。「就是那輛綠色的福特。」

「就是後行李廂上頭濺了腦漿的那輛？」

「是啊。」

「你認為呢？」她兇巴巴地說，然後轉身離開，去找蹲在路中央審視著柏油路面的法醫。

「這條路上住的人都是混蛋，」瑞卓利說。「沒人在乎被害人。也沒人曉得他是誰。」

艾許佛・提爾尼醫師沒抬頭看她，只是繼續盯著馬路瞧。在稀疏的銀髮下頭，他的頭皮亮晶晶冒著汗水。今天提爾尼醫師似乎比之前都更蒼老也更疲倦。這會兒他試著起身時，還伸出手來，無聲地要求協助。瑞卓利握住他的手，可以感覺到那隻手傳來疲倦骨頭和關節炎的吱嘎聲。他是個南方出身的老紳士，在喬治亞州土生土長，對瑞卓利波士頓的直率作風從來沒有表示過好感，就像她也從來沒對他的遵守禮節表示過好感。他們唯一的共同興趣，就是提爾尼醫師解剖檯上的人類遺體。但是這會兒她幫著他起身，忽然被他的虛弱搞得好難過，想起她自己的祖父，想到自己曾是他最疼愛的孫輩，或許因為他在她的自尊、她的頑強中看到了自己。她還記得以前幫著祖父從安樂椅上起身，他中風後而癱瘓的手像爪子似的搭在她手臂上。就連奧多・瑞卓利這麼兇悍的男人，都被時光折磨得骨骼和關節疏鬆。她也可以看到時光在提爾尼醫師身上所造成的效果。他在高溫中腳步不穩，掏出手怕擦掉額頭的汗水。

「用這個獨特的案子，可以結束我的職業生涯了，」他說。「所以告訴我，警探，你會來參加我的退休派對吧？」

「呃……什麼派對？」瑞卓利說。

「就是你們所有人計畫幫我辦的驚喜派對。」

她嘆了口氣，承認了，「是啊，我會去。」

「哈。我總可以從你身上問出誠實的答案。是下星期吧？」

「兩個星期後。另外別說是我告訴你的，好嗎？」

「我很高興你告訴我了。」他低頭看著柏油路。「我不太喜歡驚喜。」

「所以你看這裡是怎麼回事？肇事逃逸嗎？」

「這裡似乎是撞擊點。」

瑞卓利低頭看著那一大灘血。然後她看著十二呎外人行道上白布蓋住的屍體。

「你的意思是，他先撞到這裡，然後大老遠彈到那邊？」瑞卓利問。

「看起來是這樣。」

「那一定是一輛很大的卡車，才能造成這麼一大灘濺血。」

「不是卡車。」這是提爾尼令人困惑的回答。他開始沿著馬路走，雙眼往下看著。

瑞卓利跟著他，一邊揮手趕走成群的蒼蠅。大約走了三十呎，提爾尼停下來，指著人行道邊緣一團灰色的東西。

「更多腦灰質。」他說。

「不是卡車撞的？」瑞卓利說。

「對。而且也不是汽車。」

「那被害人身上的輪胎印呢？」

提爾尼直起身子，雙眼掃視著街道、人行道、旁邊的建築物。「有關這個犯罪現場，你有沒有注意到很有趣的一點，警探？」

「除了那裡有個死掉的傢伙，他的腦子不見了？」

「你看看撞擊點。」提爾尼指著馬路上他剛剛蹲著看的那個點。「看到屍體各部分的散佈模式嗎？」

「看到了。朝各個方向飛濺開來。撞擊點就在中央。」

「沒錯。」

「這是一條繁忙的街道，」瑞卓利說。「車輛轉過那個角落時，常常會開太快。此外，被害人襯衫上還有輪胎印。」

「我們再去看看那些輪胎印吧。」

他們又走回屍體時，巴瑞．佛斯特也加入了，他終於從車裡出來，看起來蒼白，還有一點不好意思。

「要命啊，真要命。」他哀嘆道。

「你還好吧？」瑞卓利問。

「你想，我會不會感染了腸胃型感冒，或是其他什麼的？」

「我想是其他什麼的。」她向來喜歡佛斯特，向來很欣賞他天生開朗又不抱怨的個性，眼前看到他自尊貶低到這個地步真是難受。她拍了一下他的肩膀，露出母性的微笑。佛斯特似乎很樂於接受母性，即使是出自絕對很不母性的瑞卓利。「下回我會幫你準備一個嘔吐袋的。」她說。

「你知道，」他說，跟在她後面。「我真的認為那只是腸胃型感冒……」

他們走到那軀幹旁。提爾尼醫師悶哼著蹲下去，顯然關節又在抗議了，然後他揭開拋棄式白布。佛斯特臉色發白，後退一步。瑞卓利強忍著後退的衝動。

那軀幹已經從肚臍的高度斷成兩截。上半截穿著米色棉襯衫，呈東西向躺在地上。穿著藍色牛仔褲的下半截則是南北向。上下半截之間只剩幾根皮膚和肌肉還連著。流出來的內臟一團稀爛。頭骨的後半部已經摔破了，腦漿都噴出來。

「年輕男性，營養良好，看起來是拉丁美洲裔或地中海沿岸族裔，二十來歲或三十來歲，」提爾尼說。「我看到胸錐、肋骨、鎖骨、頭骨都有明顯的裂痕。」

「不可能是卡車撞的嗎？」瑞卓利問。

「卡車當然有可能造成這麼嚴重的傷害。」他看著瑞卓利，淺藍色的眼珠盯著她的雙眼。「但是沒有人聽到或看到這麼一輛車，對吧？」

「很不幸，沒錯。」她承認。

佛斯特終於擠出一句話。「你知道，我覺得他襯衫上那些不是輪胎印。」

瑞卓利的目光轉到被害人襯衫正面的幾道黑色條痕。她伸出戴著手套的手，碰了其中一塊痕跡，然後看著自己的指頭。一塊黑漬沾上了她的乳膠手套。她盯著看了一會兒，消化著這個新資訊。

「你說得沒錯，」她說。「這不是輪胎印，是油脂。」

她站直身子看著馬路。路上沒有沾了血的輪胎印，沒有汽車的殘骸，沒有撞到人之後會有的碎玻璃或塑膠破片。

有那麼一會兒，沒有人說話。他們只是看著彼此，同時琢磨出唯一可能的解釋。此時，彷彿要證明這個理論，一架噴射機在空中發出轟響。瑞卓利瞇著眼睛往上看，看到一架七四七飛機掠過，正要降落在東北方五哩外的羅根國際機場。

「喔，耶穌啊，」佛斯特說，一手遮在眼睛上方擋住陽光。「好慘的死法。拜託告訴我，他在掉下來之前就已經死了。」

「很有可能，」提爾尼說。「我想他的屍體是在飛機準備降落、放下機輪時才掉出來的。這是假設那架飛機是入境的。」

「唔，是啊，」瑞卓利說。「有多少搭便車的偷渡客會想要離開這個國家？」她看著那死去男子的橄欖色皮膚。「所以他是搭飛機來的，比方說，從南美洲──」

「那麼飛行高度就是至少三萬呎，」提爾尼說。「輪艙是沒有增壓的。偷搭飛機的人會碰到急速減壓、凍傷。即使在盛夏，那個高度的氣溫也是冰點以下。以這樣的狀況，只要幾小時，他就會失溫，而且會因為缺氧而昏迷。或者飛機剛起飛、收起輪子時，他就已經被壓傷。接著在輪艙裡面多待幾個小時，大概就能讓他送命了。」

瑞卓利的呼叫器打斷了這堂講課。真的是講課，因為此時提爾尼醫師正講得起勁，才剛開始要充分發揮他的專業知識。她看了呼叫器的號碼，不認得。前面的區域號碼是波士頓北邊的牛頓市。她拿了手機撥號。

「我是考薩克警探。」一名男子接了電話。

「我是瑞卓利。你剛剛呼叫我？」

「你是打手機嗎，警探？」

「是的。」

「你能不能找有線電話打來？」

「目前沒辦法。」她不曉得考薩克警探是誰，也急著想趕緊結束這通電話。「你就告訴我是哪方面的事吧？」

對方頓了一下。她聽到背景裡有人聲和警方對講機的聲音。「我在牛頓市這邊的犯罪現場，」他說。「我想你應該過來看一下這裡。」

「你是想要求波士頓市警局的協助嗎？因為我可以交給我們組裡的另一個人去找你。」

「我試過要聯繫摩爾警探，但是他們說他在休假。所以我才會打給你。」他又停頓了一下。然後才低聲但意有所指地說：「是有關你和摩爾去年夏天主責的那個案子。你知道是哪個的。」

她沒吭聲，完全知道他指的是哪一個。那次調查的種種回憶至今依然陰魂不散，還會出現在她的噩夢裡。

「繼續說吧。」她輕聲說。

「你要地址嗎？」他問。

她掏出記事本。

過了一會兒，她掛斷電話，把注意力轉回提爾尼醫師身上。

「我看過類似的傷勢，是降落傘故障的高空跳傘者，」他說。「從那樣的高度，落下的身體會達到終極速度，也就是每秒將近六十二．五公尺。那就足以造成我們現在看到的這種解體狀況。」

「為了來到這個國家，這樣的代價也太可怕了。」佛斯特說。

又一架噴射機在空中發出轟響，陰影像一隻鷹般掠過。

瑞卓利往上看著天空。想像著一具身體墜落、翻滾過一千呎。想像著冰冷的空氣呼嘯而過，接著是比較溫暖的空氣，同時地面旋轉著愈來愈近。

她看著那白布罩住的殘骸，想著一個男人勇敢追夢，要前往新世界，前往一個更光明的未來。

歡迎來到美國。

◆

那個守在屋子前面的牛頓市巡邏警員還是剛上任第一年的菜鳥，而且不認識瑞卓利。他在警方封鎖線前頭攔下了她，講話很不客氣。他名牌上印著「瑞吉」。

「這裡是犯罪現場。」

「我是瑞卓利警探，波士頓市警局的。我跟考薩克警探約好了。」

「證件，麻煩一下。」

她沒想到會有人跟她要證件，只好翻著皮包找警徽。在波士頓市裡，幾乎每個巡邏警員都知道她是誰。才開車出了市界一小段路，進入這個富有的郊區，忽然間，她就得翻找她的警徽了。她找到了，拿起來湊到他鼻子前。

他看了一眼，臉紅了。「真的很對不起。你知道，就在幾分鐘前，有一個混蛋記者憑著口才闖過我這關。我不想再讓這種事情發生。」

「考薩克在裡頭嗎？」

「是的，長官。」

她看了一眼街上亂停成一堆的汽車，其中一輛白色廂型車側面印著「麻州法醫處」的字樣。

「有幾個被害人？」她問。

「一個。他們正準備要把他搬出來。」

那個巡邏警員拉起封鎖膠帶，讓她進入前院。鳥兒鳴唱，空氣聞起來有一股淡淡的香茅氣味。你不在南波士頓了，她心想。院子裡的景觀完美無瑕，黃楊樹籬修剪得整整齊齊，鮮綠的草坪簡直像假的。她在磚砌的走道上暫停一下，抬頭望著都鐸風格的屋頂輪廓線。冒牌英格蘭莊園主人是她想到的形容。這種房子、這種地帶，可不是一個正直的警察住得起的。

「好闊氣的房子，對吧？」瑞吉巡警朝她喊道。

「這傢伙是做哪一行的？」

「聽說他是某種外科醫生。」

外科醫生。對她來說，這個字眼有特殊的意義，而且那發音就像一根冰冷的針刺穿她，讓她在這個大熱天不寒而慄。她看著前門，看到了門鈕上沾著黑色的採指紋碳粉。她深吸一口氣，戴上乳膠手套，接著套上兩隻紙鞋套。

進了屋裡，她看到光滑的橡木地板和高聳得有如主教堂的樓梯。一面彩繪玻璃窗篩進了一個個發亮的彩色菱形。

她聽到紙鞋套發出的呼嘘聲，一個大熊身形的男子緩慢而沉重地進入門廊。他雖然穿了正式襯衫，領帶打得很整齊，但效果卻被腋下兩大塊汗溼的印子給毀了。他的襯衫袖子捲起來，露出生著深色體毛的肥胖手臂。「瑞卓利嗎？」他問。

「我就是。」

他走向她伸出一隻手臂，然後想起自己還戴著手套，於是又放下手。「我是文斯．考薩克。很抱歉在電話裡沒辦法多說，不過現在人人都有無線電掃描器可以偷聽。剛剛已經有個記者混進來了。真是個賤貨。」

「我聽說了。」

「好吧，我知道你可能搞不懂自己來這裡幹嘛。不過我去年一直在注意你辦的案子。你知道，就是外科醫生連續殺人案。我覺得你會想看看這個。」

她的嘴巴發乾。「現在情況是怎樣？」

「被害人在家庭娛樂室裡。理察．葉格醫師，三十六歲。整型外科醫師。這裡就是他的住宅。」

她抬頭看了一眼那面彩繪玻璃窗。「你們牛頓市的兇殺案可真高檔啊。」

「嘿，我們可以全部奉送給波士頓市警局。這事情不應該發生在這裡的。尤其是這種詭異的案子。」

考薩克帶頭沿著走廊往前，進入家庭娛樂室。瑞卓利第一個看到的，就是明亮的陽光從一面兩層樓高的玻璃牆照進來。儘管裡頭有很多鑑識人員正在採證，這個房間感覺上還是寬敞而簡樸，主要就是白色的牆壁和發亮的木地板。

還有血。無論去過多少犯罪現場，看到血的第一眼總是令她震撼。一道彗星尾巴似的動脈噴濺痕掃過牆面，然後像一條條彩帶般流下來。那些血的來源就是理察．葉格醫師，他背靠牆坐著，雙腕綁在背後，身上只穿了一條四角內褲，雙腿在面前伸出，兩邊腳踝被防水膠帶綁住了。他的頭往前垂下，遮住了致命出血處的傷口，但她不必實際看到，就知道那一刀劃得很深，割過頸動脈和氣管。她已經太熟悉這種傷口所造成的後果，從血跡噴濺痕就能想像他臨終的狀況：動脈噴血，流入肺部，被害人透過割開的氣管發出氣音，等於被自己的血淹死。氣管濺出的血在他赤裸的胸膛乾掉了。從他寬闊的肩膀和肌肉組織判斷，他的身體相當健康——絕對有能力反抗攻擊者。然而他卻低著頭、以鞠躬的姿勢死掉了。

兩個法醫處停屍間的助理已經抬了擔架進來，正站在屍體旁，思索著搬動這具處於屍僵狀態的屍體，該用什麼方法最好。

「法醫上午十點看到他時，」考薩克說，「他的屍斑已經定形了，屍體也處於完全僵直狀態。她估計死亡時間是在半夜十二點到凌晨三點之間。」

「誰發現屍體的？」

「他診間的護士。他今天早上沒去上班，也沒接電話，那位護士就開車過來察看，在大約九點時發現他。但是沒有他太太的影子。」

瑞卓利看著考薩克。「太太？」

「蓋兒・葉格，三十一歲。她不見了。」

之前瑞卓利站在葉格家前門邊的那股寒氣又回來了。「綁架？」

「我只是說她不見了。」

瑞卓利瞪著理察・葉格，他肌肉發達的身軀證明了還是敵不過死神。「告訴我有關這家人的事情吧，他們的婚姻。」

「幸福的一對。每個人都這麼說。」

「每次出了事，旁邊的人都是這樣講的。」

「不過在這個案例上頭，他們似乎真的很幸福。才結婚兩年。一年前買了這棟房子。她是他醫院的手術室護士，所以他們的朋友圈、工作時間都是一樣的。」

「這樣相處時間也太多了。」

「是啊，我知道。要是我成天都得跟我太太黏在一起，我一定會被逼瘋。但是他們好像相處得不錯。上個月他還請了整整兩個星期的假，只是因為他岳母剛過世，他想留在家陪他太太。你想一個整型外科醫師兩星期能賺多少錢，嗯？一萬五、兩萬元？他給她的安慰還真昂貴。」

「她一定很需要。」

考薩克聳聳肩。「不過還是很昂貴。」

「所以你查不出她有任何離開他的理由。」

「更別說宰了他。」

瑞卓利看了一下那個家庭娛樂室的窗子。外頭的樹和灌木擋住了視野，完全看不到鄰居的房子。「你說死亡時間是半夜十二點到三點之間。」

「是啊。」

「那鄰居有聽到什麼嗎？」

「住左邊的那家人跑去巴黎了。右邊的那家整晚都睡得很沉。」

「強行闖入？」

「從廚房的窗子。撬開紗窗，然後用了玻璃切割器。花壇裡有十一號的鞋印。同樣的鞋印也踩過這個房間裡面的血。」他掏出手帕擦了汗溼的額頭。考薩克是那種很不幸的人，任何止汗劑對他們來說都不夠管用。他們才談了幾分鐘，他襯衫上的汗漬就又擴大了。

「好吧，我們把他從牆邊推開來，」一個停屍間助手說。「讓他傾斜，倒在床單上。」

「小心頭！滑下來了！」

「噢，耶穌啊。」

瑞卓利和考薩克沉默下來，看著葉格醫師往旁邊倒在一張拋棄式白布上。屍僵使得屍體成為九十度的僵硬角度，那兩個助手為了這個古怪的姿勢該怎麼放上擔架而爭執著。

瑞卓利突然注意到地板上的一個小碎片，就在原來屍體坐著的地方。她蹲下去撿起來，看樣子是瓷器的小破片。

「破掉的茶杯。」考薩克說。

「什麼？」

「被害人旁邊有個茶杯和碟子。看起來是從他大腿上掉下來的。我們已經包起來準備採指紋了。」他看到她一頭霧水的表情，便聳聳肩。「別問我。」

「象徵性的手工藝品？」

「是啊。給死人的茶會儀式。」

她瞪著自己戴了手套的掌心裡那個小小的破瓷片，想著會是代表什麼意義。她胃裡開始打結，那是一種可怕的熟悉感。割斷的喉嚨。防水膠布綁縛。夜間從窗子闖入。一個或兩個被害人在睡夢中被驚醒。

還有一個失蹤的女人。

「臥室在哪裡？」她問。其實不想看，很怕看。

「好吧，這就是我希望你來看的。」

通往臥室的走廊兩邊牆上掛著裱框的黑白照片。不是大部分房子裡那種微笑擺姿勢的家庭照，而是毫無修飾的女性裸體照片，臉部朦朧或從鏡頭前轉開，只有身分不明的軀幹。一個女人抱著樹，光滑的皮膚貼著粗糙的樹皮。一個坐著的女人身體前傾，流瀉而下的長髮遮住了她光裸的大腿之間。一個女人朝天空伸手，亮晶晶的軀體閃著劇烈運動所冒出的汗水。瑞卓利停下來審視一張被撞歪的照片。

「這些全是同一個女人。」她說。

「是她。」

「葉格太太？」

「看起來他們有些怪癖，對吧？」

她望著蓋兒．葉格優美而矯健的身體。「我一點也不覺得是怪癖。這些照片很美。」

「是啊，隨便啦。臥室就在這兒。」考薩克指著門內。

她在門口停下。裡頭是一張加大型雙人床，被子已掀開，上頭的人似乎是匆忙從睡夢中起身。淡珊瑚紅的地毯上頭有兩道壓平的印痕，從床通向門口。

瑞卓利輕聲說：「他們兩個都是被拖下床的。」

考薩克點點頭。「加害者在他們睡夢中突襲。想辦法制伏了他們。然後把他們的手腕和腳踝綁起來，拖過地毯，進入走廊的木頭地板。」

瑞卓利想不透兇手的這些行動。她想像他站在自己現在站的這個位置，看著房間裡熟睡的夫婦。床上方高處有一扇窗子，沒有窗簾，會透入足夠的光線，看清哪個是男人、哪個是女人。他會先找葉格醫師下手。這是合理的選擇，先控制男人。把女人留到稍後。這部分瑞卓利可以想像：走近被害人，一開始的攻擊。她不明白的是接下來的事情。

「為什麼要搬動他們？」她說。「為什麼不當場就在這裡殺了葉格醫師？把他們搬出臥室是為了什麼？」

「不曉得。」他指著門內。「裡頭都已經拍完照。你可以進去了。」

她不情願地走進房內，避開地毯上的拖拉痕，走到床邊。床單和被子上沒看到血。一個枕頭上有一根長長的金髮——葉格太太的那一側，她心想。她轉向梳妝台，上頭有一張裱框的夫妻合照，證實了蓋兒．葉格的確是金髮。而且很漂亮，淺藍色的眼珠，曬成古銅色的皮膚上點點細碎的雀斑。葉格醫師一隻手臂搭著她的肩膀，散發出一種心知自己體格壯碩的男子所擁有的龐大自信。他絕對想不到有一天自己死去時會只穿內褲、手腳被綁縛。

「在椅子上。」考薩克說。

「什麼？」

「你看看那張椅子。」

她轉身面對著房間的角落，看到一張古董梯背椅，上頭放著一件摺起來的睡袍。她走近些，看到那乳白色的緞子上有鮮紅色的血濺痕。

她脖子後頭忽然寒毛直豎，有好幾秒鐘，她都忘了呼吸。

她伸手提起那睡袍的一角，看到摺起的內側也濺了血。

「我們還不曉得是誰的血，」考薩克說。「有可能是葉格醫師的；也有可能是他太太的。」

「衣服摺起來之前，就已經沾到血了。」

「但是這個房間裡其他地方都沒有血。這表示睡袍是先在另一個房間濺上血的。然後他把衣服摺得整整齊齊，放在那張椅子上，像是一個小小的臨別禮物。」考薩克暫停一下。「這讓你想到了某個人嗎？」

瑞卓利吞嚥了一下。「你明知道有的。」

「這個兇手是在複製你們那位以前的特有手法。」

「不，這個不一樣。這個完全不一樣。外科醫生從來不會攻擊成對的伴侶。」

「摺起來的睡袍。防水膠帶。被害人在床上出其不意被偷襲。」

「沃倫．荷伊都是選擇單身女性，這樣的被害人他可以很快就制伏。」

「但是你看看其中的相似性！我告訴你，現在這是個抄襲者。有個瘋子一直在仔細研究外科醫生。」

瑞卓利依然盯著那件睡袍，想起其他的臥室，其他的兇殺現場。那是發生在去年炎熱難耐的夏天，就像現在的這個夏天一樣，很多女人會開著窗子睡覺，而一個叫沃倫．荷伊的男子就會悄悄溜進她們家裡。他帶著他黑暗的幻想和他的手術刀，用來執行他血腥的儀式，同時那些被害人醒著，感覺到他劃下的每一刀。她瞪著那件睡袍，腦中清晰浮現出荷伊那張平凡無比的臉，且那張臉至今依然常常出現在她的夢魘裡。

但這不是他的手筆。沃倫．荷伊很牢靠地關在一個他逃不掉的地方。我知道，因為把那個混蛋送進裡頭的人就是我。

「《波士頓環球報》報導過每一個生動的細節。」考薩克說。「你們那位甚至還登上了《紐約時報》。而現在這個兇手就重現了那樣的手法。」

「不，你的兇手做了一些荷伊從來沒做過的事情。他把這對夫婦拖出去，拖到另一個房間。他把男的擺放成坐姿，然後割斷他的喉嚨。那比較像是一種處決，或是某種儀式。另外還有女的。他殺了丈夫，但是他對太太做了什麼？」她停下，忽然想起地板上的那塊瓷片。那個破掉的茶杯。其中意義像一陣寒風襲來。

她一言不發，走出臥室，回到家庭娛樂室。她看著葉格醫師屍體坐過的地方。然後低頭看著地板開始踱步，愈走愈大圈，研究著上頭的血跡痕。

「瑞卓利？」考薩克說。

她轉向窗子，被陽光照得瞇起眼睛。「這裡太亮了，又有那麼多玻璃，沒辦法完全遮住。我們今天晚上得再過來一趟。」

「你是想利用紫外線燈？」

「我們會需要紫外線去觀察的。」

「你想找什麼？」

她轉身面對著牆壁。「葉格醫師死的時候坐在那裡。我們的不知名兇手把他從臥室裡拖出來。讓他靠牆坐起身，面對著房間中央。」

「好吧。」

「為什麼要讓他坐在那裡？為什麼在被害人還活著的時候，費這麼多事？這一定有個原因。」

「什麼原因？」

「葉格醫師被安排坐在那裡，是要他看某個場面。要他見證這個房間裡面所發生的事情。」

考薩克臉上現出那種因為理解而驚恐的表情。他瞪著牆壁上葉格醫師坐過的地方，明白了這位整型醫師成了一個恐怖劇場的觀眾。

「啊老天，」他說。「葉格太太。」

2

瑞卓利從巷口的熟食店帶了一片披薩回家，然後從冰箱底層的蔬果櫃底部挖出一顆放了好久的結球萵苣。她剝掉一堆褐色的菜葉，只留下勉強可以吃的球心。那生菜沙拉慘白又不好吃，她只是為了果腹而吃掉，毫無樂趣可言。眼前她沒時間享樂；吃東西只是為了補充能量，為接下來這個她毫不期待的夜晚做準備。

才吃了幾口，她就推開食物，瞪著盤子上鮮紅的番茄醬污漬。過去的那些噩夢又回來了。你以為你已經免疫了，以為你夠堅強、夠超然，可以忍受了。而且你知道該怎麼扮演這個角色，該如何騙過所有人。但是那些死者的臉、死者的眼睛，你始終忘不掉。

蓋兒・葉格也是其中之一嗎？

她低頭看著自己的雙手，兩邊掌心都有纏結的疤痕，像是釘上十字架後癒合的傷口。每當天氣轉為寒冷或潮溼，她的雙手就會發痛，殘酷地提醒她一年前沃倫・荷伊對她做的事，那一天，他用兩把手術刀刺穿她的手掌。那一天，她以為自己死定了。現在舊日的傷口又發痛了，但她不能歸咎於天氣。她手痛是因為今天在牛頓市所看到的。那件摺疊好的睡袍。牆上扇尾狀的血。她走進了一個房間，裡面的空氣還是充滿恐怖，而且她感覺到沃倫・荷伊的影子在裡頭徘徊不去。

不可能，當然了。荷伊在他應該待的監獄裡。而她卻坐在這裡，想到牛頓市的那棟房子就不寒而慄。因為那種恐怖，感覺上太熟悉了。

她很想打電話給當初跟她一起偵辦荷伊案的湯瑪士．摩爾。他跟她一樣熟知這個案子的種種細節，而且他了解沃倫．荷伊所營造出來的那種恐懼，就像一張蜘蛛網般緊緊纏繞著他們所有人。但是自從摩爾結婚後，他的人生就和瑞卓利漸行漸遠。他剛獲得的快樂，正就是讓他們如今形同陌路的原因。快樂的人是自成天地的；他們呼吸著不同的空氣，受不同的重力法則所控制。雖然摩爾可能沒有意識到兩人之間的關係改變，但瑞卓利感覺到了，而且為了這種損失而惋惜，雖然她也為自己羨慕他的快樂而覺得羞愧。另外，她也很羞愧自己嫉妒那個女人抓住摩爾的心。幾天前，她收到他從倫敦寄來的明信片，他和妻子凱薩琳正在那裡度假。那張蘇格蘭警場博物館的紀念明信片背後只短短寫了幾個字，告訴瑞卓利他們在那裡很愉快，他們的世界一切美好。這會兒想到那張明信片上頭寫的話，還有那種興高采烈的樂觀，瑞卓利知道自己不該拿這個案子去煩他；她不能把沃倫．荷伊的陰影又帶回他們的生活中。

她坐在那裡，聽著下頭街上傳來的車聲，那種喧嚷似乎只更凸顯了她公寓裡的靜止。她四下張望，看著家具稀少的客廳，看著至今仍未掛上任何一張圖片的空蕩牆壁。唯一的裝飾（如果能算是的話），就是餐桌旁邊牆上貼著的一張波士頓市區地圖。一年前，那張地圖上釘了彩色的大頭圖釘，標示著『外科醫生』的每樁殺人案。當時她好渴望被認可，好渴望同事承認她也跟他們相同，生活裡一心一意就是想捕獵兇手。即使是在家裡，她也還是會在謀殺兇手的足跡下吃飯。

現在外科醫生案的彩色圖釘拿掉了，但是地圖還在，等著新的一組圖釘，標示出另一個兇手的行動。她想著自己搬到這戶公寓裡兩年了，牆上掛的唯一裝飾品就是這張波士頓地圖。她很好奇這表示自己是個什麼樣的人，而一般人可能又會因此得出多麼可悲的解釋。我的轄區，她心想。

我的全世界。

◆

晚上九點，瑞卓利的車子開進車道時，葉格家屋裡的燈都沒開。她是第一個到的，但是她沒有鑰匙可以進屋裡，於是就坐在車上等其他人，同時把車窗打開透氣。這棟房子位於一條安靜的死巷中，兩邊鄰居家都是暗的。這一點對今晚來說是好事，因為周圍就比較不會有光線影響他們的搜尋。但在那一刻，她獨坐著思索那棟房子裡的種種恐怖，忽然渴望起明亮的燈光和其他人的陪伴。葉格家的窗子像一具屍首的呆滯眼睛瞪著她。她周圍的陰影有各式各樣形狀，沒有一個是和善的。她拿出手槍，解開保險，放在膝上，然後這才覺得冷靜一些。

她的後照鏡裡出現了車頭大燈的光線。她轉頭看到鑑識組的廂型車停在她的車後頭，於是鬆了口氣，把手槍放回皮包裡。

一個肩膀超寬的青年下了廂型車，朝她的車走來。他彎腰湊在她的車窗往裡看時，她看到他的金耳環一閃。

「嘿，瑞卓利。」他說。

「嘿，米克。謝謝你過來。」

「這個住宅區真不錯。」

「等你看到屋裡再說。」

又是一組車頭大燈彎進死巷裡。考薩克也來了。

「大家都到了，」她說。「我們上工吧。」

考薩克和米克原先不認識。瑞卓利在廂型車的頂燈光線中幫他們介紹時，她看到考薩克瞪著米克的耳環看，而且還猶豫了一下才跟對方握手。她簡直可以看到考薩克的腦袋裡轉動著。耳環。健身。一定是同性戀。

米克開始搬下他的設備。「我帶來了一台新的Mini Crimescope 400多波域光源器，」他說。「四百瓦弧光燈。比舊的奇異牌三百五十瓦還要亮三倍。是我們所用過最強的光源。這玩意兒甚至比五百瓦的氙燈還亮。」他看了考薩克一眼。「可以幫我搬那些攝影器材嗎？」

考薩克還沒來得及回答，米克就把一個鋁箱塞到考薩克懷裡，然後轉回廂型車拿其他設備。

考薩克抱著攝影箱站在那裡一會兒，一臉不敢置信。然後才朝屋子走去。

等到瑞卓利和米克搬著各個裝著多波域光源器、電線、護目鏡的箱子來到前門時，考薩克已經打開屋裡的燈，門半開著。他們套了鞋套走進去。

就像瑞卓利今天稍早一樣，米克在門口暫停一下，敬畏地仰視著高聳的樓梯。

「屋頂有彩繪玻璃，」瑞卓利說。「你真該看看陽光照下來的樣子。」

考薩克不耐煩地從家庭娛樂室朝外喊。「我們來這裡是要辦正事的吧？」

米克朝瑞卓利露出了真是個混蛋的表情，她聳聳肩。然後兩人進入走廊。

「就是這個房間，」考薩克說。他現在穿的襯衫跟下午那件不一樣了，不過也同樣已經被汗染溼。他下巴昂起，兩腳分得開開地站在那邊，像個壞脾氣的嚴苛船長站在甲板上。「我們的焦點是這個區域的地板。」

那些血完全沒有失去任何情感衝擊的效果。趁著米克架起設備、插好電源線、準備相機和三腳架時，瑞卓利雙眼便不自覺地看向牆壁。再怎麼洗刷，也無法完全抹去這份無言的暴力證詞。那些生物化學的痕跡總是會留下鬼影似的印記。

但他們今天晚上要尋找的不是血，而是更難看到的東西，因此他們需要威力夠強的多波域光源器，可以照出一般肉眼看不到的痕跡。

瑞卓利知道，光只不過是一種電磁波。人類肉眼看得到的可見光，波長介於四百到七百奈米之間。波長較短的光，在紫外線範圍內的，則是肉眼看不到的。但紫外線光照在某些天然或人造物質上頭時，有時候就會刺激這些物質裡的電子，引發螢光現象，釋放出可見光。紫外線燈可以照出體液、骨頭碎片、毛髮、纖維等。這就是為什麼她之前要求鑑識組帶那套多波域光源器來，在它的紫外線燈光下，可能會讓他們發現一整批新的證物。

「差不多準備好了，」米克說。「現在我們得讓這個房間愈黑愈好。」他看著考薩克。「你能不能先關掉那些走廊的燈，考薩克警探？」

「慢著，護目鏡呢？」考薩克說。「那些紫外線光不會燒壞我的眼睛吧？」

「以我用的波長，是不會有什麼傷害的。」

「無論如何，我還是想要戴一副。」

「就在那個箱子裡。每個人都有一副。」

瑞卓利說：「我去關走廊的燈吧。」她走出房間，按了開關。等到她回來，考薩克和米克還是站在那裡，盡可能拉遠距離，彷彿害怕會彼此傳染什麼疾病似的。

「所以我們的焦點是哪些區域？」米克問。

「從那一頭開始吧，就是被害人陳屍的地方。」瑞卓利說。「從那裡向外，整個房間都要檢查。」

米克四下看一圈。「那邊有一塊米色地毯的區域，可能會發出螢光。另外那張白色沙發在紫外線之下也會發亮。我只是想警告你們，在那種背景之下，就很難看到什麼線索了。」他看了考薩克一眼，考薩克已經戴上了護目鏡，現在看起來像個全副武裝的可悲中年魯蛇，試圖要讓自己看起來很酷。

「把房間的燈也都關了吧，」米克說。「看看我們能讓這裡有多暗。」

考薩克關了燈，整個房間陷入黑暗。微弱的星光隔著沒有窗簾的大片窗戶照進來，但是沒有月亮，後院濃密的樹也擋掉了鄰居房屋裡的燈光。

「不錯，」米克說。「這樣我就可以工作了。不像在某些犯罪現場，我還得罩著毯子爬來爬去。你知道，有人正在開發一些可以在白天使用的影像系統。很快地，我們就不必像瞎子似的摸黑工作了。」

「我們就廢話少說，開始工作吧？」考薩克兇巴巴地說。

「我只是以為，你們可能會對這類科技有興趣。」

「下次吧，行嗎？」

「隨便。」米克冷靜地說，完全不受影響。

多波域光源器的藍光亮起時，瑞卓利也戴上了她的護目鏡。那詭異的螢光形狀在黑暗的室內看起來像是鬼影，一如米克的預測，地毯和沙發都發出反光。藍光朝著葉格醫師坐過的對面牆壁移動，牆壁上發出明亮的銀光。

「還滿漂亮的，不是嗎？」米克說。

「那是什麼？」考薩克問。

「幾根頭髮，黏著血的。」

「啊，是喔，還真是漂亮呢。」

「照地板吧，」瑞卓利說。「線索應該就會是在那裡。」

米克把紫外線燈光往下照，一大片纖維和毛髮在他們腳下亮起。這些微物跡證是之前鑑識組吸塵之後留下的。

「光源的光愈強，照出來的螢光也愈強。」米克掃描著地板時一邊說。「這就是為什麼這台機器這麼棒。有四百瓦，亮得足以照出每樣東西。聯邦調查局買了七十一台這些寶貝。而且非常小巧，你可以當成隨身行李帶上飛機的。」

「你是什麼科技迷嗎？」考薩克問。

「我喜歡這類很酷的玩意兒。我大學是主修工程學的。」

「真的？」

「你幹嘛這麼驚訝？」

「我沒想到像你這樣的人會對工程學有興趣。」

「像我這樣的人？」

「我的意思是，耳環和其他一切。你知道的。」

瑞卓利嘆氣。「言多必失啊。」

「什麼？」考薩克說。「我又沒有貶低他們或什麼的。我只是剛好注意到他們這類人通常有興趣的不會是工程學，而是戲劇或藝術之類的。我的意思是，那樣也很好啊。我們也需要藝術家。」

「我是麻省理工學院畢業的，」米克說，拒絕被激怒。他繼續掃描著地板。「主修電子工程。」

「嘿，電工技師很賺錢哩。」

「嗯，那跟我們的出路不太一樣。」

他們移動的圈子愈來愈大，紫外線光繼續偶爾照出一根頭髮、纖維，還有其他無法辨認的粒子。忽然間，他們移動到一片亮得嚇人的原野。

「地毯，」米克說。「無論這些纖維的成分是什麼，那個螢光都強得發神經。在這種背景之下，我們大概也看不見什麼了。」

「還是照樣掃描過去吧。」瑞卓利說。

「那張茶几擋住路了，麻煩你搬開好嗎？」

瑞卓利朝那塊白色螢光背景之上的幾何形陰影彎腰。「考薩克，你搬另外一頭。」她說。

茶几搬開後，那個區域的地毯是一片明亮的、泛著藍光的白色橢圓形。

「背景這麼亮，我們怎麼看得到什麼？」考薩克說。「那就像是想看到浮在水面的玻璃。」

「玻璃不會浮起來的。」米克說。

「啊，也是。你是工程師。所以米克是什麼的暱稱？米奇嗎？」

「去照沙發吧。」瑞卓利插嘴。

米克調整了一下鏡頭。沙發的布料也在紫外線之下發光，但那種螢光比較柔和，就像月光照耀下的雪景。他緩緩掃描過有襯墊的沙發框架、然後是椅墊，但是沒看到可疑的污漬，只有幾根長長的頭髮和一些塵埃粒子。

「這家人很愛乾淨，」米克說。「沒有污漬，連灰塵都沒有。我敢說這張沙發是全新的。」

考薩克咕噥道：「真好。我買的上一張新沙發，是我結婚的時候。」

「好吧，後頭那裡還有一些地板要掃描。我們就往那邊挪動吧。」

瑞卓利感覺到考薩克撞上她，同時聞到他身上生麵團似的汗酸味。他的呼吸好大聲，活像是有鼻竇炎，而且黑暗似乎更增強了他鼻子的抽吸聲。她心煩地往旁邊閃了一步，小腿重重撞上了茶几。

「狗屎。」

「嘿，走路小心。」考薩克說。

她忍著沒回嘴；這個房間裡的氣氛本來就已經夠緊繃了。她彎腰去揉小腿，但黑暗加上姿勢突然改變，搞得她暈眩茫然。她只好蹲下來，免得失去平衡。有幾秒鐘，她蹲在黑暗裡，希望考薩克不會絆到她，因為他重得足以把她壓扁。她聽得到兩個男人在幾呎外移動。

「電線纏住了。」米克說。他轉身解開電線，多波域光源器的燈忽然轉向瑞卓利的方向。

當那光照過瑞卓利蹲著的地毯，她瞪大眼睛。在地毯纖維的螢光背景中，有一個不規則形狀的暗色斑點，比一毛錢硬幣還要小。

「米克，」她說。

「你能不能抬起茶几的那一頭？我想電線纏住桌腳了。」

「米克！」

「幹嘛？」

「把燈拿過來。對準地毯。就在我這裡。」

米克走向她，考薩克也跟上。瑞卓利聽得到他呼哧呼哧的呼吸聲湊近了。

「對著我的手，」她說。「我的手指就接近那個點。」

泛藍的光線忽然照遍地毯，她的手在螢光背景下是一個黑色的剪影。

「那裡，」她說。「那是什麼？」

米克在她旁邊蹲下。「某種污漬。我應該拍張照片。」

「可是那是深色斑點，」考薩克說。「我們原先不是要找螢光色的痕跡嗎？」

「如果背景發出強烈的螢光，就像這些地毯纖維的情形，那麼體液看起來就會是深色的，因為它們發出的螢光沒有那麼亮。這塊斑點有可能是任何污漬，要等實驗室確認才行。」

「那怎麼辦？我們要把這張漂亮地毯割下一塊來，只因為我們發現了一個舊咖啡漬或什麼的？」

米克暫停一下。「還有一招，我們可以試試看。」

「是什麼？」

「我要改變這個燈的波長。調到紫外線的短波。」

「這樣會有什麼效果？」

「要是發生了，那真的很酷。」

米克調整了設定，然後把燈照向有暗色斑點的那塊地毯。「你們看，」他說。然後關掉多波域光源器的燈。

房間裡一片漆黑，只剩他們腳邊有一塊發亮的斑點。

「那個到底是什麼？」考薩克問。

瑞卓利感覺自己像是產生了幻覺，瞪著那個彷彿燃燒著綠火的鬼影。就連她在看的時候，那幽靈般的光便就已經開始褪淡。幾秒鐘之後，那光就消失了，他們又陷入全然黑暗之中。

「磷光現象，」米克說。「那是延遲磷光。當紫外線光激發某些物質裡的電子時，就會有這種現象。電子要多花一點時間，才能回到一開始的能量狀態。在這個過程中，電子就會釋放出光子，也就是我們剛剛所看到的。這裡有個污漬，被短波長的紫外線燈照射過後，會發出綠色的磷光。這非常引發聯想。」他直起身子，打開了房間裡的燈。

在乍現的明亮中，他們剛剛著迷注視過的地毯看起來平凡無奇。但瑞卓利現在看著那裡，卻擺脫不了一種厭惡感，因為她知道那裡發生過什麼事：蓋兒・葉格飽受折磨的證據還留在那些米色纖維上頭。

「那是精液。」她說。

「很有可能，」米克說著架起相機三腳架，裝上Kodak Wratten濾光片，準備做紫外線攝影。「等到我拍完照，我們就把這一塊地毯割下來帶走。實驗室會用酸性磷酸酶和顯微鏡去確認。」

但是瑞卓利不必別人確認了。她轉向濺了血的牆壁，回想起葉格醫師屍體的姿勢，想起從他大腿上掉下來、在木頭地板砸碎的那個茶杯。地毯上之前發出磷光的斑點，確認了她之前擔心的。她知道發生了什麼事，確定得就像是親眼看到過似的。

你把他們從床上拖到這個木地板的房間裡。把醫師的手腕和腳踝綁起來，用膠帶封住他的嘴，讓他沒辦法喊叫，就不會擾亂你了。你讓他靠牆坐在那兒，逼他當一個沉默的觀眾。理察．葉格還活著，而且完全知道你即將要做的事情。但是他無法反抗，無法保護自己的妻子。而且你為了提防他的掙扎或行動，還把一副茶杯和碟子放在他的大腿上，成為一套預先警示措施。萬一他想辦法站起身，杯碟就會嘩啦砸在地板上。正當你在享受歡愉之時，沒辦法分神留意葉格醫師的一舉一動，可不希望被他出其不意地攻擊。

但是你希望他旁觀。

她低頭凝視著剛剛發出綠光的那個點。要是他們沒搬動那張茶几，要是他們沒特別來尋找殘留的痕跡，可能就會完全漏掉這個證據了。

你佔有了她，就在這張地毯上。讓她丈夫在旁邊看得一清二楚，卻完全沒辦法救她。等到完事之後，等到你取得了你的戰利品，一小滴精液留在這些纖維中乾掉，成為看不見的薄膜。殺害那位丈夫，也是樂趣的一部分嗎？這個不明兇手是否曾暫停一下，手抓著刀，品嘗那一刻的滋味？或者經過之前的種種事件後，殺了丈夫只是個務實的收尾？當他抓住理察．葉格的頭髮，把刀子劃過他的喉嚨時，是否曾有任何感覺？

房間的燈又關掉了，米克的相機快門按了一次又一次，拍下那塊暗色污漬，周圍是地毯所發出的螢光。

等到工作完成，葉格醫師垂頭坐著，鮮血從他身後的牆上流淌下來，你又執行了一個從另一位兇手那裡借來的儀式。你把葉格太太濺了血的睡袍摺疊好，放在臥室裡展示，就像沃倫．荷伊以前常常做的那樣。

但是你還沒有結束。這只是第一幕而已。後頭還有更多恐怖的愉悅。

因此，你帶走了那個女人。

房間的燈又亮起，強光像一把刀刺進她的雙眼。她震驚而心煩，被好幾個月未曾出現過的那種膽戰心驚搞得方寸大亂。而且她覺得很難堪，因為眼前這兩個男人一定從她發白的臉、搖晃不穩的雙手看出端倪。忽然間，她無法呼吸了。

她走出房間，走出屋子。站在前院裡，拚命吸著氣。有腳步聲跟著她出來，但她沒轉身看是誰。直到他開口，她才曉得是考薩克。

「你還好吧，瑞卓利？」

「我很好。」

「你看起來不好。」

「我只是覺得有點頭昏。」

「你回想起荷伊的案子，對吧？看到這個，一定會搞得你很震驚。」

「你怎麼會曉得？」

考薩克暫停一下，然後冷哼一聲道：「是啊，你說得沒錯。我怎麼會曉得？」他轉身要回屋裡。

她轉身喊道：「考薩克？」

「怎麼？」

他們注視彼此一會兒。夜晚的空氣其實還算宜人，青草的氣息清涼甜美。但深深的恐懼令她反胃。

「我了解她的感受，」她輕聲說。「我知道她受了什麼罪。」

「葉格太太嗎？」

「你一定得找到她。你一定得盡所有的力量。」

「她的照片已經在所有新聞裡播放了。我們也在追蹤每一個來電通報的線索、每一個聲稱看到些什麼的消息。」考薩克搖搖頭嘆了口氣。「但是你知道，到這個時候了，我不太相信他還會讓她活著。」

「他會的。我知道他會的。」

「你怎麼這麼有把握？」

她抱住自己以平息顫抖，同時看著屋子。「沃倫・荷伊就會這麼做。」

3

在波士頓兇殺組的所有職責中，瑞卓利最不喜歡的，就是去拜訪艾班尼街那棟不起眼的紅磚建築物。儘管她覺得自己並不比男性同事更容易嘔吐，但她格外不能露出任何軟弱。男人太擅長於看到他人的弱點，而且難免會用帶刺的言語和惡作劇去攻擊這些脆弱之處。她已經學會撐出一副鎮定的表象，毫不瑟縮地瞪著解剖檯上最可怕的畫面。沒有人察覺到她得鼓起多大的勇氣，才有辦法平靜地走進那棟建築物。她知道男人們都以為她是無所畏懼的珍．瑞卓利，是個什麼都不怕的臭婆娘。但是這會兒，坐在法醫處後頭停車場的車子裡，她覺得自己既不無畏，也不勇敢。

昨天夜裡她沒睡好。幾個星期以來頭一次，沃倫．荷伊又爬進她的夢裡了，她滿身大汗醒來，雙手的舊傷又發疼了。

這會兒，她低頭看著自己結疤的手掌，忽然很想發動車子開走，逃避這棟建築物裡頭等著她的折磨。她不是非來不可：畢竟，這樁兇殺案歸牛頓市管，並不是她的責任。但是珍．瑞卓利從來不是懦夫，她太驕傲了，不可能現在退縮。

於是她下車，轟然甩上車門，走進建築物裡。

她是最後一個抵達解剖室的，裡頭其他三個人都匆忙跟她點頭致意。考薩克套著一件太大的手術袍，戴著一頂蓬鬆的紙帽，看起來像個過胖的家庭主婦戴著髮網。

「我錯過什麼了？」她問，同時也繫上了一件手術袍，免得衣服被不小心濺到。

「不多。我們才在談防水膠帶。」

莫拉．艾爾思醫師正在解剖。一年前她加入麻州法醫處之後，兇殺組就給她取了「死亡天后」的綽號。當時提爾尼醫師親自出馬勸說，拐著她離開原先加州大學舊金山分校稱心如意的教職而跳槽過來。沒多久，當地媒體就也開始稱她為「死亡天后」了。她第一次代表法醫處去波士頓法院作證時，穿了哥德風的一身黑。電視攝影機一路追蹤她高貴的身影步上法院前的階梯，白皙的臉塗著一抹紅唇膏，及肩的鴉黑直髮和直瀏海，加上一副冷靜而不為所動的姿態。在證人席上，沒有什麼能讓她驚慌。當辯方律師賣弄風情、誘騙，最後不顧一切地公然欺負她時，艾爾思醫師還是以一貫清楚的邏輯回答他的問題，同時臉上始終帶著她蒙娜麗莎般的微笑。

眼前，艾爾思醫師正以她慣常的冷靜態度主持解剖。她的助理吉間也同樣不慌不忙地安靜擺放工具、調整燈光角度。他們都以科學家的冷靜眼光對待理察．葉格的屍體。

打從瑞卓利昨天看到屍體至今，屍僵已經退去了，葉格醫師現在全身鬆弛地躺著。原先的防水膠帶已經割開拆掉，四角短褲脫去，皮膚上大部分的血污也已經沖洗掉了。他雙臂無力地垂在身側，兩手像是戴著瘀青色的手套一般腫脹而發紫，那是因為被緊緊捆綁過又加上屍斑所造成的。但現在每個人注意的焦點，是橫過他脖子的割傷。

「致命傷，」艾爾思說。她用一把尺量了傷口的長度。「十四公分。」

「怪了，看起來傷口並不深。」考薩克說。

「因為兇手是沿著蘭格氏線割下去的。皮膚張力會把傷口邊緣又扯回去，讓傷口不太會張開。其實比看起來要深。」

「壓舌板？」吉間問。

「謝了。」艾爾思接過來，輕輕把木製壓舌板的圓弧邊緣滑入傷口，一邊習慣性地喃喃道：「嘴巴張開，啊……」

「這在搞什麼？」考薩克問。

「我在量傷口的深度。將近五公分。」

接下來艾爾思拿了一把放大鏡湊到傷口上，看著那條肉紅色的刀痕。「左頸動脈和左頸靜脈都被割斷。氣管也被切開了，就在甲狀軟骨下方，顯示脖子是先伸直，才劃下刀。」她抬頭看了兩位警探一眼。「你們的不明兇手事先把被害人的腦袋往後拉，然後才從容割下去。」

「這是處決。」考薩克說。

瑞卓利想到那台多波域光源器如何把黏在濺血牆壁上那些頭髮照得發亮。那是葉格醫師的頭髮，在刀子割入他的皮膚時，從他頭皮上扯下來的。

「什麼樣的刀子？」她問。

艾爾思沒立刻回答這個問題，而是轉向吉間說：「膠帶。」

「我已經剪好幾條，都放在這裡了。」

「我來把傷口邊緣拉近，你負責貼。」

考薩克明白他們要做什麼，不禁駭笑一聲。「你們要把他黏回去？」

艾爾思嚴肅地瞪了他一眼。「難道你想用瞬間膠？」

「你們是要把他的頭固定好，還是怎樣？」

「拜託，警探。膠帶連你的頭都固定不了。」她低頭隔著放大鏡注視，然後點點頭。「很好，吉間。現在我看得到了。」

「看到什麼？」考薩克問。

「膠帶製造的奇蹟。瑞卓利警探，你剛剛問我兇手是用什麼樣的刀。」

「拜託告訴我不是手術刀。」

「對，不是手術刀。你來看看。」

瑞卓利走向放大鏡，湊過去看著傷口。切口的兩邊拉回去連接在一起，用透明膠帶黏住了，她現在看到的是一個比較清晰的、近似兇器橫斷面的形狀。沿著切口的一邊，有一連串平行的條紋。

「是鋸齒刀。」她說。

「乍看之下，的確是這樣。」

瑞卓利抬起頭，看著艾爾思默默挑戰的眼神。「但其實不是？」

「刀刃本身不是鋸齒狀的，因為切口的另一端完全平滑。另外注意一下，這些平行的刮痕只出現在三分之一的切口，而不是從頭到尾都有。這些刮痕是因為刀子抽出來而形成的。兇手是從左下顎下方開始割，然後劃向喉嚨前方，終點結束在氣管環的另一端。他是割到最後、稍微扭動刀子要抽出來時，才形成了那些刮痕。」

「所以形成這些刮痕的是什麼？」

「不是刀刃造成的。這種兇器的刀背有鋸齒，而且抽出刀子時會形成平行的刮痕。」艾爾思看著瑞卓利。「這是藍波刀或野外求生類刀子的典型特徵。就是獵人可能使用的那種刀。」

一個獵人。瑞卓利看著理察·葉格肌肉發達的雙肩，心想：這個男人可不會乖乖接受當獵物的角色。

「好吧，我來把狀況搞清楚一下，」考薩克說。「這個被害人身體很壯，他看著加害者拿出一把大大的藍波刀。然後他就只是坐在那裡，乖乖讓人割斷喉嚨？」

「他的手腕和腳踝都被綁住了。」艾爾思說。

「我不在乎他是不是全身被綁得像個木乃伊似的。任何強壯的男人都會扭動得很厲害的。」

瑞卓利說：「他說得沒錯。即使你的手腕和腳踝都被綁起來，你還是可以踢，甚至可以用腦袋撞人。但他卻只是靠牆坐在那裡。」

艾爾思醫師直起身子。一時之間，她什麼都沒說，只是尊貴地站在那裡，身上的手術袍像是祭司袍。她看著吉間。「給我一條溼毛巾。把那盞燈對準這裡。我們好好把他身上擦一遍，仔細檢查他的皮膚。」

「我們要找什麼？」考薩克問。

「等我看到了，就會告訴你。」

過了一會兒，艾爾思抬起被害人的右臂時，看到了右胸側邊的痕跡。在放大鏡之下，看得出有兩個模糊的紅色腫塊。艾爾思戴著手套的手指撫過那塊皮膚。「膨疹，」她說。「這是路易斯三聯反應。」

「路易斯什麼？」瑞卓利問。

「路易斯三聯反應。這是一種皮膚的特有反應。首先會出現紅點，然後是由皮膚小動脈的擴張而造成周圍的紅暈。最後的第三階段，則是因為血管的持續滲透，而出現膨疹。」

「在我看起來，這像是電擊槍留下的痕跡。」瑞卓利說。

艾爾思點點頭。「一點也沒錯。這是皮膚受到電擊槍之類施予電擊之後，會出現的典型反應。這樣一定能讓他癱瘓。電擊之後，他就會完全失去神經肌肉的控制。這段時間絕對足以讓人綁起他的手腕和腳踝。」

「這些膨疹通常會持續多久？」

「以活著的人來說，通常兩個小時後就會消退。」

「那如果是死人呢？」

「死亡會讓皮膚的反應過程中斷。這就是為什麼我們現在還看得到。不過痕跡已經很淡了。」

「所以他是在被電擊之後兩個小時之內死掉的？」

「沒錯。」

「但是電擊槍只會讓你癱瘓幾分鐘而已，」考薩克說。「五分鐘吧，頂多十分鐘。如果要讓他繼續癱瘓，就得再電擊他一次。」

「這就是為什麼我們還要繼續找。」艾爾思說。她調整燈光，朝向軀體更下方。

那燈光無情地照著理察・葉格的外陰部。直到這一刻之前，瑞卓利都一直避免去看他身上的那一部分。瞪著一具屍體的性器官看，總讓她覺得是一種殘忍的侵犯，是對被害人的身體施加又一次暴行、又一次羞辱。現在燈光照著鬆弛無力的陰莖和陰囊，對理察・葉格似乎是徹底踐踏到底了。

「還有其他膨疹，」艾爾思說，擦掉一塊血漬，露出了底下的皮膚。「這裡，就在下腹部。」

「另外還有他的大腿。」瑞卓利輕聲說。

艾爾思抬頭看她。「哪裡？」

瑞卓利指著那個痕跡，就在被害人陰囊的左邊。所以這些就是理察・葉格最後的恐怖時刻了，她心想。完全清醒且警覺，但是動不了。他無法捍衛自己。他一身的大塊肌肉、他在健身房花的時間，到頭來都毫無意義，因為他的身體根本不聽使喚。他的四肢無力地癱在那裡，被竄過他神經系統的電子風暴燒得短路。他被人從臥室拖出來，無助得就像一隻嚇呆的母牛被運往屠宰場。然後被安排靠牆而坐，見證接下來發生的事情。

但是電擊槍造成的效果很短暫。很快地，他的肌肉就開始抽動；他的手指握成拳頭。他看著自己的妻子飽受煎熬，怒氣隨著腎上腺素流遍全身。這一回，當他移動時，他的肌肉可以使喚了。他試著起身，但茶杯從他膝上嘩啦落地，背叛了他。

兇手只是再用一次電擊槍，就讓他又絕望地癱倒，有如希臘神話裡永遠不斷推著巨石上山的薛西弗斯，巨石到了山頂又滾下來。

她看著理察・葉格的臉，看著他微微張開的眼皮，想著他生前必然會看到的幾個畫面。他自己的雙腿，在他面前無力地伸出。他的妻子，躺在米色地毯上被佔有。還有一把刀，抓在那名獵人的手裡，逼近來要殺他。

◆

康樂室裡一片嘈雜，男人們走來走去，有如關在籠子內的野獸。電視發出響亮刺耳的聲音，通往上層囚室的金屬階梯隨著每個腳步而發出叮噹聲。我們從來逃不過獄警的視線。到處都有監視攝影機，連浴室、廁所都不例外。那些獄警待在樓上的值班室裡，隔著窗子往下觀察著我們在天井狀的康樂室裡活動。他們可以看清我們的一舉一動。索薩─貝瑞諾斯基監獄被列為最高安全級別的第六級，也是麻州監獄系統裡最新的一級，而且是個科技的奇蹟。這裡的鎖都沒有鑰匙，而是由警衛塔的電腦終端機控制。朝我們發出命令的聲音，是來自內部廣播系統的擴音器。每個囚室的門都可以遙控打開或關上，從頭到尾都沒有人出現。有時候我會納悶，我們的警衛到底是不是真人，我們所看到、站在玻璃後頭的那些剪影，或許其實只是電子動畫的機器人，做出轉身或點頭的動作而已。但總之，無論是真人或機器，反正都有人監視著我。但我並不覺得困擾，因為他們無法進入我幻想中的黑暗風景，看不到我在想什麼。

此刻我坐在康樂室裡，看著電視上六點的整點新聞，同時一邊在我腦子裡的黑暗風景中漫遊。而與我同行的，就是螢幕上朝我微笑的那位女主播。我想像她深色的頭髮披散成枕頭上的一片黑，皮膚上冒出晶瑩的汗。而且在我的世界裡，她沒在微笑，而是睜大眼睛，擴張的瞳孔有如兩口深不見底的水池，嘴唇驚駭地張開。在我凝視著那個穿著翠綠色套裝的漂亮主播時，腦中就想像著這一切。我看著她微笑，聽著她控制得宜的聲音，很好奇她尖叫的聲音會是什麼樣。

然後電視上出現了一個新畫面，所有關於那位新聞主播的思緒便煙消雲散。一個男記者站在牛頓市的理察·葉格醫師宅邸前，口氣凝重地表示，在葉格醫師被謀殺、他太太遭綁架的兩天之後，警方仍未逮捕任何嫌犯。我已經知道葉格夫婦的案子了。現在我身體前傾，緊盯著螢幕，等著那短暫一瞥。

我終於看到她了。

攝影機轉向屋子，拍到她走出前門的特寫鏡頭。她身後跟著一名身材壯碩的男子。兩人站在前院講話，不曉得電視攝影師正把鏡頭拉近在拍他們。那男子看起來粗俗又像豬，鬆垮的雙下巴，稀疏的頭髮在漸禿的腦袋上往後梳。她站在旁邊，顯得小而脆弱。我已經好久沒看過她，她似乎變了很多。啊，她還是一頭蓬亂而茂密的黑色捲髮，身上穿的也是尋常的海軍藍長褲套裝，外套明顯太大了，對她嬌小的骨架毫無修飾作用。但是她的臉不一樣了。以前那張臉的下巴方正、充滿自信，並不特別美，但是因為那雙眼睛透出一種犀利的智慧，使得她吸引力十足。現在她看起來疲倦而憂慮，而且瘦了。我看到她臉上有了新的陰影，雙頰比以前更凹陷。

忽然間，她看到了電視攝影機，於是瞪大眼睛，直直看向我，就在我注視她之時，她的雙眼似乎也看到了我，彷彿本人就站在我面前。我們有過一段往事，她和我，那段共同經歷太親密了，因而我們就像情人般，永遠綁在一起了。

我從沙發上站起來，走向電視。我的手按在螢幕上，沒聽到記者的旁白，一心只專注在她的臉。我的小珍。你的手還會難受嗎？你還會揉著掌心，就像你在法庭裡那樣、好像有木頭碎片扎進肉裡？你會像我那樣想著那兩個疤，想成一種愛的信物，提醒你我有多麼關心你嗎？

「他媽的滾開，別擋住電視！我們都看不到了！」有個人大喊。

我沒動，只是站在螢幕前，摸著她的臉，回想起她烏黑的眼珠曾如何屈服地往上看著我。回想起她皮膚的光滑感。完美的皮膚，沒有任何一丁點化妝品的修飾。

「混蛋，讓開！」

忽然間她不見了，從螢幕上消失。那個穿著翠綠色套裝的女主播又出現了。片刻之前，我還滿足於幻想著這個穿著考究的假人模特兒。但現在我卻覺得她好乏味，只不過是另一張漂亮的臉蛋，另一個纖瘦的頸項。只要看一眼珍·瑞卓利，就讓我想起什麼才是真正值得費力的獵物。

◆

「把睡袍摺疊好這件事，並不表示這個兇手是抄襲者，」羅倫斯·札克醫師說。「這只是一種控制的表現。兇手展現出他對被害人、對犯罪現場的支配性。」

「就是沃倫·荷伊以前慣有的手法。」瑞卓利說。

「其他兇手也會這樣做。這並不是『外科醫生』的獨門招數。」

札克醫師正望著她，眼中有一星奇怪的、簡直像是野獸的亮光。他是東北大學的犯罪心理學家，常常接受波士頓市警局的諮詢。一年前偵辦外科醫生案期間，他曾和兇殺組合作，當時他針對不明兇手所做的犯罪側寫，後來證明準確得可怕。有時候瑞卓利會想，札克自己又有多正常？只有一個極其熟悉邪惡領域的人，才有辦法這麼深入沃倫·荷伊這種人的心靈。她在札克醫師面前從來沒覺得自在過，他有如耳語的詭祕聲音和熱切的眼神，老是讓她覺得被侵犯且脆弱無助。但他是少數真正了解荷伊的人；或許他也會了解一個抄襲者。

瑞卓利說：「不光是摺疊起來的睡袍而已，還有其他相似的地方。這個被害人被兇手用防水膠帶綁起來。」

「同樣地，也並不是獨門的招數。你看過電視影集《百戰天龍》吧？裡頭的主角馬蓋先示範過一千零一種防水膠帶的用法。」

「夜間從窗子進入屋內。被害人在床上被偷襲——」

「那是他們最沒防備的時候，挑這個時間攻擊很合理。」

「還有一刀割過脖子的致命傷。」

札克聳聳肩。「這種殺人方式安靜又有效率。」

「但是把這一切都加起來。摺疊好的睡袍。防水膠帶。進屋方式。致命傷——」

「所以這位不明兇手選擇了一些相當常見的策略。就連放在被害人大腿上的茶杯——以前也有連續性侵犯做過類似的事情。他們會把盤子放在丈夫大腿上。要是他動了，掉落的瓷器就會發出警告聲。這些策略之所以常見，是因為它們管用。」

懊惱之餘，瑞卓利拿出了牛頓市那個犯罪現場的照片，攤在他的辦公桌上。「我們正在找一個失蹤的女人，羅倫斯．札克醫師。到目前為止還沒有頭緒。我甚至不願去想她現在正在受什麼罪——如果她還活著的話。所以你好好看看這些照片，告訴我關於這個不明兇手的事情。告訴我，我們要怎麼找到他，要怎麼找到她。」

札克醫師戴上眼鏡，拿起第一張照片。他什麼都沒說，只是看了很久，然後又去拿下一張。室內一片安靜，唯一的聲音就是皮椅的咿呀聲，還有他偶爾感興趣地咕噥。隔著他辦公室的窗子，瑞卓利看得到東北大學的校園，在這個夏日幾乎是空蕩的。只有幾個學生懶懶坐臥在外頭的草地上，周圍散佈著背包和書本。她很羨慕這些學生，羨慕他們無憂無慮的白天，他們的純真，以及他們對未來盲目的信心。還有他們的夜晚，不會被黑暗的噩夢所打擾。

「你之前提到，你們發現了精液。」札克醫師說。

她不情願地把目光從那些曬太陽的學生身上轉開，看著札克醫師。「是的，在照片裡的那塊橢圓形地毯上。鑑識實驗室確認血型跟葉格醫師不同。DNA已經輸入聯邦調查局的DNA整合索引系統資料庫了。」

「無論如何，我不太相信這個不明兇手這麼不小心，會被一個國家資料庫比對出身分來。不，我敢說他的DNA根本沒在那個資料庫裡。」札克的視線從照片上抬起來。「而且我敢打賭，他沒留下指紋。」

「指紋自動辨識系統也沒比對出結果。很不幸，在幫葉格太太的母親辦過葬禮之後，葉格家的屋子裡頭至少有五十個訪客去過。這表示我們會採到很多身分不明的指紋。」

札克往下看著照片，裡頭的葉格醫師正靠著濺血的牆垮坐。「這個兇殺案是發生在牛頓市？」

「對。」

「正常狀況下，你們是不會參與調查的。為什麼你會捲入？」他又抬頭看著她的雙眼，那眼神的專注程度令人不安。

「是考薩克警探要求我——」

「名義上是由他負責這個案子，對吧？」

「是的。可是——」

「波士頓的兇殺案還不夠你忙的嗎，警探？你為什麼覺得自己必須幫忙辦這個案子？」

她回瞪著他，感覺他好像也鑽進了她的腦袋，正在裡頭到處刺探，想找出其中弱點好折磨她。「我剛剛說過了，」她說。「那個女人可能還活著。」

「而且你想救她。」

「難道你不想？」她兇巴巴回答。

「我很好奇，警探，」札克說，對她的憤怒完全無動於衷。「你跟任何人談過荷伊的案子嗎？我的意思是，談對你個人的衝擊？」

「我不太懂你的意思。」

「你接受過任何諮商嗎？」

「你的意思是，我有沒有去看心理醫師？」

「你在那個地下室所碰上的事情，一定是個很可怕的經驗。沃倫·荷伊對你所做的事情，換了任何警察都會難以忘記的。他留下了傷疤，感情上和肉體上都是。大部分人都會有長期的精神創傷。忽然想起以前的某些畫面，做噩夢，沮喪。」

「那些記憶一點都不好玩。但是我可以應付。」

「你向來就是這個作風，對吧？撐下去。從不抱怨。」

「我和其他人一樣，常常都在發牢騷的。」

「但如果抱怨會害你看起來很沒用或很脆弱，你就絕對不提。」

「我受不了愛哭訴的人。我拒絕變成那樣。」

「我談的不是哭訴，而是對自己誠實，去正視自己有精神方面的困擾。」

「什麼困擾？」

「你告訴我啊，警探。」

「不，你告訴我。因為你好像認為我被毀掉了。」

「我可沒這麼說。」

「但是你是這麼想的。」

「使用毀掉這個辭彙的人是你。那就是你的感覺嗎？」

「聽我說，我來是為了這個。」她指著葉格的犯罪現場照片。「為什麼現在要談我？」

「因為當你看著這些照片時，你唯一看到的就是沃倫．荷伊。我只是在想為什麼。」

「沃倫的案子已經結掉了。我已經往前走了。」

「真是這樣嗎？」

札克醫師的聲音很輕，卻讓她無言以對。她好恨他的刺探。但最恨的，就是他看出了她無法承認的真相。沃倫．荷伊的確留下了傷疤。她只要低頭看看自己的雙手，就會想起他所造成的損害。但最嚴重的損害不是肉體的。她去年夏天在那個地下室所失去的，是她自以為不可能被擊敗的感覺。是她的自信。沃倫．荷伊讓她明白，她其實有多麼脆弱。

「我來找你，不是要談沃倫．荷伊的。」她說。

「但是你會來找我，就是因為他。」

「不。我來找你，是我看到這兩個兇手非常相似。我不是唯一這麼想的人。考薩克也這麼認為。所以我們就專心討論主題，好嗎？」

他看著她，露出淡淡的微笑。「好吧。」

「所以你認為這個不明嫌犯怎麼樣？」她敲敲照片。「有關他，你能告訴我什麼？」

再一次，札克看著葉格醫師的照片。「你們的這個不明兇手顯然做事很有條理。但這點你已經知道了。他來到現場時做了充分的準備。玻璃切割器、電擊槍、防水膠帶。他這麼快就制伏這對夫婦，讓我很好奇……」他看了她一眼。「不可能有第二個加害者？一個搭檔？」

「只有一組指紋。」

「那麼這名兇手非常有效率。而且非常小心。」

「但是他在地毯上留下了精液，等於把解開他身分的鑰匙交給我們。這可是很嚴重的失誤。」

「沒錯，的確是。而且他一定知道。」

「那他為什麼要在屋裡侵犯她？為什麼不等到稍後、去到一個安全的地方再行動？如果他做事夠有條理，可以侵入一戶人家，還控制了丈夫——」

「或許那就是真正的報酬。」

「什麼？」

「想想看。葉格醫師坐在那裡，手腳被綁住了，無能為力。被迫看著另一個男人佔有他的財產。」

「財產，」她也跟著說了一次。

「在這個不明兇手的心中，那個女人就是這樣，只是另一個男人的財產。大部分性攻擊者不會冒險攻擊一對伴侶的。他們只會挑獨居的女人，因為比較容易攻擊。要是在場還有個男人，那就會變得危險。可是這個不明兇手一定知道屋裡還有個男人。而且他已經準備好要對付他。有可能這其實就是樂趣的一部分、刺激的一部分嗎？因為他有了一個觀眾？」

一個觀眾。瑞卓利往下看著照片裡的理察·葉格無力地靠著牆壁。是了，她剛走進那個家庭娛樂室的時候，當場的印象便是如此。

札克的目光轉向窗子。過了一會兒，等他再度開口時，他的聲音輕飄飄的，彷彿是從夢境中飄來的話。

「重點就在於權力，以及控制。在於支配另一個人。不光是那個女人而已，也要支配那個男人。或許那個男人才是真正令他興奮的，是這個幻想中不可或缺的角色。這個不明兇手知道有風險，但他還是硬要把自己的種種衝動付諸實現。他的幻想控制了他，而他又控制了他的被害人。他完全掌控了權力。他是支配者。他的敵人無法動彈，無能為力地坐在那裡，而我們的不明兇手則做了勝利軍隊向來會做的那些事。他奪取了他的獎品。他強暴了那個女人。而因為葉格醫師被完全擊敗，更增加了兇手的愉悅。這是一個男人擊敗另一個男人的勝利。征服者贏得他的戰利品。」

外頭的校園裡，草坪上的那些學生正紛紛拿起背包，拍掉衣服上的草。下午的陽光為一切罩上一層朦朧的金色。接下來等著這些學生的會是什麼？瑞卓利很好奇。或許是一個悠閒的晚上，有披薩和啤酒，大家一起聊天。然後一夜好眠，沒有噩夢。純真之人的睡眠。

那種事情我再也無法體驗了。

她的手機發出輕響。「對不起。」她說，然後打開手機。

是艾琳・沃屈科打來的，她是警局裡「毛髮、纖維，與微物跡證實驗室」的鑑識科學家。

「我檢查過葉格醫生身上拆下來的那幾段防水膠帶了，」艾琳說。「檢驗報告我已經傳真給考薩克警探。不過我相信你也會想知道的。」

「你查到了什麼？」

「膠帶黏到了幾根褐色短毛。是四肢的毛髮，拆下膠帶時從被害人的皮膚拔出來的。」

「那纖維呢？」

「也一樣。不過我要講一件真正有趣的事。被害人腳踝拆掉的那段膠帶上，有一根深褐色的毛髮，二十一公分長。」

「他太太是金髮。」

「我知道。所以這根頭髮才會有趣。」

是兇手的，瑞卓利心想。是那個不明兇手的頭髮。她問：「有上皮細胞嗎？」

「有的。」

「所以我們有可能從那根頭髮取得DNA。如果跟精液比對吻合——」

「不會吻合的。」

「你怎麼知道？」

「因為這根頭髮不可能是兇手的。」艾琳暫停一下。「除非他是死人復活的喪屍。」

4

對於波士頓市警局兇殺組的警探而言，要去犯罪實驗室，只要沿著一條浴滿陽光的長廊走一小段路，來到同樣位於許若德廣場一號市警局總部的南翼樓就行了。瑞卓利經過這條長廊無數次，目光常常不自覺地望向窗外，俯瞰著下頭混亂而危險的羅斯伯里區。這一帶的商店夜裡都要拉下鐵柵門且加上大掛鎖，每一輛停著的車子都裝了方向盤鎖。但是今天，她一心只想尋求答案，連朝兩旁的窗子看上一眼都沒有，只是逕直走向南翼樓二六九室的「毛髮、纖維，與微物跡證實驗室」。

在這個沒有窗子的房間裡，擠在幾具顯微鏡和一架氣相層析儀之間，鑑識學家艾琳・沃屈科就是最高統治者。這裡沒有陽光也看不到戶外，她的視線便專注在顯微鏡底下的世界，而且因為花了太長的時間湊在接目鏡上，所以她老是瞇著眼睛。當瑞卓利走進來時，艾琳旋轉椅子面對她。

「我才剛幫你把它放在顯微鏡底下。你來看一下吧。」

瑞卓利坐下來，眼睛湊在教學接目鏡上。她看到裡頭是一根髮幹。

「這就是我從原先綁住葉格醫師腳踝的防水膠帶上，所找到的那根褐色長髮，」艾琳說。「同樣的頭髮，在膠帶上只有一根。其他都是被害人四肢的短毛。另外還有一根被害人的頭髮，是在黏住他嘴巴的膠帶上找到的。但是顯微鏡下的這根長髮還找不到主人，而且讓人想不透。它不吻合被害人的頭髮，也不吻合我們從他太太的梳子上所取得的頭髮。」

瑞卓利挪動一下顯微鏡的視野，掃過髮幹。「你確定這根是人類的？」

「確定，是人類的沒錯。」

「那為什麼不可能是我們這名加害者的？」

「你仔細看看那根頭髮。告訴我你看到了什麼。」

瑞卓利暫停一下，回想著她過去所學習到有關鑑識毛髮的一切。她知道艾琳這麼有步驟地要她經歷一次檢驗流程，一定是有原因的；從她的聲音裡聽得出那種暗自的興奮。「這根頭髮是捲髮，捲度大約零點一或零點二。另外你說過頭髮是二十一公分。」

「這個長度在女人來說很正常，」艾琳說。「但以男人來說，就相當長了。」

「你感興趣的，就是長度嗎？」

「不。長度無法決定性別。」

「那麼，我到底應該注意什麼？」

「髮根。你注意到什麼奇怪的地方嗎？」

「這髮根看起來有點粗糙。像一把刷子。」

「正好就是我要講的字眼，我們稱這種是刷狀髮根。那是一束皮質層纖維。藉著檢驗髮根，我們可以看出這根頭髮處於哪個生長階段。要不要猜猜看？」

瑞卓利又盯著那球根狀的髮根，以及蛛絲般的根鞘。「有個透明的東西黏在髮根上。」

「那是上皮細胞。」艾琳說。

「表示這根頭髮還在生長期。」

「沒錯。髮根本身稍微擴大一些，所以這根頭髮是在生長的末期，正要結束生長期。而且那個上皮細胞有可能採到DNA。」

瑞卓利抬頭看著艾琳。「我看不出這個跟喪屍有什麼關係。」

艾琳輕笑一聲。「我指的不是字面上的。」

「那不然是什麼意思？」

「你再看看髮幹，循著髮根往下看。」

瑞卓利再次看著顯微鏡裡面，專注在一段顏色比較深的髮幹。「顏色不一致。」她說。

「繼續。」

「髮幹上有一道黑色，離髮根很近。那是什麼？」

「那叫作髮根條帶，」艾琳說。「皮脂腺管就是從那裡進入毛囊的。皮脂腺的分泌物包括酶，在某種消化過程中會破壞細胞。在接近髮根處形成這種膨脹的黑色條帶。這個髮根條帶，就是我希望你看到的。因為它，這根頭髮就絕對不可能是你們那名兇手的。有可能是從他的衣服上掉下來的頭髮，但不會是他頭上的。」

「為什麼？」

「髮根條帶和刷狀髮根，都是死後才會產生的變化。」

瑞卓利猛地抬頭，瞪著艾琳。「死後？」

「沒錯。那根頭髮是來自分解中的頭皮。上頭的變化很典型，而且是分解過程中特有的。除非你的兇手是從墳墓裡爬出來的，否則這根頭髮不可能來自他頭上。」

瑞卓利花了好一會兒，才有辦法說出話來。「那這個人死了多久，頭髮才會出現這些變化？」

「很不幸，條帶變化對於判定死後的時間沒有幫助。頭髮有可能是死後八小時到幾星期之間，從死者頭皮上拔下來的。至於做過防腐處理的屍體，有可能到幾年後，頭髮看起來也是這樣。」

「那如果你在某人生前就拔下頭髮呢？把那些頭髮擺一陣子？會出現這些變化嗎？」

「不會。只有留在死者頭皮上的頭髮，才會出現這些分解的變化。必須是在死亡之後拔下來才行。」艾琳看著瑞卓利震驚的雙眼。「你的不明兇手接觸過屍體。他的衣服沾上了那根頭髮，然後他綁起葉格醫師的腳踝時，那根頭髮又掉到膠帶上。」

瑞卓利輕聲說：「他還有另一個被害人。」

「有這個可能。不過我要提出另外一個可能。」艾琳走到另一處櫃檯，拿了一個小托盤回來，上面放著一小段防水膠帶，黏膠面朝上。「這一段是從葉格醫師手腕上拆下來的。我想讓你看看紫外線底下的狀況。按一下牆上那個開關好嗎？」

瑞卓利關了燈。在突來的黑暗中，艾琳的小紫外線燈發出一種詭異的藍綠色。這盞燈的光線遠遠不如米克在葉格家用的那台多波域光源器，但當它的光線照過那段膠帶，依然顯露出驚人的細節。留在犯罪現場的黏膠可能是警探的寶庫。纖維、毛髮、指紋，甚至罪犯皮膚細胞裡的DNA，都有可能黏在膠帶上。在紫外線光之下，瑞卓利現在看得到點點灰塵和幾根短毛髮。以及沿著膠帶邊緣一側、極細的流蘇，看起來像是纖維構成的。

「你看到這些最邊緣的纖維都是連續不斷的嗎？」艾琳說。「從他手腕上拆下的整段膠帶上都有，腳踝的也是。看起來好像原先製造出來就是這樣的。」

「但其實不是？」

「對，其實不是。如果你把一捲膠帶側邊朝下放置，膠帶邊緣就會沾上那個放置處的痕跡。這些纖維就是在原先放置的地方沾到的。我們不管走到哪裡，都會沾到環境裡的痕跡，之後到了別的地方，又會把這些痕跡留下。你們的不明兇手也是這樣。」艾琳打開燈，瑞卓利在突來的強光中眨著眼睛。

「這些是什麼樣的纖維？」

「我會讓你看。」艾琳把放著那根頭髮的載玻片取下，換上了另一片載玻片。「你從教學接目鏡看。我再跟你解釋這是什麼。」

瑞卓利在接目鏡裡頭，看到了一根深色纖維，捲曲成一個C形。

「這是從防水膠帶邊緣取下的纖維，」艾琳說。「我用熱空氣把每一層膠帶都剝開來。所有膠帶的邊緣都有這些深藍色的纖維。現在我給你看看橫切面。」艾琳伸手拿了一個檔案夾，從裡頭抽出一張照片。「這是在掃描式電子顯微鏡底下的樣子。看到那些纖維的形狀像個小小的三角形嗎？工廠製造成這個形狀，是要避免累積灰塵。這個三角形是地毯纖維的特色。」

「所以這是人造物質？」

「對。」

「那雙折射呢？」瑞卓利知道，當光線經過人造纖維時，就像照過晶體一樣，往往會分解出兩道線性偏振光。這就是雙折射。每種纖維都有一種特有的雙折射率，可以用偏光顯微鏡測量出來。

「這根藍色纖維，」艾琳說，「雙折射率是零點零六三。」

「這是某種纖維特有的嗎？」

「尼龍六六。常用來製造地毯，因為耐髒、有彈性，又堅韌。更具體來說，這根纖維的橫斷面形狀與紅外線光譜，跟杜邦公司一種用於製造地毯的產品安特強（Antron）吻合。」

「而且是深藍色？」瑞卓利說。「大部分人不會挑這種顏色的地毯，聽起來像是汽車裡的地毯。」

艾琳點點頭。「事實上，這種特定的顏色是八〇二號藍，長期以來都是高價美國車的標準選購配備。比方凱迪拉克和林肯。」

瑞卓利立刻明白往下要推到哪裡。她說：「凱迪拉克有靈車。」

艾琳微笑。「林肯也是。」

她們兩個都在想同一件事：兇手做的工作，是會接觸到屍體的。

瑞卓利努力想著什麼樣的人可能接觸到屍體。獲報前往陳屍現場的警察和法醫。病理學家及其助理。幫屍體做防腐處理的人員和殯儀館的禮儀師。還有幫遺體洗頭髮和化妝、以便親友瞻仰儀容的遺體化妝師。死者會經過一連串活人保護者，這個過程中的痕跡，都有可能黏在任何一個曾接觸屍體的人身上。

她看著艾琳。「那個失蹤的女人。蓋兒．葉格……」

「她怎麼樣？」

「她母親上個月過世了。」

◆

喬伊．瓦倫泰正在讓死者恢復生氣。

來到惠特尼殯儀館暨禮拜堂，瑞卓利和考薩克站在燈光明亮的準備室裡，看著喬伊翻找他的專業化妝工具箱。裡頭有一罐罐的打亮膏和口紅及唇粉。那工具箱看起來就像任何戲劇化妝工具箱，但這些化妝膏和口紅是要讓屍體死白的皮膚顯得栩栩如生。手提音響播送著貓王絲絨般的歌聲〈溫柔地愛我〉，同時喬伊把皮膚蠟抹在屍體的雙手上，堵住各種因靜脈導管和動脈切開所留下的孔洞和傷口。

「這是歐柏太太生前最喜歡的音樂。」喬伊邊工作邊說，偶爾看一眼釘在準備檯旁畫架上的三張生活照。瑞卓利猜想那就是歐柏太太的照片，不過裡頭活著的女人，跟喬伊正努力打扮的這具灰色憔悴屍體實在不太像。

「她兒子說她很迷貓王，」喬伊說。「去過貓王故居優雅園三次。那捲卡帶就是他送來的，這樣我幫她化妝時，就可以一邊聽。我都盡量播放死者最喜歡的歌或音樂，你知道。有助於我了解他們。光是從一個人常聽的音樂，你就可以曉得很多這個人的事。」

「那麼，一個貓王迷看起來應該是什麼樣？」考薩克問。

「你知道。口紅鮮豔一點。頭髮蓬一點。跟聽比方蕭士塔高維契那類古典音樂的人完全不同。」

「那麼，哈勒維太太常聽的是什麼音樂？」

「我其實不記得了。」

「你一個月之前才幫她化妝過。」

「沒錯，但是細節我未必都能記得。」喬伊已經幫死者的兩隻手抹完皮膚蠟。現在他移往工作檯的桌首，隨著〈你不過是一條獵狗而已〉的節奏點頭。他穿著黑色牛仔褲和馬丁大夫鞋，看起來像個新潮的年輕藝術家，正對著空白的畫布沉思。只不過他的畫布是冰冷的肌膚，而他的媒材是化妝刷和口紅罐。「淺紅銅色吧，我想。」他說，然後拿起那罐口紅，用一把調和的抹刀，開始在一個不鏽鋼調色板上混合顏色。「對，這個看起來就很適合一位愛貓王的女士了。」他開始把那顏料塗在屍體的臉頰上，一路抹到髮際線。在那裡，染成黑色的頭髮下頭，探出了一星星銀色髮根。

「或許你還記得跟哈勒維太太的女兒談過。」瑞卓利說，拿出一張蓋兒．葉格的照片給喬伊看。

「你應該去問惠特尼先生。這裡大部分事情都是他安排的。我只是他的助理——」

「但是你和葉格太太一定為了葬禮討論過她母親的妝。因為你是負責幫遺體做準備的。」

喬伊的目光逗留在蓋兒．葉格的照片上。「我記得她生前非常和善。」他輕聲說。

瑞卓利狐疑地看著他。「生前？」

「拜託，我有看新聞的。你不會真以為葉格太太還活著吧？」喬伊轉身對著考薩克皺眉，那位老警探正在準備室裡閒逛，窺看著櫥櫃裡頭。「呃……警探？你有特別在找什麼嗎？」

「沒有。只是很好奇你們停屍房裡面會放些什麼東西而已。」他伸手到一個櫥櫃裡。「嘿，這玩意兒是捲髮棒嗎？」

「是的。我們會洗頭、捲頭髮、修指甲。好讓我們的顧客看起來處於最佳狀態。」

「我聽說你這方面很拿手。」

「他們對我的工作成果都很滿意。」

考薩克笑出聲。「他們自己還有辦法告訴你，嗯？」

「我的意思是，他們的家人。他們的家人很滿意。」

考薩克放下那個捲髮棒。「你幫惠特尼先生工作了多久？七年？」

「差不多。」

「那你一定是高中畢業就來這裡了。」

「我一開始是負責洗靈車，打掃準備室，夜裡接電話去運屍體。然後惠特尼先生讓我幫他做防腐工作。現在他年紀大了，這裡幾乎所有事都是我做的。」

「所以我猜想，你有防腐師的執照了？」

喬伊停頓了一下才回答。「呃，沒有。我從來沒抽出時間去申請過。我只是幫惠特尼先生而已。」

「為什麼你不去申請？這樣似乎可以讓自己更專業。」

「我對現在的工作狀況很滿意。」喬伊的注意力又回到歐柏太太身上，她的臉現在有一種粉紅的色澤。喬伊拿起一把眉刷，開始把褐色刷在她的灰色眉毛上，他上妝的雙手簡直是帶著一種深情的溫柔。大部分年輕男人在這個年紀都急著要迎接人生的挑戰，喬伊．瓦倫泰卻選擇了與死人為伍。他從醫院和老人院運了屍體，來到這個乾淨明亮的房間。他幫死者洗淨、擦乾，幫他們洗頭，替他們化妝，給予他們生者的假象。他幫歐柏太太的雙頰上胭紅時，一邊喃喃道：「太好了，啊沒錯，這樣真的很不錯。你看起來一定會很棒……」

「好吧，喬伊，」考薩克說。「你在這邊工作七年了，對吧？」

「我剛剛不是說過了嗎？」

「可是你從來沒費事去申請任何專業執照？」

「你為什麼老問我這個問題？」

「是因為你知道自己拿不到嗎？」

喬伊僵住了，他的手正要塗唇膏。他沒吭聲。

「惠特尼老先生知道你的犯罪前科嗎？」考薩克問。

最後喬伊終於抬起頭。「你沒告訴他吧？」

「或許我應該的。讓他知道你當初是怎麼嚇壞那個可憐的女孩。」

「我那時候才十八歲。那是個錯誤——」

「錯誤？怎麼？你找錯了窗戶？不是要偷窺那個女孩？」

「我們是高中同學！又不是陌生人！」

「所以你只偷窺你認識的女孩？其他你還做了什麼，從來沒被逮到過嗎？」

「我跟你說過了，那是個錯誤！」

「你從來沒溜進別人家裡？進入他們的臥室？或許偷個胸罩，或者一條漂亮的內褲？」

「耶穌啊。」喬伊低頭看著他剛才掉在地板上的唇膏。看起來好像就要吐出來了。

「你知道，一開始是偷窺女生上廁所，接下來就可能去做其他的壞事。」考薩克說，持續進逼。

喬伊走到手提音響前，關掉音樂。在接下來的寂靜中，他背對著他們，望著窗外馬路對面的墓園。「你是想破壞我的生活。」他說。

「不，喬伊。我們只是想跟你開誠布公談一談而已。」

「惠特尼先生不知道。」

「也不需要讓他知道。」

「除非？」

「你星期天夜裡人在哪裡？」

「在家裡。」

「只有你自己？」

喬伊嘆氣。「聽我說，我知道這一切是怎麼回事。我知道你們想做什麼。但是我告訴過你了。我根本不算認識葉格太太。我唯一做的，就只是照顧她母親。我做得很好，你知道。事後每個人都這麼告訴我。說她看起來活生生的。」

「你介意我們去看一下你的車裡頭嗎？」

「為什麼？」

「只是想看一下而已。」

「是的，我介意。但是你們反正無論如何還是會去看的，對吧？」

「還是要獲得你的同意。」考薩克暫停一下。「你知道，合作是雙向的。」

喬伊還是看著窗外。「那裡今天有個埋葬儀式，」他輕聲說。「你看到那些禮車了嗎？我從小就喜歡看葬禮車隊。那些車好美、好莊嚴。現在這種事大家還是照規矩來，還沒毀掉。不像婚禮，有人會做一些蠢事，比方跳出飛機，或者在全國電視轉播裡說出誓詞。但是葬禮，我們還是會表達出適當的尊重——」

「你的車，喬伊。」

最後喬伊終於轉身，走到櫥櫃抽屜。他手伸進去，拿出一串鑰匙，遞給考薩克。

「是褐色的本田車。」

◆

瑞卓利和考薩克站在停車場裡，低頭看著鋪在喬伊．瓦倫泰汽車裡的那塊褐灰色地毯。

「狗屎，」考薩克一拳敲在後行李廂的車蓋上。「我跟那傢伙還沒完。」

「你根本沒有他任何把柄。」

「你看到他的鞋子了嗎？我覺得像是十一號的。而且那輛靈車鋪著海軍藍的地毯。」

「這樣的車有幾千、幾萬輛，並不表示他就是兇手。」

「唔，反正絕對不會是惠特尼老先生。」喬伊的老闆里昂．惠特尼已經六十六歲了。

「聽我說，我們已經拿到那個不明兇手的DNA了，」考薩克說。「現在我們只要拿到喬伊的就行了。」

「你以為他會乖乖吐口水在杯子裡給你嗎？」

「如果他想保住工作，我想他就會像條狗似的乖乖求我。」

珍．瑞卓利隔著閃爍發熱的馬路，看著對面的墓園，那裡的喪禮行列現在蜿蜒著朝向出口行進。一旦死者埋葬，活人就繼續往前走，她心想。無論有什麼悲劇，人生都一定要繼續下去。我也應該這樣。

「我沒辦法繼續在這個案子上頭花時間了。」她說。

「什麼？」

「我有自己的一堆案子要辦。而且我不認為葉格夫婦的案子跟沃倫．荷伊有任何關係。」

「你三天前可不是這麼想的。」

「唔，當時我錯了。」她穿過停車場來到她的車旁，打開車門，搖下車窗。陣陣熱氣從烤熱的車內撲向她。

「是我惹你生氣什麼的嗎？」考薩克問。

「不是。」

「那你為什麼要退出？」

她坐上駕駛座。即使隔著她的長褲，都感覺到座位好燙。「我過去一年都設法要擺脫『外科醫生』對我的影響。」她說。「我得把他丟在腦後。我不能再繼續這樣下去，看到什麼都想到他。」

「你知道，有時候跟著你的直覺走，就是最好的方法。」

「有時候，那就只是一種感覺，而不是事實。警察的直覺沒有什麼了不起的。總之，直覺是什麼？有多少次，直覺到頭來根本是大錯特錯？」她發動引擎。「這種事太常發生了。」

「所以我沒惹你生氣？」

她甩上門。「對。」

「你確定？」

她隔著打開的車窗看了他一眼。他站在陽光下，濃眉底下的眼睛瞇成兩條縫。兩隻手臂上密密覆蓋著深色的體毛，濃密得像動物，而且他凸腹垮肩的姿勢，讓她想到一隻懶散的猩猩。不，他沒有惹她生氣。但她看著他，實在無法不生出一股深切的厭惡。

「我只是沒辦法繼續花時間在這個案子上了，」她說。「你知道怎麼回事的。」

◆

珍・瑞卓利回到自己的辦公桌，把注意力放在之前累積的文書工作上。最上方是那個飛機男的檔案，他的身分至今還沒查出來，他破碎的屍體也依然躺在法醫辦公室，無人出面認屍。她忽略這個被害人太久了。但即使她打開檔案夾去看裡面的驗屍照片時，心裡還是想著葉格夫婦，以及一個男人衣服上黏著死屍的毛髮。她查了一下波士頓羅根機場的起降班機時刻表，但心裡一直甩不掉蓋兒・葉格的臉，從梳妝台上的照片裡朝她微笑。她想起一年前偵辦外科醫生連續殺人案期間，貼在會議室牆上那些女人的照片。那些女人也都在微笑，照片拍下時，她們的身體依然溫暖，她們的雙眼裡依然有生命的亮光。想到蓋兒・葉格，她就無法不想起之前死掉的那些女人。

她想著，不曉得蓋兒是否已經加入了那些死者的行列。

她的呼叫器震動起來，像是從她腰帶傳來的電擊，提前警告她有個新發現，將會搞亂她的一整天。她拿起電話。

過了一會兒，她匆匆走出警局。

5

那是一條黃色的拉布拉多犬，被附近那些警察搞得興奮到近乎歇斯底里，扯著皮帶又跳又叫，皮帶的另一頭繫在一棵樹上。狗主人是一名精瘦的中年男子，穿著慢跑短褲，坐在附近一塊大石頭上，頭埋進雙手裡，不理會他的狗哀求他注意的短促叫聲。

「狗主人的名字是保羅．凡德斯路特。住在河流街，離這裡只有一哩，」葛瑞格．多德巡警說，他負責封鎖犯罪現場，已經用警方膠帶繞著幾棵樹，圍出一個半圓形。

這會兒他們站在市立高爾夫球場的角落，看著旁邊緊鄰的石溪保留區內的樹林。這個保留區位於波士頓市界南端，四周環繞著廣大的郊區。但是在石溪的四百七十五英畝裡，是一片起伏不平的風景，裡面有樹木茂密的丘陵與谷地、崎嶇的露頭岩脈，以及岸邊長滿香蒲的溼地。冬天時，越野滑雪客會探索這個公園裡十哩長的小徑；夏天時，則有慢跑者在靜謐的樹林中尋找庇護。

凡德斯路特也是如此，直到他的狗帶領他來到躺在樹林中的那具屍體。

「他說他每天下午都會帶狗來這裡跑步，」多德巡警說。「通常會先爬坡上到東邊界路的小徑，穿過樹林，然後沿著高爾夫球場的內側邊緣繞回來。這樣跑大概是四哩。他說他向來都是全程用皮帶牽著狗，但是今天那狗掙脫了。他們正在爬坡要上去小徑時，那條狗忽然往西跑掉，進入樹林，一直沒回來。凡德斯路特去追他，差點就被屍體絆倒了。」多德看了一眼那名慢跑者，他還在那塊石頭上蜷縮著。「於是就打九一一報警。」

「他是打手機？」

「不，長官。他去下頭湯普森中心的一個電話亭。我在兩點三十分左右趕到，很小心不要碰任何東西。我只是走進樹林裡夠遠，足以確認那是一具屍體。大約往裡走五十碼，就已經聞到氣味了；然後又走了五十碼，就看到了。然後我馬上退出來，封鎖現場。邊界路小徑兩端都封起來了。」

「那其他人是什麼時候到的？」

「史力普警探和克羅警探是大約三點趕到的。法醫則是大約三點半。」他暫停一下。「我不曉得你也會來。」

「艾爾思醫師打給我的。我想，所有人暫時都把車停在高爾夫球場了？」

「是史力普警探下令的。他不希望安涅金大道那邊看得到這裡停了車，免得被人注意到這裡有警察出現。」

「有任何媒體出現嗎？」

「沒有，長官。我很小心不要在無線電裡頭透露，改用前面路邊那個電話亭通報。」

「很好，或許我們會走運，媒體根本不會出現。」

「哦—喔。」多德說。「會是第一隻禿鷹出現了嗎？」

一輛深藍色的福特Marquis駛過高爾夫球場的草地，停在法醫處的廂型車旁邊。一個熟悉的過胖人影掙扎著下了車，撫平頭皮上稀疏的頭髮。

「他不是記者，」瑞卓利說。「這個人是我找來的。」

考薩克笨重地朝他們移動。「你真認為是她嗎？」

「艾爾思醫師說很有可能。要真的是，你的兇殺案剛剛就跨入波士頓市界了。」她看著多德。「我們該從哪個方向進去，才不會污染現場？」

「從東邊進去沒問題。史力普和克羅已經錄影過了。腳印和拖拉痕全都是從安涅金大道那個方向過來的。跟著氣味走就行。」

她和考薩克從警方膠帶底下鑽過去，朝樹林走。這部分的次生林跟森林深處一樣濃密。他們低頭閃躲那些搔過臉上的、有尖刺的樹枝，長褲扯到懸鉤子。最後他們走出樹林，來到東邊界路的慢跑小徑，看到一段膠帶在一棵樹上飄蕩。

「那位慢跑者沿著這條小徑跑到一半時，他的狗掙脫了他，」她說。「看起來是史力普故意留一段膠帶給我們看。」

他們穿過慢跑小徑，再度進入樹林。

「啊，要命。我想我聞到了。」考薩克說。

還沒看到屍體，他們就先聽到了蒼蠅不祥的嗡嗡聲。被踩斷的枯枝在他們腳下發出脆響，有如槍聲般令人心驚。隔著前方的那些樹，他們看到了史力普和克羅正厭惡地皺著臉，一邊揮手趕走蟲子。艾爾思醫師蹲在附近的地上，黑色頭髮上映著幾點鑽石般的陽光。走近些，他們看到了艾爾思在做什麼。

考薩克驚駭地哀叫起來。「啊，狗屎。我不需要看到那個。」

「眼部玻璃體鉀含量，」艾爾思說，以她沙啞的嗓音，那些字眼聽起來簡直具有誘惑意味。「可以為死亡時間提供另一個評估值。」

死亡時間會很難斷定，瑞卓利心想，低頭看著那具裸屍。艾爾思已經把屍體翻身放到一張床單上，現在呈仰躺姿勢，因為顱內組織受熱膨脹而造成眼球突出。喉嚨上有一圈圓盤狀的瘀血。長長的金髮像僵硬的稻草。腹部腫脹，表面帶著淡淡的褐綠色澤。細菌分解了血液細胞，污染了血管，而且靜脈驚人地清楚，像是皮膚之下流動的黑色河流。但這一切恐怖，比起艾爾思現在正在進行的程序，都要相形失色。環繞眼球周圍的膜，是人類身體表面最敏感的區域；只要一根睫毛或一顆最細的沙子掉進眼睛，就可以引起極大的不適。所以看到艾爾思用一根二十號的注射針頭刺入屍體的眼睛，瑞卓利和考薩克都畏縮了。只見艾爾思醫師把玻璃體液吸入一個十西西的注射筒裡。

「看起來乾淨又清澈，」艾爾思醫師一副滿意的口氣。她把注射筒放進一個裝滿冰塊的冷藏箱，然後站起來審視這個地點，目光帶著一種尊貴的氣勢。「肝臟溫度只比周圍溫度低兩度，」她說。「而且沒有遭到昆蟲或動物破壞。她陳屍在這裡不會太久。」

「這裡只是棄屍地點？」史力普問。

「屍斑顯示她死的時候是仰天躺著的。看看她背部血液沉積的位置，那裡顏色比較深對不對？但是她被發現時，卻是面朝下趴著的。」

「所以她是被搬到這裡的。」

「不到二十四小時之前。」

「看起來她死掉的時間要久很多。」克羅說。

「沒錯。她全身肌肉鬆弛，而且腫脹得很厲害。皮膚已經開始剝離了。」

「那是流鼻血嗎？」考薩克問。

「分解的血液，她已經開始產生屍水了。體內氣體增加，迫使液體排出來。」

「死亡時間呢？」瑞卓利問。

艾爾思醫師停頓了一下，目光停留在那個腫脹得很怪誕的屍體上頭，他們全都相信這具女屍是蓋兒・葉格。蒼蠅飛舞，以牠們貪婪的嗡響填補了這段沉默。除了長長的金髮，這具屍體跟照片裡的模樣沒有什麼相似之處，而照片裡的那個女人只要露出微笑，就一定能讓男人轉過頭來多看一眼。這令人不安地想到，無論是俊男美女或是長相平庸的人，到頭來都同樣會被細菌和昆蟲化為腐肉。

「這個問題，」艾爾思說，「現在我還沒辦法回答。」

「超過一天嗎？」瑞卓利追問。

「是的。」

「綁架是星期天夜裡發生的。她有可能那時就死掉了嗎？」

「四天？要看周圍的溫度。因為沒有昆蟲破壞的痕跡，所以我認為屍體一直放在室內，不受自然環境的影響，直到最近才丟出來。如果是放在有冷氣的房間，就會拖慢分解的速度。」

瑞卓利和考薩克交換了一個眼色，兩人都在想同一件事：為什麼兇手要等這麼久，才把一具分解中的屍體丟掉？

史力普警探的對講機發出噪響，他們聽到多德的聲音：「佛斯特警探剛到。鑑識組的廂型車也來了。你們準備好了嗎？」

「準備好了，」史力普說。他已經一副筋疲力盡的模樣，被炎熱的天氣榨乾了精力。他是兇殺組裡最年長的警探，離退休只剩不到五年了，也沒有證明自己的必要。他看著瑞卓利。「這個案子，我們是到後段才加入的。你之前一直在跟牛頓市警局合作辦這個案子，對吧？」

她點點頭。「從星期一就開始了。」

「所以這案子就由你主責？」

「好的。」瑞卓利說。

「嘿，」克羅抗議，「我們是第一個趕到現場的。」

「綁架是在牛頓市發生的。」考薩克說。

「可是現在屍體出現在波士頓。」克羅反駁。

「耶穌啊，」史力普說。「我們幹嘛要為這個爭執啊？」

「這是我的案子，」瑞卓利說。「由我主責。」她瞪著克羅，想激他對她提出挑戰，等著他們慣常的較勁又要開始。她看到他一邊嘴角往上揚，開始露出醜陋的冷笑。

然後史力普朝著他的對講機說：「瑞卓利警探現在是主責偵辦的警官。」然後又看著她。「你準備好要讓鑑識組的人進來嗎？」

她抬頭看了天空一眼。現在接近下午五點，西沉的太陽已經有一小部分被樹林遮住了。「趁著還看得見，讓他們趕緊進來吧。」

在逐漸黯淡的天色中，戶外的死亡現場可不是她喜歡的狀況。在森林地帶，野生動物總是伺機而動，要拆散遺體、拖走證據。暴雨會洗掉血跡和精液，狂風會吹跑纖維。他們無法關起門擋住入侵者。所以當鑑識組的人開始做方格搜索時，她感覺到一種急迫性。他們帶來了金屬偵測器和銳利的眼睛，還有證物袋等著要裝滿各種怪誕的寶物。

等到瑞卓利回頭走出樹林，又來到高爾夫球場之時，她已經滿身大汗又髒兮兮，而且打蚊子打得好累。她暫停下來拂掉頭髮上的樹枝，拔掉長褲上黏著的芒刺果實。直起身子時，她忽然看到一名沙褐色頭髮、穿西裝打領帶的男子，正站在法醫處廂型車旁邊，手機貼在一邊耳朵上。

她走向依然堅守著封鎖線的多德巡警。「那邊那個穿西裝的是誰？」她問。

多德朝那男子的方向看了一眼。「他？說他是聯邦調查局的。」

「什麼？」

「他剛剛跟我亮了警徽，想說服我讓他進去。我跟他說他得先得到你的允許。他聽了好像不太高興。」

「聯邦調查局的人跑來這裡做什麼？」

「這可問倒我了。」

她觀察那男子一會兒，被這個調查局探員跑來的事情搞得很煩。身為主責偵辦的警官，她不希望自己的職權界限有任何模糊狀況；而這個男人，舉止像個軍人，加上一身企業家的西裝，看起來已經是一副喧賓奪主的姿態。她走向他，但他一直沒理會，直到她走到他旁邊。

「打擾一下，」她說。「我聽說你是聯邦調查局的人？」

他啪一聲闔上掀蓋式手機，轉身面對她。她看到輪廓分明的五官，以及冷靜而不為所動的眼神。

「我是珍．瑞卓利警探，這個案子的主責警官。」她說。「可以看一下你的證件嗎？」

他伸手到夾克裡，掏出他的警徽。她審視時，可以感覺到他在觀察她、打量她。她好恨他那種無言的評估，好恨他害她要提防，彷彿他已經主掌大局了。

「嘉柏瑞．狄恩探員。」她說，把警徽遞還給他。

「是的。」

「請問一下，聯邦調查局來這裡有什麼事？」

「我不曉得我們是敵對的。」

「我有說我們是敵對的嗎？」

「我清楚感覺到，你認為我不該來這裡的。」

「聯邦調查局的人不常出現在我們的犯罪現場。我只是很好奇，是什麼原因讓你跑來這裡的。」

「我們之前接到了牛頓市警局有關葉格兇殺案的通報。」這個回答並不完整；他有太多事情都省略不說，逼得她得再設法打聽。不透露資訊是一種權力的形式，而她很了解他在玩什麼把戲。

「我想你們平常應該會收到很多通報吧。」她說。

「是的，沒錯。」

「每件兇殺案都會通報到聯邦調查局，不是嗎？」

「的確。」

「那這樁兇殺案，有什麼特別的地方嗎？」

他只是用那種莫測高深的表情看著她。「我想每個被害者都是獨特的。」

她的怒氣逐漸按捺不住了。「這具屍體才發現了幾小時，」她說。「你們立刻就接到通報？」

他嘴唇微微一扯，露出隱約的微笑。「我們不完全是圈外人，警探。如果你能把你們的進展知會我們，我會很感激的。驗屍解剖報告、微物跡證、所有目擊證人的證詞——」

「這可是很多文書工作啊。」

「這點我明白。」

「可是這些資料你還是全都要？」

「是的。」

「有什麼特定的理由嗎？」

「一件謀殺和一件綁架案，難道不應該引起我們的興趣？我們想追蹤這個案子。」

儘管他這麼壯碩，她還是毫不猶豫地往前逼近，挑戰他。「你打算什麼時候開始接管？」

「這個案子還是你負責的。我只是來協助而已。」

「即使我不認為有讓你協助的必要？」

他的目光轉到樹林裡冒出來的兩個法醫處工作人員，他們正把裝著屍體的擔架運上廂型車。

「只要能抓到這個兇手，」他輕聲問，「誰負責這個案子，真的有差嗎？」

他們看著廂型車開走，載著那具已經被人糟蹋的屍體前往法醫處，往後會在明亮的燈光下接受更大的屈辱。嘉柏瑞．狄恩的回答狠狠提醒了她，管轄權之爭有多麼不重要。蓋兒．葉格才不在乎抓到她兇手的功勞會算在誰頭上。她唯一要求的就是還她公道，無論是由誰實現。而瑞卓利唯一該給她的，也就是公道。

但眼看著自己辛苦工作的成果被同事搶走，那種滋味她太清楚了。不止一次，她辛辛苦苦從零開始，才剛把案子辦出點頭緒，就看著男人理所當然站出來，傲慢地搶走案子的主控權。這回她絕對不容許這種情況發生。

她說，「很感謝聯邦調查局願意提供協助。但是眼前，我想我們各方面都照顧到了。如果需要你們幫忙，我會告訴你的。」說完了她就轉頭要離開。

「我想你可能不明白狀況，」狄恩說。「我們現在也是團隊的一分子了。」

「我不記得我請求過聯邦調查局的協助。」

「我已經得到你們組裡指揮官的批准了，就是馬凱特副隊長。你想跟他確認嗎？」他遞出手機。

「謝了，我自己有手機。」

「那麼我強烈建議你打電話給他。這樣我們就不必為了搶地盤而浪費時間了。」

她很驚訝他這麼輕易就進入偵辦團隊，也很驚訝自己之前對他的評估這麼準確。這個人是不會乖乖置身局外的。

她拿出自己的手機，開始按號碼。但馬凱特還沒接起來，她就聽到多德巡警喊著她的名字。

「史力普警探要找你。」多德說，把他的對講機遞過來。

她按了通話鍵。「我是瑞卓利。」

隔著一陣靜電雜音，她聽到史力普說：「你趕快回來這裡吧。」

「有什麼狀況？」

「呃……你最好自己過來看。我們在另一個的北邊大約五十碼。」

另一個？

她把對講機塞回給多德，拔腿就衝進樹林裡。她太匆忙了，因而一時還沒注意到嘉柏瑞·狄恩跟著她。等到她聽到一根樹枝踩斷的脆響而回頭看，才發現他就緊跟在她後頭，一臉嚴肅而堅決。她沒耐心跟他爭執了，於是就不理他，繼續往前跑。

她看到幾個男人淒慘地圍成一圈，像參加葬禮似的低頭不語。史力普轉頭望著她。

「他們剛用金屬探測器掃過第一遍，」他說。「鑑識人員正要走回高爾夫球場，警示鈴聲就響起來了。」

瑞卓利加入那一圈人，蹲下來檢視著他們的發現。

那顆顱骨已經脫離身軀，單獨安置在地上，沒跟其他幾乎只剩骸骨的遺體在一起。一顆金牙冠從一排沾了塵土的牙齒中發出閃光，像海盜的金牙般。她沒看到衣服，也沒有殘餘的布料，只有毫無遮蔽的骨頭，上頭黏著分解中、有如皮革般的零星碎肉。一叢叢褐色長髮黏著落葉，顯示這具遺體很可能是女人的。

她直起身子，目光掃過森林的地面。蚊子落在她臉上，吸著她的血，但她渾然不覺。她只是專心看著一層層落葉和小樹枝，以及濃密的林下灌木叢。這個幽靜的樹林深處，現在令她不寒而慄。

有多少女人就躺在這些樹林裡？

「這裡是他的垃圾場。」

她轉身看著剛剛講話的嘉柏瑞．狄恩。他蹲在幾呎外，用戴著手套的手仔細翻著那些落葉。她之前根本沒看到他戴上手套。現在他站起來，對上她的目光。

「這名兇手以前利用過這個地方棄屍，」狄恩說。「而且以後大概也還會再用。」

「如果我們沒把他嚇跑的話。」

「要想保密是很艱難的任務。如果你們沒驚動他，他就可能還會回來。不光是來丟棄另一具屍體而已，也可能是來探訪。重溫那種刺激感。」

「你是行為科學組的人，對吧？」

他沒回答她的問題，只是轉身審視著圍繞在樹林裡的那些人員。「如果這件事有辦法瞞著媒體，可能就有一絲機會。但是我們現在就得趕緊採取措施了。」

我們。藉由這麼一個詞，他就跟她結成了夥伴關係，但她從來不想要、也沒答應過這樣的關係。然而他人在這裡，發號施令。格外讓人火大的是，所有聽著他們對話的人都明白，她的權威現在受到挑戰了。

只有考薩克以他慣有的直率加入談話。「對不起，瑞卓利警探，」他說。「請問這位先生是誰？」

「聯邦調查局。」她說，目光依然盯著狄恩。

「所以誰能跟我解釋一下，這個案子什麼時候由聯邦調查局接管了？」

「沒有，」她說。「狄恩探員正要離開。哪個人幫忙帶他出去吧？」

她和狄恩對視一會兒。然後他朝她點了個頭，無言地表示這一輪他讓步了。「我自己找得到路出去。」他說。然後轉身朝高爾夫球場走。

「這些聯邦調查局的人是怎麼回事？」考薩克說。「總以為他們是老大。他們的人跑來這裡做什麼？」

瑞卓利瞪著樹林裡嘉柏瑞・狄恩剛剛消失的地方，一個灰色的人影融入暮色中。「我要是知道就好了。」

◆

半個小時之後，馬凱特副隊長抵達了現場。

大官出現通常是瑞卓利最不歡迎的事情。她不喜歡工作時有個上級長官在旁邊監視。但馬凱特沒介入，只是站在樹林裡，默默評估著情勢。

「副隊長，」她打了招呼。

他也只是點個頭。「瑞卓利。」

「聯邦調查局是怎麼回事？他們有個探員跑來這裡，要求獲得所有的相關資料。」

馬凱特點點頭。「他是透過警察局長辦公室正式提出要求的。」

所以這是最高層批准的。

瑞卓利看著鑑識組人員打包工具，朝他們的廂型車走。雖然他們現在站在波士頓市界內，但石溪保留區這個黑暗的角落，感覺上就像森林深處一樣孤立。大風吹起落葉，掀起一陣腐臭味。隔著樹影，她看到巴瑞．佛斯特手上的手電筒光束在黑暗中跳動，他正忙著拆除犯罪現場的封鎖膠帶，除去警方活動的所有痕跡。今夜，他們會開始監視這裡，因為一個兇手對腐爛氣味的渴望，可能會促使他回到這個偏僻的公園，到這個寂靜的樹林裡。

「所以我沒有別的選擇，」她說。「只能跟狄恩探員合作了？」

「我跟局長辦公室保證我們會配合的。」

「聯邦調查局為什麼對這個案子有興趣？」

「你問過狄恩嗎？」

「那就像是在對著那棵樹說話似的，根本什麼回應都沒有。我不喜歡這樣。我們必須給他一切，但是他連一丁點都不必告訴我們。」

「也許你跟他談的方式不對。」

憤怒像毒藥般衝進她的血流裡。她知道他這句話的言外之意：你的態度太自我中心了，瑞卓利。你老是會激怒男人。

「你見過狄恩探員嗎？」她問。

「沒有。」

她諷刺地笑了一聲。「真幸運啊。」

「聽我說，我會盡量查問看看。你就設法跟他合作，行嗎？」

「誰說我不跟他合作的？」

「有人打電話來說了。我聽說你把他趕出棄屍地點。那可不是合作的態度。」

「他挑戰我的權威。我在這裡得立刻確立我的地位才行。這案子到底是不是由我負責的？」

馬凱特頓了一下。「由你負責沒錯。」

「我相信你會把這個訊息傳達給狄恩探員。」

「我會想辦法的。」馬凱特轉身瞪著樹林裡。「所以現在我們有兩具遺骸了。兩個都是女性？」

「從骸骨的尺寸，還有殘留的頭髮來看，第二具看起來也是女人。軟組織幾乎都沒了。死後被食腐動物毀損，但是沒有明顯的死因。」

「你確定這裡沒有其他屍體了？」

「尋屍犬沒找到。」

馬凱特嘆了口氣。「感謝老天。」

她的呼叫器震動起來。她低頭看了一眼，認出上頭的電話號碼。是法醫處。

「就像去年夏天，」馬凱特喃喃道，依然瞪著樹林。「『外科醫生』也大概就是在這個時間開始殺人的。」

「都是因為天氣太熱，」瑞卓利說著掏出自己的手機。「把惡魔都引出來了。」

6

我的手心裡握著自由。

那是個五邊形的白色小藥片，一面印著msd 97。迪皮質醇（Decadron），四毫克。這藥片形狀太漂亮了，不像其他太多藥是無趣的圓盤形或魚雷般的圓管形。這個設計需要想像力的跳躍，需要腦中靈光一閃。我想像著默克藥廠的行銷人員圍著會議桌討論，詢問彼此：「我們要怎麼讓這種藥一眼就認得出來？」結果就是這個五邊形的小藥片，放在我掌心像個小珠寶。我一直在儲存這藥片，藏在我床墊裡的一個小裂縫裡，等著適當的時機，善加利用它的神奇性。

等著一個訊號。

我蜷身坐在我囚室裡的床上，一本書撐在膝蓋上方。監視攝影機只看到一個好學的囚犯在閱讀《莎士比亞作品全集》。那攝影機無法穿透封面，照不到我握在手裡的東西。

在樓下的康樂室裡，電視裡播著嘈雜的廣告，還有來回的乒乓球對打聲。又是C囚區另一個刺激的夜晚。再過一個小時，監獄廣播系統就會宣布熄燈，囚犯們就會爬上樓梯回到牢房，鞋子吭噹敲著金屬階梯。他們每個人都會走進自己的牢籠，像是服從的老鼠聽從擴音器裡講話的主人。在警衛室，他們會把命令輸入電腦，所有的囚室門都會同時關起，把那些老鼠鎖在裡頭過夜。

我往前弓身，頭湊到書上，彷彿那些字印得太小。我極其專心瞪著「《第十二夜》，第三幕，第三場：一條街道。安東尼與西巴斯辛上……」

沒什麼好監視的，朋友。只不過是一個男人坐在床上，正在閱讀。他忽然咳嗽，出自本能地一手掩住嘴。攝影機沒看到我手掌裡的小藥片。沒看到我的舌頭一探，也沒看到藥片像一塊聖餅般黏住舌頭，進入我的嘴裡。我乾吞下藥片，不需要喝水。這藥片很小，輕易就能吞下。

即使藥片還沒在我的胃裡融化，我就已經想像著它的藥力在我的血管裡奔流。迪皮質醇是商品名，其成分是地塞米松，這是一種腎上腺素皮質類固醇，對人體每個器官都會造成重大影響。像迪皮質醇這類的糖皮質激素會影響一切，從血糖到水腫，到DNA合成。沒了糖皮質激素，身體就會崩潰。它們協助我們保持血壓穩定，防止我們因為受傷或感染而休克。它們影響我們的骨頭發育和生育力，肌肉生長和免疫力。

它們會改變我們的血糖濃度。

當牢門終於滑過去關上、燈光熄滅後，我躺在床上，感覺血液搏動著流遍全身。我想像著一個個血球在我的靜脈和動脈裡翻滾。

我曾透過顯微鏡看過血球無數次。我知道每種血球的形狀和功能，只要看一眼顯微鏡裡頭，我就可以告訴你這個血樣是否正常。只要朝顯微鏡裡頭看一眼，我就立刻能估計出不同的白血球比例。這種檢驗叫做白血球分類計數，我當醫學檢驗師時已經執行過無數回了。

我想像自己的白血球在血管裡流動。就在這一刻，我的白血球分類數改變了。我兩小時之前吞下的那片迪皮質醇，現在已經在我胃裡溶解，裡頭的激素正滲入我的體內，執行它的魔術。從我血管裡所抽出的血樣，將會呈現出驚人的反常：壓倒性數量的白血球細胞質內充滿小顆粒，且細胞核有多葉。這些是嗜中性白血球，當面對巨大感染的威脅時，它們就會成群採取行動。

醫學院學生都被教導，當你聽到馬蹄聲，就一定會想到馬，而不是斑馬。所以看到我血球檢驗結果的醫師一定會想到馬。他會推出一個完全合邏輯的結論。他絕對不會想到，這回奔跑過去的真的是一隻斑馬。

◆

在驗屍區的更衣室裡，瑞卓利穿上外袍、戴上鞋套、手套，外加紙帽。之前去石溪保護區奔波之後，她一直沒時間沖澡，現在來到這個冷氣太強的房間裡，皮膚上的汗水像霧淞般寒颼颼。而且她沒吃晚餐，這會兒餓得頭重腳輕。打從當警察以來，她頭一次考慮要在鼻子底下擦點薄荷清涼軟膏，好壓過解剖的氣味，但她抗拒著那個誘惑。她以前從來沒用過，因為她認為那是軟弱的表現。身為兇殺組警探，應該要能處理工作中的每個面向，無論有多麼不愉快。而儘管她的同事可能會退到薄荷的盾牌後面，但她還是頑固地忍受著解剖區裡那些不加掩飾的臭味。

她深呼吸，吸入最後一口沒有污染的空氣，然後推門進入解剖室。

她料到裡面會有艾爾思醫師和考薩克在等著，但是沒料到嘉柏瑞．狄恩也在場。他站在解剖檯對面，一件外科手術袍罩住他的襯衫和領帶。對照著一臉筋疲力盡且雙肩垮下的考薩克，同樣歷經了白天一連串事件的狄恩警探看起來既不疲倦也不彎腰駝背。只有下巴剛長出的鬍碴稍微破壞了他清爽的模樣。他泰然自若地看著她，表明他很清楚自己完全有權利站在這裡。

在明亮的檢查燈下，那具屍體看起來遠比她幾個小時前看到的要糟糕許多。屍水持續從鼻子和嘴巴滲出，在臉上留下一道道血痕。腹部鼓脹得像是懷孕晚期。皮膚下方的真皮冒出了一個個薄得像紙、充滿液體的水泡。軀幹許多地方的皮膚完全剝落，堆積在胸部底下，像是皺起的羊皮紙。

瑞卓利注意到屍體的指腹都沾著墨漬。「你們已經採好指紋了。」

「就在你來之前才剛弄的。」艾爾思醫師說，她的注意力集中在吉間剛剛推到解剖檯旁的那盤工具上。死者比活人更能引起艾爾思的興趣，而眼前她也一如往常，對於解剖室裡那種緊繃的情緒渾然不覺。

「檢查過雙手了嗎？在你們採指紋之前？」

狄恩探員說：「我們已經完成外部檢查了。用黏性膠帶採集了纖維，另外也把剪下的指甲收集好了。」

「那請問你是什麼時候趕到這裡的，狄恩探員？」

「我也比他晚到，」考薩克說。「我猜想，有些人在食物鏈上的位置就是比較高。」

要是考薩克這些話的目的是要激怒她，那麼他成功了。被害人的指甲裡可能有從攻擊者身上摳下的皮膚碎屑。握住的拳頭裡可能抓著毛髮或纖維。檢查被害者雙手是驗屍很重要的一個步驟，而她錯過了。

但是狄恩沒錯過。

「我們已經確認了被害人身分，」艾爾思說。「蓋兒・葉格的牙齒X光片都放在燈箱上頭了。」

瑞卓利走到燈箱前，審視著一連串夾著的小小X光片。牙齒在片子的黑色背景下發亮，像一排幽靈似的墓碑。

「過去一年，葉格太太的牙醫幫她做了一些牙冠治療。你從那些片子裡可以看得出來。二十八號牙齒是金牙冠。另外，三號、十四號、二十九號牙齒有銀汞合金的補牙。」

「所以比對結果吻合？」

艾爾思點點頭。「我毫不懷疑，這是蓋兒．葉格的遺骸。」

瑞卓利轉身回到解剖檯旁，目光落在環繞著脖子的那一圈瘀青。「脖子拍了X光片嗎？」

「拍了。兩邊甲狀軟骨都有斷裂。符合徒手勒殺的特徵。」艾爾思轉向吉間，這位助手的沉默和幽靈般的效率，有時會讓人忘了他的存在。「幫她調整好位置，準備做陰道拭子。」

接下來的過程，瑞卓利認為是一個女人的遺體所能碰到最屈辱的事情。比開膛剖腹還要糟糕，比切除心臟和肺臟還要糟糕。吉間把鬆弛的雙腿擺放成青蛙一般的姿勢，兩隻大腿拉得很開，準備做骨盆檢查。

「對不起，警探？」吉間對著考薩克說，他離蓋兒．葉格的左大腿最接近。「你能不能幫忙抓著那隻腿固定位置？」

考薩克驚駭地瞪著他。「我？」

「只要讓膝蓋像這樣彎曲，好讓我們採樣。」

考薩克不情願地伸手握住屍體的大腿往後拉，結果一片皮膚在他戴著手套的手裡脫落。「基督啊。噢，基督啊。」

「無論你做什麼，那片皮膚本來就會脫落的。麻煩把那隻大腿拉開就是了，好嗎？」

考薩克重重呼出一口氣。在一片臭氣之間，瑞卓利聞到一絲薄荷軟膏的氣味。至少考薩克沒有驕傲得不肯在鼻下擦軟膏。他苦著臉抓住屍體大腿，往旁邊彎，露出蓋兒．葉格的外生殖器。「從今以後，性愛對我可真是吸引力大增呢。」他喃喃道。

艾爾思醫師調整檢查燈，對準了會陰。她輕柔地將腫起的陰唇撥開，露出陰蒂。儘管瑞卓利向來堅忍，但她也受不了看著這個怪誕的入侵過程，於是別開了臉。

她的目光迎上了嘉柏瑞．狄恩的。

在此之前，他始終都平靜而超然地旁觀著驗屍過程。但在那一刻，她看到了他眼中的憤怒，就跟她一樣，他們氣的是把蓋兒．葉格害得必須遭受這個最極致屈辱的男人。懷著同樣的憤慨看著對方，他們暫時忘了彼此的敵對關係。

艾爾思醫師把一根棉花棒插入陰道，抽出後抹在一塊載玻片上，再將載玻片放進一個托盤。接下來，她做了直腸採樣，同樣會送去檢查是否有精子。等到她採樣完畢，蓋兒．葉格的雙腿再度放直，瑞卓利覺得好像最壞的部分結束了。即使艾爾思開始做Y字形切口，從右肩往下斜切到胸骨下端，但瑞卓利覺得，剛剛那個檢查讓被害人所歷經的屈辱程度，再沒有其他能超越了。

艾爾思醫師正要從左肩割下一道對稱的切口時，狄恩說：「那陰道抹片呢？」

「那些抹片會送到鑑識實驗室。」艾爾思醫師說。

「你不打算做溼抹片？」

「實驗室用乾抹片也完全可以鑑別出精子的。」

「這是你檢驗新鮮樣本的唯一機會了。」

艾爾思醫師愣了一下，手術刀尖端停在皮膚上方，困惑地看了狄恩一眼。然後她對吉間說，「在那塊載玻片上滴幾滴食鹽水，然後放在顯微鏡下。我馬上就過去看。」

腹部切口是下一個，艾爾思醫師的手術刀劃過膨脹的肚子。腐爛器官的臭味忽然超過了瑞卓利所能負荷。她踉蹌轉身離開，衝到水槽邊乾嘔，很後悔之前這麼愚蠢，竟然想證明自己的堅忍。她納悶著狄恩探員這會兒是不是心懷優越感看著她。她可沒看到他的唇上有薄荷軟膏的發亮痕跡。她背對著解剖檯，豎起耳朵聽著驗屍在她背後進行，聽到空氣持續從通風系統吹出來，還有咕嚕水聲和金屬工具的鏗鏘聲。

然後她聽到吉間吃驚地喊道：「艾爾思醫師？」

「是的？」

「我把載玻片放在顯微鏡底下，結果……」

「有精子？」

「你真的得自己來看看。」

瑞卓利的嘔吐感消退了，於是轉身，看到艾爾思醫師摘下手套，坐在顯微鏡前。吉間站在旁邊，看著她眼睛湊在接目鏡上。

「你看到了嗎？」他問。

「看到了，」她喃喃說。然後她抬起頭，一臉震驚，轉向瑞卓利。「這屍體是在下午兩點左右發現的嗎？」

「是的。」

「而現在是九點——」

「裡頭到底有沒有精子？」考薩克插嘴。

「有的，裡頭有精子，」艾爾思說。「而且還有活動力。」

考薩克皺眉。「表示什麼？表示還會動？」

「是的，會動。」

整個房間霎時安靜下來。這個發現的含義把他們全都嚇壞了。

「精子的活動力可以維持多久？」瑞卓利問。

「要看環境？」

「多久？」

「射精之後，有可能維持一到兩天。在這個顯微鏡底下，有至少一半的精子在動。這是剛射精不久的狀況，大概不會超過一天。」

「那麼，被害人死亡多久了？」狄恩問。

「根據我五個小時前從被害人眼睛裡抽取的玻璃體鉀含量來看，她已經死亡超過六十個小時了。」

接下來又是一段沉默。瑞卓利看到每個人臉上都顯示出同樣的結論。她看著蓋兒·葉格的屍體，現在軀幹被剖開來，器官外露。瑞卓利雙手摀住嘴，轉身朝向水槽。當警察以來頭一回，珍．瑞卓利吐了。

◆

「他早就知道，」考薩克說。「那個狗娘養的老早就知道了。」

他們一起站在法醫處那棟建築物背後的停車場裡，考薩克的香菸尖端亮著橘色光。經歷過驗屍室的寒氣之後，置身於夏日夜晚的熱氣中，感覺簡直是舒服，終於可以逃離那些刺眼的手術燈，退入這片黑暗中。她因為自己表現出軟弱而覺得難堪，而最難堪的是狄恩警探在場看到了。至少他夠體諒，沒有任何批評，對待她的態度既不同情也不嘲笑，只是漠不關心。

「要求做那個精子檢驗的人就是狄恩，」考薩克說。「那個檢驗叫什麼──」

「溼抹片。」

「是啊，那個溼抹片玩意兒。艾爾思醫師原先不想當場檢查的。她本來打算讓抹片先乾掉，於是這個聯邦調查局的傢伙就告訴醫師該做什麼。看起來他完全知道要找什麼，也知道會發現什麼。他怎麼會知道的？而且總之，聯邦調查局到底為什麼要關心這個案子？」

「你做過葉格夫婦的背景調查。有哪一點會吸引聯邦調查局的？」

「完全沒有。」

「他們是不是涉入了什麼不該碰的事情？」

「你講得好像葉格夫婦是自己惹禍上身的。」

「他是醫師。會不會有什麼毒品或藥物的交易？他成了聯邦證人？」

「他沒有犯罪紀錄，他太太也沒有。」

「殺害他的致命傷——像是處決。或許那是個象徵。割斷喉嚨，讓他閉嘴。」

「耶穌啊，瑞卓利。你這是一百八十度大轉變。一開始我們認為加害者是性侵慣犯，殺人是為了其中的刺激。現在你認為是有什麼陰謀了。」

「我只是想了解狄恩為什麼會介入。聯邦調查局從來不關心我們的案子。他們不會來礙我們事，我們也不會去礙他們的事，大家都高興。『外科醫生』的案子偵辦時，我們沒有要求他們的協助。整個案子全都是局裡的人在辦，連側寫也是我們自己找的人。他們的行為科學組忙著巴結好萊塢都來不及，根本沒空理我們。所以這個案子有哪裡不一樣？葉格夫婦有什麼特別的？」

「我完全沒查到他們有什麼可疑的，」考薩克說。「沒負債，沒有任何財務警訊。沒有進行中的官司。沒有人對他們任何一個有不滿。」

「那為什麼聯邦調查局會有興趣？」

考薩克認真想了一下。「或許葉格夫婦在高層有朋友，急著想替他們討回公道。」

「那狄恩應該就會老實告訴我們吧？」

「聯邦探員向來不喜歡告訴你任何事。」考薩克說。

她回頭看著法醫處。接近半夜十二點了，他們還沒看到莫拉．艾爾思離開。瑞卓利走出驗屍區時，艾爾思正在口述她的報告，連揮手道別都沒有。死亡天后對活人向來不太注意的。

我還不是一樣？我晚上躺在床上時，看到的是被害人的臉。

「這個案子不光只是葉格夫婦而已，」考薩克說。「現在我們有第二具屍體了。」

「我想喬伊・瓦倫泰可能就脫身了，」瑞卓利說。「驗屍結果解釋了兇手身上是怎麼沾上那根屍體的頭髮——是從更早的被害人身上。」

「我還沒放棄喬伊，我還要繼續查他。」

「你有他什麼把柄嗎？」

「還在找。」

「你只有他幾年前偷看女生洗澡的前科，這樣是不夠的。」

「可是那個喬伊，他真的很怪。你一定要夠怪，才能樂於幫死人畫口紅。」

「光是怪還不夠。」她凝視著法醫處，想著莫拉・艾爾思。「從某些方面來說，我們全都很怪。」

「是啊，但是我們是正常的那種怪。喬伊的那種怪，一點也不正常。」

瑞卓利大笑。這番對話愈來愈荒謬了，而且她累得再也沒辦法談下去了。

「我剛剛說了什麼？」考薩克問。

她轉向自己的車。「我快累垮了。我得回家睡一下才行。」

「明天那個骨頭博士來，你會到吧？」

「會的。」

明天下午，一名鑑識人類學家會跟艾爾思一起檢查第二個女人的那具骸骨。雖然瑞卓利並不想再來這裡，但這是她無法迴避的職責。她走到自己的車旁，開了門鎖。

「嘿，瑞卓利？」考薩克喊道。

「什麼事？」

「你吃過晚餐了嗎？要不要去吃個漢堡什麼的？」

這是任何警察都會對另一個警察提出的邀請。一個漢堡，一杯啤酒，在緊張的一天之後放鬆兩三個小時。沒什麼特別或異常之處，但這回的邀約卻讓她覺得麻煩，因為她感覺到背後的那種孤單、那種絕望。而她不想捲入這個人黏纏的渴望中。

「下次吧。」她說。

「是喔，好吧。」他說。「下次吧。」然後迅速一揮手，轉身走向自己的車。

◆

到家後，她發現答錄機裡有一則她哥哥法蘭基的留言。她一邊翻閱著信件，一邊聽著他的聲音播放出來，可以想像他趾高氣揚的模樣，還有他那張霸道的臉。

「嘿，小珍？你在嗎？」暫停好一會兒。「哎，狗屎。聽我說，我完全忘了明天是老媽生日。我們一起送個禮物好不好？把我的名字也寫上去。我會寄支票給你。告訴我該給你多少就好了，行吧？再見了。喔還有，你最近還好吧？」

她把信件扔在茶几上，喃喃說：「是喔，法蘭基。上回的禮物你根本沒給我錢。」但總之現在也太遲了，禮物早已經寄出去了——一盒粉橘色浴巾，上頭繡了安琪拉的姓名縮寫。今年，這份禮物完全是小珍送的。雖然其實也沒差。法蘭基向來藉口多得很，而對老媽來說，每個藉口都結實可靠得像純金。他是海軍陸戰隊，在加州潘德頓營基地裡當訓練新兵的教育班長，安琪拉老是擔心他，掛念他的安危，彷彿他在那個危險的加州灌木叢裡每天都要面對敵人的砲火。她甚至會唸叨說不曉得法蘭基有沒有吃飽。是喔，當然了，媽。美國海軍陸戰隊會讓你一百公斤的寶貝餓死。事實上，餓肚子的是珍，從中午開始就沒吃東西。後來又很丟臉地嘔吐在解剖室的水槽裡，清空了胃裡剩下的東西，而現在她餓壞了。

她翻找廚房裡的櫥櫃，找到了懶女人的寶物：鮪魚罐頭，她打開後直接吃起來，配著幾片蘇打餅乾。吃完還是很餓，她又回去翻櫥櫃，找到切片蜜桃罐頭，也吃得乾乾淨淨，然後一邊舔著叉子上的糖漿，一邊打量釘在牆上的那張波士頓地圖。

石溪保留區是一片寬闊的長條形綠色，周圍環繞著郊區——北邊是西羅斯伯里和克雷潤頓山莊，南邊是戴德姆和瑞德維爾。夏天時，這個保留區會吸引大量家庭和慢跑者及野餐者前來。誰會注意到安涅金大道上有一名男子獨自開著車？當他駛入其中一個停車區停下，望著樹林內時，誰會費事去觀察他？對於那些厭煩水泥與柏油路、手提鑽鑽和刺耳喇叭聲的人來說，一個郊區公園有難以抗拒的吸引力。眾人來到這片涼爽的樹林和草地間尋求慰藉之時，其中卻有一個人心中懷著完全不同的目的。那是一個掠食者，要找個地方丟棄他的獵物。她透過他的雙眼看著這個保留區：濃密的樹，鋪在地上厚厚的落葉。在這個世界裡，昆蟲和森林動物都會樂意配合這種丟棄的行動。

她放下叉子，那敲擊桌子發出的吭噹聲出奇地響亮。

她從書架上拿起那包彩色的大頭圖釘，挑了一枚紅色的釘在蓋兒．葉格所居住的牛頓市那條街上，然後另一個紅色的釘在蓋兒屍體所發現的石溪保留區。她又在石溪加了另一枚圖釘——這回是藍色的——代表那具不知名女子的遺骸。然後她坐下來，仔細思索著兇手世界的地理狀況。

在調查外科醫生殺人案期間，她學會了用掠食者研究獵場的方式，去研究城市地圖。畢竟，她自己也是獵人，為了要抓到她的獵物，她就得了解他所居住的世界、他走過的街道、他漫遊的街坊地帶。她知道人類掠食者最常在熟悉的區域出獵。就像其他人一樣，他們有自己的舒適圈，有自己的每日例行常規。所以當她看著地圖上的大頭圖釘時，她知道自己看到的不光是犯罪現場和棄屍處的位置而已；她還看到了他的活動範圍。

牛頓市是專業人士聚居的郊區，高級而昂貴。石溪保留區則在往東南的五公里外，遠遠不如牛頓市那麼時髦又貴氣。兇手會是住在保留區附近，趁通勤時鎖定經過的獵物嗎？那麼他就必須能融入環境，不會格格不入而引起懷疑。如果他住在牛頓市，那他就一定是白領階級、有白領的品味。

而且找到了白領的被害人。

波士頓交錯的街道在她疲倦的眼睛前方模糊起來，但她沒放棄而去睡覺；她累過頭而恍惚地坐在那兒，一百個細節在她腦海裡浮沉。她想著一具腐爛屍體上的新鮮精液。想到一具無名的骸骨。深藍色地毯纖維。一個兇手身上掉下以往被害人的頭髮。電擊槍、獵刀、摺疊起來的睡袍。

還有嘉柏瑞．狄恩。聯邦調查局在這一切裡頭扮演什麼角色？

她頭埋進雙手裡，覺得腦袋快要因為資訊過多而爆炸了。她之前一直想當主責的警探，甚至強力爭取，結果現在這個案子的調查工作壓垮了她。她累得無法思考，又緊繃得睡不著。她想著這就是崩潰的感覺嗎？然後又使勁壓下這個念頭。在她的警察生涯中，她曾經為了追逐一個嫌犯而跑過屋頂，曾經踢開好幾扇門，曾在一個地窖裡面對自己的死亡。

她還殺過一個男人。

但直到此刻之前，她從沒感覺這麼接近崩潰。

◆

那位監獄護士在我的右臂綁上止血帶，動作毫不溫柔，那乳膠止血帶有如橡皮筋似的彈下來，打痛了我的皮膚，拉扯著我的毛髮，但她才不在乎；對她而言，我只是另一個想裝病的囚犯，把她從床上吵醒，打擾了她在監獄診所通常平靜無事的夜班。她是中年人，至少看起來是這樣，有一對浮腫的眼睛和拔得太細的眉毛，而且她呼出來的氣有睡眠和香菸的氣味。但她是個女人，於是她弓身對著我的手臂，想找到一條適合的血管時，我便瞪著她鬆弛而有著垂肉的脖子。我想著她皺巴巴的白皮膚下頭有些什麼。頸動脈，隨著鮮亮的血液而搏動著，還有旁邊的頸靜脈，裝滿了顏色較深的靜脈血。我對於女人的頸部構造極其熟悉，這會兒我打量著她的脖子，一點也不吸引人。

我的前臂尺骨靜脈浮起，她滿意地咕噥一聲，打開一塊酒精棉片，在我皮膚上擦了擦。那動作草率而馬虎，只是出於習慣而已，不會是一般人對醫療專業人員的期望。

「你會感覺到有點刺痛。」她大聲說。

針刺入時，我沒有瑟縮。她乾淨俐落插入靜脈，血液流入那個紅帽的真空採血管。我經手過無數別人的血，但從來沒處理過自己的，所以我充滿興趣地看著那些血，注意到那顏色是濃重的深紅，黑櫻桃的顏色。

採血管快滿了。她把管子拔出來，又在針上接了第二個採血管。這回是紫帽的，顯示是要做全血細胞計數檢驗。等到這一管也滿了，她就抽出針，鬆開止血帶，然後把一塊棉片放在剛剛下針的地方。

「按住。」她命令道。

我無助地搖晃著被手銬固定在診所病床上的手腕。「沒辦法。」我一副挫敗的口氣說。

「啊，老天在上，」她嘆氣。沒有同情，只有煩躁。有些人鄙視弱者，她就是其中之一。她有絕對的權力，又面對著一個脆弱的對象，她可以輕易變成在集中營裡折磨猶太人的同一類惡魔。在她的表面之下暗藏著殘酷，只不過被白色的制服和名牌給掩飾掉而已。

她看了警衛一眼。「過來幫忙按著。」她說。

他猶豫了，然後手指抓著那棉片，按著我的皮膚。他不情願碰我，不是因為怕我有任何暴力動作；我向來是很乖、很有禮貌的模範囚犯，沒有一個警衛怕我。不，讓他緊張的是我的血。他看到紅色滲入棉片，想像著各式各樣湧向他手指的恐怖微生物。等到護士撕開一片繃帶，把棉片貼好，那警衛看起來鬆了口氣。他立刻走到水槽邊，用肥皂洗手。我想嘲笑他竟連血液這麼基本的東西都會怕。但我沒有，只是動也不動躺在病床上，膝蓋撐起，閉著雙眼，偶爾發出一聲痛苦的嗚咽。

那護士帶著我的兩管血離開，而徹底洗過雙手的警衛則坐在一張椅子上等。

等了又等。

我們在那個寒冷而無菌的房間裡等待，感覺上好像有幾個小時過去了。那護士始終沒消息，彷彿是拋棄我們、徹底忘記了。警衛在他的椅子上挪動，不明白她為什麼會拖這麼久。

但我已經知道了。

到現在，機器已經完成對我血液的分析，她手裡拿著檢驗結果。那數字驚動了她。原先以為是囚犯裝病的想法一掃而空：她在列印結果上看到了證據，我體內有個危險的發炎狀況正在肆虐，我抱怨肚子痛一定是真的。儘管她檢查過我的腹部，感覺到我的肌肉瑟縮，聽到我因為她的觸摸而呻吟，但她原先仍不太相信我的種種症狀。她當監獄護士太久了，經驗使得她對囚犯的抱怨非常多疑。在她眼中，我們都是愛操縱人的騙子，我們的每個症狀都只是想得到藥物的花招。

但實驗室的檢驗是客觀的。血放進機器裡，然後一個數字出現。她無法忽視一個嚇人的白血球計數。因此她現在一定在講電話，諮詢醫療官員：「我這邊有個囚犯有嚴重的腹痛。他有腸音，但是他的腹部右下方是柔軟的。我真正擔心的是他的白血球計數……」

門打開了，我聽到那護士的鞋踩在亞麻仁油地板上的吱嘎聲。這回她開口跟我講話時，再也沒有先前的輕蔑口吻了。現在她很客氣，甚至很尊重。她知道眼前是一個病得很嚴重的人，萬一發生了什麼事，她就會被追究責任。忽然間，我不是她輕蔑的對象了，而是有可能摧毀她事業的定時炸彈。而她已經擔誤太久了。

「我們得把你轉到醫院去，」她說，然後看著警衛。「他得立刻送去醫院。」

「夏圖克嗎？」他問，指的是波士頓的連繆・夏圖克醫院監獄區。

「不，那裡太遠了。他等不了那麼久。我已經安排好轉去費屈堡醫院了。」她的聲音帶著一種急切，那警衛擔心地看了我一眼。

「他有什麼毛病？」他問。

「可能是盲腸破裂。我已經準備好所有的文件，也已經打電話給費屈堡醫院的急診室。他得搭救護車過去。」

「啊，狗屎。那我就得跟他一起搭救護車了。這樣會花多少時間？」

「他大概會住院。我想他得開刀。」

那警衛看了一眼手錶。他正在想著自己值班結束時，是否有人會及時去醫院接替他。他沒想到我，而是想著他自己的種種時間安排，他自己的生活。我只不過是個累贅。

那護士把一疊紙摺起來，放進一個信封裡，遞給警衛。「這是給費屈堡醫院急診室的。務必要交給醫師。」

「我們會搭救護車過去？」

「是的。」

「戒護會是個問題。」

她看了我一眼。我的手腕還銬在病床上，整個人躺著完全不動，膝蓋彎曲——遭受腹膜炎疼痛折磨的典型姿勢。「我不會太擔心戒護的問題。這傢伙病得根本沒力氣反抗了。」

7

「戀屍癖（necrophilia），」羅倫斯．札克醫師說，「一直就是人類的黑暗祕密之一。這個字源自希臘文，原意是喜愛死人，但早在古埃及法老王時代，就有戀屍行為的證據。當時一個美麗或地位尊貴的女人死去時，通常都要等至少三天後，才會交給防腐師處理。這是為了確保她的屍體不會被處理屍體的人性侵。性侵死人在歷史上一直有記載。就連希律王，據說在他妻子過世七年後，還在跟她性交。」

瑞卓利環視著會議室，對這一幕有種詭異的熟悉感：疲倦的警探們聚集一堂，檔案和犯罪現場照片散佈在桌上。心理學家羅倫斯．札克的輕聲細語吸引他們進入一個掠食者噩夢般的心靈。而且那股寒氣——她最記得的就是這個會議室裡的寒氣，如何滲透到她的骨頭裡，令她雙手發麻。很多臉孔也是一樣的：傑瑞．史力普和達倫．克羅及她的搭檔巴瑞．佛斯特，都是一年前跟她一起偵辦外科醫生殺人案的警探。

另一個夏天，另一個惡魔。

但是這一回，有一張臉孔缺席了。湯瑪士．摩爾警探沒跟他們在一起，她想念他的在場，想念他的平靜自信，他的堅定不移。儘管他們在調查外科醫生殺人案期間吵過架，不過後來又和好了，現在他的缺席，就像整個團隊裡有了一個洞。

在摩爾原來的位置，就坐在摩爾通常坐的那張椅子上，是一個她不信任的人：嘉柏瑞．狄恩。任何走進這個會議室的人，都會立刻察覺到狄恩是這群警察中的外來者。從他剪裁精良的西裝到他軍人的姿勢，都跟其他人截然不同，而他們全都意識到這種差別。沒有人跟狄恩講話：他是沉默的觀察者，是聯邦調查局的人，他的角色對其他人來說依然是個謎。

札克醫師繼續說。「跟屍體性交這種事，是我們大部分人不願意去想的。但在文學、歷史，以及一些犯罪案例上，都一再重複提到這種行動。所有連續殺人兇手的被害人中，有百分之九在死後遭到性侵犯。傑佛瑞．達默、亨利．李．盧卡斯，還有泰德．邦迪這些知名的殺人狂，全都承認自己跟屍體性交過。」他的目光落在蓋兒．葉格的驗屍照片。「所以這個被害人身上出現新鮮的精液，也不是那麼意外的事。」

達倫．克羅說：「大家總是說，只有瘋子才做得出這種事。一個聯邦調查局的側寫師有回就告訴我。說這些都是那種走來走去、自言自語的神經病。」

「是的，以前大家一度認為，這表示兇手是嚴重精神失常，」札克說。「是那種到處亂走的、腦袋昏茫的精神病患。沒錯，有些加害者是精神病患，不過他們是屬於那種缺乏組織的兇手——既不清醒，也不聰明。他們難以控制自己的衝動，因而會留下各式各樣的證據。毛髮、精液、指紋。這種兇手很容易抓到，因為他們不懂鑑識科學，或者不在乎。」

「那這個傢伙呢？」

「這個不明嫌犯不是精神病患。他是完全不同的種類。」札克打開了裝著葉格家照片的檔案夾，把照片一一攤在桌上。然後他看著瑞卓利。「警探，你來介紹犯罪現場吧。」

她點點頭。「這名兇手做事很講究方法。他帶著謀殺工具包來，整潔而有效率，離開時幾乎沒留下任何痕跡。」

「有精液啊。」克羅指出。

「但不是在一般會搜查的地方，我們很有可能輕易漏掉的。事實上，我們差點就漏掉了。」

「那你的整體印象是什麼？」札克問。

「他很有條理。很聰明。」她暫停一下。然後補充：「完全就像一年前的外科醫生一樣。」

札克的雙眼盯著她不放。札克老是搞得她不安，這會兒他審視的目光讓她覺得很干擾。但他們所有人一定都忘不了沃倫．荷伊。她不可能是唯一覺得舊日噩夢重演的人。

「我同意你的看法，」札克說。「這是個很有條理的兇手。他遵循著某些側寫師所謂的認知對象主題。他的行為不光是為了達到立即的滿足，而是有一個特定的目標，就是要完全控制一個女人的身體——而在這個案子裡，就是被害人蓋兒．葉格。這名兇手想要佔有她，甚至連她死後都要利用她。藉著在她丈夫面前侵犯她，他建立了這種擁有權。他成了支配者，對他們夫妻兩個都是。」

他去拿驗屍照片。「我發現很有趣的一點，就是她的屍體沒有被毀損，也沒有被肢解。除了初期分解的自然改變之外，屍體的狀況似乎相當好。」他看著瑞卓利尋求確認。

「的確沒有開放性傷口，」她說。「死因是勒殺。」

「這是殺害一個人最親密的方式。」

「親密？」

「想想徒手勒殺一個人的意義。多麼私人，多麼緊密接觸。皮膚貼著皮膚。你的手就摸著她的肉。掐著她的喉嚨，感覺到她的生命逐漸流失。」

瑞卓利嫌惡地瞪著他。「耶穌啊。」

「這就是他的想法，他的感覺。這就是他的世界，而我們必須了解那個世界是什麼樣。」札克指著蓋兒．葉格的照片。「他的慾望促使他支配她的身體，擁有她的身體，不論是死是活。這個人對一具屍體發展出一種個人的依戀，而且他會持續愛撫那具屍體，跟屍體性交。」

「那他為什麼要扔掉屍體呢？」史力普問。「為什麼不留在身邊七年，就像那個希律王對他老婆那樣？」

「會不會是出於務實？」札克提出。「他可能住在一棟公寓大樓裡，腐爛的屍體會引起鄰居的注意。三天大概就是能保留一具屍體的極限了。」

克羅笑出來。「一般人大概就是三秒了。」

「你剛剛說，他對這具屍體幾乎有一種情人的依戀。」瑞卓利說。

札克點頭。

「對他來說，把她就這樣丟在石溪保留區，一定很難受。」

「是的，一定很難受。就像讓你的情人離開你。」

她想著樹林裡的那個棄屍處。那些樹，那些斑駁的影子。離城市的熱氣和噪音好遙遠。「那裡不光是個垃圾場，」她說。「或許對他來說，那是個神聖化的聖地。」

他們全都看著她。

「你說什麼？」

「瑞卓利剛好說中了我接下來要講的。」札克說。「保留區裡的那個地點，不光是一個讓你丟棄屍體的地方。你們要問自己，他為什麼不把屍體埋起來？為什麼要讓她們暴露在外，可能被人發現？」

瑞卓利輕聲說：「因為他常去拜訪她們。」

札克點點頭。「這些是他的情人。他的後宮佳麗。他一再回去，去看她們，碰觸她們。或許甚至擁抱她們。這就是為什麼他身上會有屍體的頭髮掉下來。當他擺布那些屍體時，衣服上就沾到她們的頭髮了。」札克看著瑞卓利。「那根死後拔下的頭髮，跟第二具遺骸比對的結果吻合嗎？」

她點點頭。「考薩克和我一開始假設，這個兇手是在工作的地方沾到那根頭髮的。現在我們知道頭髮的來源，還應該繼續朝殯儀館的方向追查嗎？」

「應該，」札克說。「我來告訴你為什麼。戀屍癖會受屍體吸引。他們會藉由處理屍體而獲得性快感。做防腐處理，換衣服，化妝。他們可能會選擇從事殯葬業的工作，以便有管道獲得這種興奮感。比方說，一個防腐師的助理，或是死者美容師。別忘了，那具身分不明的遺骸可能根本不是被謀殺的被害人。有個很有名的戀屍癖是一個名叫艾德．葛英的精神病患，他一開始是去墓園盜屍，挖出女人的屍體帶回家；到後來才開始殺人，以便取得屍體的。」

「啊老天，」佛斯特喃喃說，「這真是愈來愈精采了。」

「這是人類各種行為的其中一個面向。我們覺得戀屍癖很病態很反常。但這種人始終存在，他們被一些奇怪的執迷、怪異的渴望所驅動。沒錯，他們有些人有精神病。但有些人從各個方面來看則是完全正常。」

沃倫・荷伊也是完全正常。

接下來開口的是嘉柏瑞・狄恩。在此之前，整場會議他都沒說過半個字，於是聽到他低沉的男中音響起，瑞卓利嚇了一跳。

「你剛剛說，這個兇手可能會回到樹林裡，拜訪他的後宮。」

「是的，」札克說。「這就是為什麼你們該持續監視石溪保護區。」

「那等到他發現他的後宮消失了呢？」

札克頓了一下。「他不會坦然接受的。」

這些話讓瑞卓利感覺到背脊發寒。她們是他的情人。任何男人碰到情人被搶走，會有什麼反應？

「他會氣瘋，」札克說。「會因為有人搶走他的東西而勃然大怒。而且他會急著要找別的來取代。因此他會再度出獵。」札克看著瑞卓利。「這事情你們不能讓媒體發現，拖愈久愈好。監視行動可能是你們抓到他的最佳機會。因為他會再回去，但是必須是在他認為那裡很安全的情況下。而且他必須相信他的後宮還在那裡等著他。」

會議室的門打開了。他們全都轉頭，看到馬凱特副隊長探頭進來。「瑞卓利警探？」他說。

「我有事要跟你談。」

「現在嗎？」

「如果你不介意的話，來我辦公室吧。」

從會議室裡其他每個人臉上的表情，大家都想到同一件事：瑞卓利要被處罰了。而她完全不曉得為什麼，只是紅著臉站起來，走出會議室。

他們沿著走廊朝兇殺組走去時，馬凱特一直沒說話。他們走進他辦公室，他關上門。隔著玻璃隔板牆，她看到外頭的警探們從各自的位置上瞪著她。馬凱特走到窗邊，啪地關上了百葉簾。

「你坐下吧，瑞卓利？」

「我站著就好。我只想知道有什麼事。」

「拜託，」他的聲音現在更低了，甚至是溫柔。「坐吧。」

他這種新的關切態度害她很不安。她和馬凱特對彼此從來沒有溫暖過。兇殺組依然是男性俱樂部，她知道自己是個闖入的臭婆娘。她坐在一張椅子上，脈搏開始加快。

有一會兒，馬凱特只是沉默坐在那裡，彷彿在斟酌著適當的措辭。「我希望在別人聽到之前，先告訴你這件事。因為我想這事情對你來說會最難受。我確定這只是暫時的狀況，應該幾天內就會解決，甚至幾小時之內。」

「什麼狀況？」

「今天早上五點左右，沃倫．荷伊脫逃了。」

現在她明白他為什麼堅持要她坐下了；他以為她會崩潰。

但是她沒有。她還是坐得很直，種種情緒停擺，每根神經都麻木了。等到再度開口，她的聲音冷靜得怪異，簡直連自己都認不出來。

「是怎麼發生的？」她問。

「是在醫療轉移期間。他昨天夜裡住進費屈堡醫院，要進行緊急盲腸切除手術。但在手術室……」馬凱特暫停一下。「目擊證人全都死了。」

「死了多少人？」她問。她的聲音還是毫無高低起伏，聽起來還是很陌生。

「三個。一位護士和一位女麻醉師，正在幫他做開刀的準備。外加護送他去醫院的那名警衛。」

「索薩－貝瑞諾斯基是第六級監獄。」

「是的。」

「但是他們讓他去一家平民醫院？」

「如果是一般看診，他就會被送到夏圖克醫院的監獄區。但是在醫療緊急狀況下，麻州州立監獄的政策，是要送囚犯到最接近的特約醫療機構。而離他們監獄最接近的，就是在費屈堡。」

「誰判定這是緊急狀況的？」

「監獄的護士。她檢查了荷伊，還電話諮詢了麻州州立監獄的醫師。他們兩人都一致同意他需要立刻就醫。」

「根據什麼發現？」她的聲音現在開始變得尖銳了，第一絲情緒開始滲入。

「有一些症狀。腹痛——」

「他受過醫學訓練。他完全知道該告訴他們什麼。」

「另外他們做了檢驗，也有一些反常。」

「什麼檢驗？」

「有關白血球計數過高之類的。」

「他們知道他們在對付的是個什麼樣的人嗎？他們有任何概念嗎？」

「血液檢驗是沒辦法假裝的。」

「他可以。他曾在醫院工作。他知道如何操弄檢驗的。」

「瑞卓利——」

「老天在上，他以前是他媽的血液檢驗師啊！」她的聲音變得好刺耳，連她自己都嚇到了。她瞪著馬凱特，對自己的大發脾氣很震驚，而且終於被種種爆發的情緒壓垮了。憤怒。無助。還有恐懼。這麼多個月來，她一直壓抑著，因為她知道去害怕沃倫・荷伊是不理性的。他被關在牢裡，碰不到她，傷害不了她。那些噩夢只是事後的餘波，是一個古老恐懼的回音仍逗留不去而已，最後終將退淡。但現在，恐懼是完全合理的，而且緊緊咬住她不放。

她突然站起來，轉身要離去。

「瑞卓利警探！」

她在門口停住了。

「你要去哪裡？」

「我想你知道的。」

「費屈堡警局和州警局已經掌控狀況了。」

「是嗎？對他們來說，他只是另一個在逃的囚犯而已。他們以為他會跟其他人一樣，犯下同樣的錯誤。但是他不會的。他會逃過他們的網絡。」

「你對他們的評價不夠高。」

「他們對荷伊的評價才不夠高。他們不了解自己對付的是個什麼樣的人。」她說。

但是我了解。完全了解。

出了警局，停車場在眩目的陽光下閃著白熱的光芒，街上吹來的風又悶又熱。等到她爬上車，身上的襯衫已經被汗水溼透了。荷伊會喜歡這種熱，她心想。他喜歡熱天，就像蜥蜴喜歡沙漠裡乾熱的沙子。而且就像任何爬蟲類一樣，他知道如何迅速溜到安全的地方。

他們找不到他的。

她駛向費屈堡時，想著「外科醫生」荷伊重獲自由。她想像他走在城市街道上，掠食者又回到獵物群中。她不知道自己是否還堅強得足以面對他，不知道自己擊敗過他一次之後，是否就用光了自己這輩子的勇氣。她不認為自己膽小；她碰到挑戰從不退縮，面對爭鬥總是勇往直前。但這會兒想到要去面對沃倫．荷伊，卻讓她發起抖來。

我跟他搏鬥過一次，差點送了命。我不知道自己是否有辦法再來一次。是否有辦法把這個怪物丟回他的籠子裡。

◆

封鎖線外頭沒有人看守。瑞卓利在醫院的走廊上暫停，四下看了一圈，想找個穿制服的警員，但只看到幾名護士站在附近，其中兩個相互擁抱安慰，其他人則圍在一起低聲交談，震驚得臉色發白。

她從低垂的黃色膠帶底下鑽過去，一路無人攔阻地走進自動打開的雙扇門，進入手術接待區。她看到地板上有血跡和密密麻麻的血腳印。一個鑑識人員已經在收拾自己的工具包。這是個冷掉的現場，經過仔細檢查並踐踏過，只等著解除封鎖後予以清理了。

但儘管已經冷掉，也已經被污染，但她還是看得出這個房間裡發生過什麼事，因為一切都用鮮血寫在牆上了。她看到被害人動脈裡噴出來的血在牆上畫出弧線，現在已經乾掉了。那弧線在牆上起伏，形成一道正弦波，濺在一面大大的白板上，上頭寫著這一天的手術時間表，列出了各個手術室的號碼、病患姓名、主刀醫師，以及手術種類。一整天的時間都訂好了。她很好奇，現在這手術室成了犯罪現場，那些手術臨時被取消的病患怎麼辦？她很好奇，比方一個膽囊切除手術的延期，會造成什麼後果？這個排得滿滿的時間表，也解釋了為什麼犯罪現場處理得這麼快。醫院必須滿足活人的需要。這裡是費屈堡市最忙碌的手術室，你不能無限期一直關閉下去。

噴射的血所構成的波浪形弧線持續前進，掠過手術時間表的白板，到了一個角落，然後接上另一面牆。此時因為心臟收縮壓下降、脈搏開始減緩，於是波浪的弧度變小了，位置也開始下降。最後終止於接待櫃檯旁的一灘血。

電話。死在這裡的人設法要去打電話。

在接待區之外，一條寬闊的走廊上排列著一個個水槽，通往各個手術室。男人的聲音和手持無線電的爆擦音傳來，吸引她走向一個打開的門口。她走過那排刷手台水槽，經過一個鑑識人員，對方只勉強看了她一眼。沒有人阻止她，於是她走進四號手術室，停下來，滿心驚駭地看著大屠殺的證據。儘管被害人屍體都移走了，但他們的血到處都是，灑在牆上、櫥櫃上、檯面上，而且地板被所有謀殺後進來的人踩得到處都是血。

「女士？女士？」

兩個站在工具櫃旁的便衣男子朝她皺起眉頭。高的那個走向她，腳上的鞋套一直被黏黏的地板吸住。他三十來歲中段，帶著那種肌肉發達的男人所慣有的優越感神態。她心想，這種過分的男子氣概，是要彌補他急速後退的髮際線。

他還沒問出最明顯的問題之前，瑞卓利就掏出警徽。「我是珍・瑞卓利，波士頓警局兇殺組的。」

「波士頓警局的人跑來這裡坐什麼？」

「對不起，我不知道你的名字。」她回答。

「我是坎納迪警佐。逃犯逮捕隊的。」

原來是麻州州警局的警察。她正要跟他握手，這才看到他戴了乳膠手套。反正無論如何，他好像都並不想跟她握手。

「有什麼需要我們幫忙的嗎？」坎納迪問。

「或許我可以幫忙你們。」

坎納迪好像對於這個提議並不興奮。「怎麼幫？」

她看著甩過牆上的幾道血流。「做這件事的人——沃倫・荷伊——」

「他怎麼樣？」

「我非常了解他。」

現在比較矮的那名便衣男子也加入他們。他膚色很白，一對像小飛象的大耳朵，而且雖然他顯然也是警察，但似乎不像坎納迪那麼有領土意識。「嘿，我認識你。瑞卓利。當初就是你把他送進牢裡的。」

「那是我們全團隊的努力。」

「才不呢，是你在黎希亞堵到他的。」不同於坎納迪，這名男子沒戴手套，而且主動跟她握了手。「我是費屈堡警局的阿爾林警探。你就為了這事情，大老遠開車過來？」

「我一聽到就立刻趕過來了。」她的目光回到牆上。「你們知道自己對付的是個什麼樣的人吧？」

坎納迪插嘴：「我們已經控制住一切了。」

「你們知道他的過去嗎？」

「我們知道他在這裡做了些什麼。」

「可是你們了解他嗎？」

「我們有他在索薩－貝瑞諾斯基監獄的檔案。」

「那邊的警衛就是不曉得他們在對付的是個什麼樣的人。否則這件事就不會發生了。」

「我逮捕逃犯從來沒有失敗過，」坎納迪說。「他們都會犯同樣的錯誤。」

「這個人不會。」

「他只有六個小時。」

「六個小時？」瑞卓利搖搖頭。「你們找不到他了。」

坎納迪火大了。「我們正在盤查這一帶，設立路障和車輛檢查哨。另外也已經通知媒體，每個本地電視台都一直在播放他的照片。就像我剛剛說的，我們已經控制住一切了。」

她沒回應，注意力又回到牆上的那一道道血。「死在這裡的有誰？」她輕聲問。

回答的是阿爾林。「麻醉師和手術室護士。麻醉師躺在這裡，就在手術台的那一頭。護士則是被發現倒在門邊這裡。」

「她們沒尖叫？沒驚動警衛？」

「她們要發出聲音都有困難吧。兩個女人都是被一刀劃破喉嚨。」

她移到手術台的前端，看著那根金屬柱吊掛著一袋靜脈注射液，塑膠輸液管和導管垂到地面上，連接著一灘水。手術台底下有一個摔破的玻璃注射器。

「他們幫他做了靜脈注射，」她說。

「他先被送到急診室，」阿爾林說。「醫師在樓下檢查過之後，他就被直接送到這裡來。她們判斷他的盲腸破裂了。」

「為什麼醫師沒跟他一起上來？他當時人在哪裡？」

「在急診室裡看另一個病患。這一切發生後大概十分鐘、十五分鐘之後，醫師才上來。他走進雙扇門，看到死掉的州立監獄警衛躺在外頭的接待區，於是就直接跑去打電話。然後幾乎整個急診室的員工都衝上來，但也做不了什麼，所有被害人都救不回來了。」

瑞卓利看著地板，看到了太多雙鞋子掃過或踩過的痕跡。太多混亂了，根本無法解讀當時的狀況。

「那個警衛為什麼沒在這裡頭，看著囚犯？」

「手術室應該是無菌區。沒換手術衣是不准進來的。大概是醫護人員叫他在外頭等。」

「但是麻州州立監獄不是規定，他們的囚犯在監獄外頭的所有時間，都一定要上手銬？」

「是的。」

「即使是在手術室，即使是被麻醉了，荷伊應該會有一手或一腳銬在手術台上的。」

「應該是。」

「你們發現手銬了嗎？」

阿爾林和坎納迪交換了一個眼色。

坎納迪說：「手銬在地板上，就在手術台底下。」

「所以他原先是被銬住的。」

「曾經銬住，沒錯——」

「那她們為什麼要打開手銬？」

「或許是有醫療上的原因？」阿爾林提議。「為了接上另一袋靜脈注射液？調整他的位置？」

她搖搖頭。「要打開手銬，就得警衛在場。如果囚犯沒上手銬，警衛是不會走出去的。」

「那他一定是大意了，」坎納迪說。「急診室裡的每個人都說，他們印象中荷伊病得很嚴重，痛得沒辦法抵抗。顯然他們沒想到……」

「耶穌啊，」她咕噥著。「他一點也沒退步。」她看著麻醉推車，發現有個抽屜打開了。裡頭有一管管裝著戊硫代巴比妥的小玻璃瓶，在手術室的明亮燈光下發亮。那是麻醉劑，她們正要幫他麻醉，她心想。他當時就躺在這張手術台上，手臂上連接著那條靜脈注射管。呻吟著，痛得滿臉扭曲。她們不曉得接下來會發生什麼事；她們正忙著自己的工作。護士正在準備工具，想著哪些是醫師會需要的。麻醉師正在計算麻醉藥物的劑量，同時看著監視器上病患的心律。或許麻醉師看到他的心跳加速，以為是疼痛造成的。她不曉得他當時正繃緊全身，準備要撲過來。準備要殺人。

然後……然後發生了什麼事？

她看著手術台旁的工具盤。上頭是空的。「他用了手術刀嗎？」她問。

「我們沒找到兇器。」

「那是他最喜歡的工具。他總是用手術刀……」她突然想到一個可能，後頸的寒毛立刻豎起。她看著阿爾林。「他有可能還在這棟大樓裡嗎？」

坎納迪插嘴，「他沒在這棟大樓裡。」

「他以前假扮過醫師。他知道如何融入醫療人員中。你們在醫院裡面搜查過了嗎？」

「沒這個必要。」

「那你們怎麼知道他不在這裡？」

「因為我們有他離開這棟大樓的證據。在錄影帶上。」

她的脈搏加速。「保全攝影機拍到他了？」

坎納迪點頭。「你應該會想親自看看吧。」

8

「他做的事情真的很怪，」阿爾林說。「我們看過這段影片好幾次了，始終搞不懂。」

他們已經下樓，來到醫院的會議室裡。角落有一輛手推車，上頭放著一架電視機和一台卡式錄放影機。坎納迪打開所有電源開關、拿著遙控器不放。拿遙控器是男性老大的職責，坎納迪非得搶著當不可。阿爾林則是夠有自信，不會在乎。

坎納迪把錄影帶塞進機器裡說：「好吧，我們來看看波士頓警探能不能搞清楚。」等於是對珍・瑞卓利發出挑戰書。他按下播放鍵。

螢幕上出現的畫面是一條走廊的盡頭，有一扇關著的門。

「這個攝影機是裝在一樓一條走廊的天花板上，」阿爾林說。「這扇門出去就是大樓外的東邊，通到員工停車場。這是醫院的四個出口之一，錄影時間在最下頭。」

「五點十分。」她唸出來。

「根據急診室的工作日誌，囚犯是在大約四點四十五分送到樓上手術室的，所以這裡就是二十五分鐘之後了。現在注意，事情發生在大約五點十一分。」

在螢幕上，時間一秒秒過去。然後，在五點十一分十三秒，一個人影忽然走進畫面，邁著冷靜、從容的步伐，朝出口走去。他背對著鏡頭，醫師白袍的衣領上是整齊的褐色頭髮。他還穿戴了外科醫師的刷手褲和紙鞋套，一路走到門前，按下開門槓，然後突然停下。

「注意這個。」阿爾林說。

那男人緩緩轉身，視線往上看著攝影機。

瑞卓利身體前傾，喉嚨發乾，目光集中在沃倫・荷伊的臉。就在她盯著他看的同時，他似乎也回瞪著她。他走向攝影機，她看到他左邊腋下夾著一個東西。某種包裹。他繼續走，直到他就站在鏡頭正下方。

「怪的部分就在這裡。」阿爾林說。

荷伊的雙眼依然盯著攝影機，舉起右手，手掌朝前，彷彿站在法庭上正要發誓，同時他的左手指著張開的右手掌。然後露出微笑。

「那是怎麼回事？」坎納迪問。

瑞卓利沒回答。她沉默地看著荷伊轉身，走向出口，然後出門消失了。

「再播放一次。」她輕聲說。

「那隻手是什麼意思，你曉得嗎？」

「再播放一次。」

坎納迪沉下臉按了倒帶鍵，然後是播放鍵。

再一次，荷伊走向門。轉身。回頭走向攝影機，目光盯著鏡頭。

瑞卓利坐在那裡，全身肌肉緊繃，心臟狂跳，等著他的下一個手勢。她已經明白的那個手勢。

他抬起手掌。

「暫停，」她說。「就在這裡！」

坎納迪按了暫停鍵。

在螢幕上，荷伊站在那裡不動，面帶微笑，他的左手手指往旁指著張開的右手。那個影像讓她震驚不已。

最後打破沉默的是阿爾林。「那是什麼意思？你知道嗎？」

她吞嚥了一下。「知道。」

「好吧，什麼意思？」坎納迪兇巴巴地問。

她原先握拳放在大腿上的雙手打開。兩隻手掌都有一年前荷伊攻擊所留下的疤痕，曾被他的手術刀所刺穿的兩個洞痊癒了，生著厚厚的疤。

阿爾林和坎納迪瞪著她的兩個疤。

「那是荷伊留下的？」阿爾林問。

她點頭。「就是這個意思。這就是為什麼他舉起手。」她看著電視機，裡頭的荷伊還在微笑，手掌朝攝影機張開。「這是個小玩笑，只有我們彼此懂。這是他在跟我打招呼。『外科醫生』是在跟我說話。」

「你一定把他氣壞了，」坎納迪說。他的遙控器朝螢幕比了一下。「你看看。他就好像是在說：『去你的。』」

「或者是：『我會去看你的。』」阿爾林低聲說。

他的話讓她全身發冷。是的，我知道我會再看到你的。只是不曉得何時何地而已。

坎納迪按了播放鍵，影帶繼續前進。他們看著荷伊垂下手，再度轉向出口。他走開時，瑞卓利專注看著他腋下夾著的那一包東西。

「再停一下。」她說。

坎納迪按了暫停鍵。

她湊上去摸著螢幕。「他夾著的這個玩意兒是什麼？看起來像一條捲起來的毛巾。」

「是毛巾沒錯。」坎納迪說。

「他為什麼要帶著毛巾離開？」

「重點不是毛巾，而是裡頭包著的東西。」

她皺起眉頭，思索著自己剛剛在樓上手術室裡看到的。然後想起手術台旁那個空蕩的工具盤。

她看著阿爾林。「工具，」她說。「他把手術工具帶走了。」

阿爾林點點頭。「手術室有一套剖腹工具包不見了。」

「剖腹（laparotomy）？那是什麼？」

「那是醫學術語，指的是剖開腹部。」坎納迪說。

在螢幕上，荷伊走出門了，接下來他們只看到空蕩的走廊，還有一扇關著的門。坎納迪關掉電視轉向她。「看起來這位先生很急著要回去工作了。」

她的手機忽然發出輕響，讓她瑟縮了一下。她伸手去拿手機時，感覺到自己心臟跳得好厲害。在場兩個男警官正看著她，於是她站起來轉向窗子，這才接了電話。

是嘉柏瑞．狄恩。「你還記得我們下午三點要跟那個法醫人類學家碰面吧？」他說。

她看了一下手錶。「我會準時到的。」其實很勉強。

「你人在哪裡？」

「聽我說，我會到的，好嗎？」她掛斷電話，望著窗外，深吸一口氣。我撐不住了，她心想。那些惡魔害我繃得太緊了……

「瑞卓利警探？」坎納迪說。

她轉身面對他。「對不起，我得回波士頓去了。你們一有荷伊的消息，就馬上打電話給我好嗎？」

他點點頭，露出微笑。「我們相信不會太久的。」

◆

眼前她最不想交談的人就是狄恩，但當她開進法醫處停車場時，偏偏看到他正從自己的車裡出來。她很快開進一個車位，關掉引擎，想著如果她在車上多等幾分鐘，他會先走進大樓裡，而她就可以避免跟他展開一場不必要的交談。但是很不幸，他已經看到她了，而且站在停車場裡頭等著，根本躲不掉。她沒有辦法，只好去應付他了。

她下車進入熱得讓人乏力的空氣中，匆忙走向他，那步伐表明自己不想浪費時間。

「你沒回來開完上午的會議。」他說。

「馬凱特把我叫去他辦公室了。」

「他跟我說了。」

她停下來看著他。「跟你說什麼?」

「說你以前抓到的一個犯人逃走了。」

「沒錯。」

「而你因此很震驚。」

「這也是馬凱特告訴你的?」

「不。但是因為你沒回來開會,所以我猜想你心情大受影響。」

「還有別的事情需要我的關注。」她說完就又走向大樓。

「瑞卓利警探,你是這個案子的主責人。」他在她後頭喊。

她停下,轉身看著他。「你為什麼覺得有必要提醒我?」

他緩緩走向她,直到他近得足以形成威嚇。或許這就是他的意圖。他們現在面對面站著,而儘管她絕對不會退縮,仍不禁在他的注視下紅了臉。不光是因為他體型的優勢讓她覺得受到威脅;也是她忽然意識到他是個頗有魅力的男人——在她的怒氣之下,這種反應太反常了。她設法抵抗那種吸引力,但那念頭像是伸出了爪子般緊緊抓住她,已經甩不掉了。

「這個案子需要你的全心關注,」他說。「聽我說,我知道沃倫・荷伊的脫逃讓你很心煩。這種事足以撼動任何警察。足以讓人一時慌了手腳——」

「你才剛認識我。別在那邊替我做心理分析。」

「我只是不確定你是不是夠專注,可以領導這個案子的調查。也不確定是不是有其他的問題干擾你。」

她設法按捺住脾氣，只是很冷靜地問道：「你知道荷伊今天上午殺了幾個人嗎？三個，狄恩探員。一個男人和兩個女人。他割開他們的喉嚨，然後走掉了，就這樣。他向來如此。」她抬起雙手，他瞪著她掌心的疤。「這些是他去年給我的禮物，就在他要割開我的喉嚨之前。」她放下手，笑了。「所以沒錯，你說得一點也沒錯，我的確是對他有一些問題。」

「你也同時有工作要做，就在這裡。」

「我現在就在做。」

「你被荷伊分心了。你讓他妨礙你了。」

「現在唯一妨礙我的，就是你。我甚至不曉得你來這裡要做什麼。」

「跨機關合作。這不是警界的口號嗎？」

「只有我在合作而已。你用什麼回報我？」

「你期望什麼？」

「最起碼你可以告訴我，為什麼聯邦調查局要參與。我以前辦的案子，聯邦調查局從來沒介入過。葉格夫婦有什麼不一樣的？你知道些什麼有關他們的事情，是我不知道的？」

「對於他們，我知道的跟你一樣多。」他說。

那是實話嗎？她不曉得。他看不透這個男人。現在異性的吸引力又加深了她的困惑，搞亂了他們之間的所有訊息。

他看了一下手錶。「過三點了。他們正在等我們。」

他走向大樓，但是她沒立刻跟上。一時之間，她獨自站在停車場裡，因為自己對狄恩的反應而深感震動。最後她終於吸了口氣，走向停屍間，振作起來，準備再一次去拜訪死者。

◆

至少這個死者沒害她反胃。蓋兒・葉格驗屍時那種害她嘔吐的壓倒性腐臭，在第二具遺體上頭大部分不存在。儘管如此，考薩克還是採取了慣常的預防措施，再度在鼻子下頭抹了薄荷清涼軟膏。那具骸骨只有幾小片皮革般的組織還黏在上頭，而且氣味雖然一定還是令人不舒服，至少沒害瑞卓利衝向水槽。她決心要避免昨天晚上的丟臉表現再度重演，尤其是嘉柏瑞・狄恩現在就站在她對面，可以看清她臉上的種種細微變化。她保持面無表情，看著艾爾思醫師和那位法醫人類學家卡洛斯・佩普博士把封起的箱子拆開，小心翼翼地取出骸骨，放在鋪了白布的停屍間桌面上。

六十歲且駝背的佩普博士長得像傳說中的地精，當他拿出箱子裡的東西時，就像小孩子似的好容易興奮，彷彿那些全都是黃金。瑞卓利只看到各式各樣沾了泥土的骨頭，像是樹上掉下來的小樹枝般毫無特色，但佩普博士卻看到了橈骨、尺骨和鎖骨。他很有效率地一一辨認出來，然後按照解剖學上的位置擺放。脫節的肋骨和胸骨放在鋪布的不鏽鋼桌面時發出吭噹聲。一連串脊椎骨（其中兩個動過融合手術）在桌子中央形成一道多節瘤的鏈子，下頭接著中空的環狀骨盆，形狀就像一個國王的恐怖皇冠。手臂的骨頭形成細長的上肢，尾端放著兩批看起來像是骯髒小石子、但其實是給予人類雙手神奇活動性的小骨頭。一個舊傷的證據立刻明顯看得出來：左大腿骨有手術鋼釘。佩普博士在桌首放了頭骨和脫節的下頜骨。金牙齒隔著外頭包裹的泥土發亮。現在所有的骨頭都排列完畢了。

但箱子還沒清空。

佩普博士把箱子顛倒過來，將裡頭剩下的東西倒在一個鋪著布的托盤裡。一抔泥土和枯葉及幾叢褐色頭髮落下來。他把檢查燈對準托盤，然後拿著一把鑷子開始在泥土中翻揀。才幾秒鐘，他就發現了他要找的：一塊小小的黑色物質，形狀像個放大的米粒。

「蛹殼，」他說。「常常被誤認為鼠類的排泄物。」

「換了我就會這樣想，」考薩克說。「老鼠屎。」

「這裡有很多。只要你知道你在找什麼。」佩普博士又夾出幾個黑色小粒，放在旁邊形成一小堆。「*Calliphoridae* 類的。」

「什麼？」考薩克問。

嘉柏瑞．狄恩說：「就是麗蠅。」

佩普博士點頭。「這些是麗蠅幼蟲的殼，就像繭一樣。這是第三齡幼蟲的外骨骼。牠們長大為成蟲後，就從這些蛹殼裡鑽出來。」他拿著放大鏡湊近那個蛹殼。「這些全都脫蛹了。」

「脫蛹？那是什麼意思？」瑞卓利問。

「表示這些蛹裡頭是空的。麗蠅都順利孵化了。」

狄恩問：「麗蠅類在這個地區要發育為成蟲，需要多少時間？」

「以現在這樣的夏天來說，大約三十五天。但你注意到這兩個蛹殼的顏色和風化程度不一樣嗎？這些蛹殼都是來自同一種麗蠅，但這個蛹殼暴露在自然環境中比較久。」

「這是不同的兩代。」艾爾思說。

「我就是這麼猜想的。我很有興趣聽聽昆蟲學家怎麼說。」

「如果每一代都要花三十五天變為成蟲，」瑞卓利說，「這是不是表示，屍體暴露在外有七十天了？這個被害人躺在那邊有這麼久了嗎？」

佩普博士看了桌上的骨頭一眼。「我在這裡看到的，跟死後在夏天暴露兩個月的狀況，沒有不一致的地方。」

「你沒辦法推斷得更精確了？」

「只憑骸骨化的遺體，就沒辦法。這個人有可能躺在那些樹林裡兩個月了，也有可能是六個月。」

瑞卓利看到考薩克翻了個白眼，到目前為止，考薩克顯然對這位骨骼專家並不佩服。

但是佩普博士才剛開始。他把焦點轉移到桌上的骸骨。「只有一個人，女性，」他說，審視著那些骨頭。「個子偏小——不會超過一五五公分太多。骨折癒合的痕跡很明顯。大腿骨有一個粉碎性骨折的舊傷，打了一個骨釘。」

「看起來像是斯氏釘，」艾爾思說，指著腰椎。「另外第二和第三腰椎做過融合手術。」

「多處受傷？」瑞卓利問。

「這個被害人曾經歷過一次嚴重創傷事件。」

佩普博士繼續評估。「兩根左肋骨不見了，外加……」他撥著那些手部的小骨頭。「……三塊腕骨和左手大部分的指骨。我想是有食腐動物叼走當點心了。」

「人手三明治。」考薩克說。沒人笑得出來。

「長骨頭都在。脊椎骨也都在……」他暫停一下，看著頸部的骨頭皺眉。「缺了舌骨。」

「我們找不到。」艾爾思說。

「你仔細篩檢過了？」

「對，我親自回去找過。」

「有可能被食腐動物帶走了，」佩普博士說。他拿起一根肩胛骨。「看到這裡的V字形破洞嗎？這是犬科的食肉齒造成的。」他抬頭看。「你們發現屍體時，頭部沒跟身體連在一起吧？」

瑞卓利回答：「對，頭部是在軀幹旁幾呎的地方。」

佩普點點頭。「典型的犬類。對他們來說，腦袋就像一顆大球，是玩具。牠們會推著腦袋滾動，但是沒辦法像對四肢或喉嚨那樣咬下去。」

「慢著，」考薩克說，「你指的是一般家裡養的狗？」

「所有犬科動物，無論是野生或馴養的，都有類似的行為。就連郊狼和狼，也喜歡玩球，就像一般家裡養的狗一樣。因為這些遺骸是在一個郊區的公園，周圍環繞著住宅區，所以幾乎可以確定，這些樹林裡常常會有家犬進出。只要能咬的地方，牠們都會咬。比方薦骨邊緣、脊椎骨的棘突，還有肋骨和骨盆的骼嵴。另外當然，牠們會扯開任何剩餘的軟組織。」

考薩克滿臉驚駭。「我老婆有一條高地白㹴。我再也不會讓牠舔我的臉了。」

佩普拿起頭骨，頑皮地看了艾爾思一眼。「我們來玩拉皮條時間吧。」

「拉皮條時間？」考薩克問。

「這是醫學院的說法，」艾爾思說。「幫某人拉皮條，意思是測試他們的知識。故意考倒他們。」

「我相信你在加州大學教書的時候，常常用這招來對付你病理學的學生。」佩普說。

「毫不留情，」艾爾思承認。「每回我的眼睛看向他們，他們就很畏縮，知道我會丟出一個難題。」

「現在我就有個拉皮條問題要給你。」他說，帶著一絲幸災樂禍。「告訴我關於這個人的事情吧。」

艾爾思看著那具遺骸。「門牙、上顎形狀、頭骨長度都符合白種人。頭骨偏小，眶上緣極不明顯。另外還有骨盆。從入口的形狀，還有恥骨上緣的角度。這是一位白種女性。」

「年齡呢？」

「骼嵴的骨骺還沒完全融合。脊椎沒有關節炎造成的變化。是年輕成人。」

「我贊成。」佩普博士拿起下頜骨。「三顆金牙冠，」他說。「而且有大量銀汞合金的補牙。你拍過X光了嗎？」

「吉間今天早上拍過。都放在燈箱上了。」艾爾思說。

佩普走過去看著那些片子。「她有兩顆牙齒做過根管治療。」他指著下顎的X光片。「看起來像是馬來膠的根管填料。然後看看這個。看到七號到十號牙、還有二十二到二十七號牙的齒根都又短又鈍嗎？那是做過齒列矯正的現象。」

「我之前沒注意到。」艾爾思說。

佩普微笑。「我很高興還能教你一點東西，艾爾思醫師。原先你已經開始讓我覺得自己很多餘了。」

狄恩探員說：「所以這個人是有財力做牙齒治療的。」

「而且是相當昂貴的牙齒治療。」佩普補充。

瑞卓利想到蓋兒・葉格和她很整齊的牙齒。在心臟停止跳動後許久，在皮肉腐爛之後許久，區分窮人和富人的，就是牙齒的狀況了。那些房租付得很吃力的人，就不會去管臼齒痛，或是不美觀的暴牙。這個被害人的種種特徵，聽起來開始有種難以忽略的熟悉了。

年輕女性。白人。富裕。

佩普放下那塊下顎骨，把注意力轉移到軀幹。有好一會兒，他審視著肋骨組成的塌陷胸廓和胸骨。他拿起一根脫節的肋骨，接上胸骨，然後打量著兩根骨頭所形成的角度。

「胸凹陷。」他說。

此時，艾爾思頭一次露出氣餒的神情。「我都沒注意到那個。」

「那脛骨呢？」

她立刻走到桌尾，拿起一根長骨。她看著那骨頭，眉頭皺得更深了。然後她拿起另一邊成對的那根骨頭，並列放著。

「兩側膝內翻，」她說，口氣相當懊惱。「或許十五度吧。我真不明白我怎麼會漏掉。」

「因為你的注意力都放在骨折上頭。那個骨釘太醒目了。而且這類狀況現在不常見了。要像我這種老人，才看得出來。」

「那不是藉口。我應該立刻就注意到的。」艾爾思沉默了一會兒，她心煩的目光從腿骨轉到胸部。「這說不通啊。這不符合她牙齒治療的狀況。感覺上這裡好像有兩個不同的人。」

考薩克插嘴了。「你們在講些什麼，可以告訴我們一下嗎？到底是什麼說不通？」

「這個人有膝內翻，」佩普博士說。「一般也稱為O型腿。她的脛骨彎曲大約十五度，是正常脛骨曲率的兩倍。」

「那有什麼好大驚小怪的？很多人都有O型腿。」

「不光是O型腿而已，」艾爾思醫師說。「還有胸部。看看那些肋骨和胸骨形成的角度。她有胸凹陷，一般也稱為漏斗胸。這是異常的骨骼和軟骨形態，導致胸骨下陷。嚴重的話，可能會造成呼吸短促、心臟問題。在這個案例來說，凹陷比較輕微，而且大概沒有任何症狀。主要的問題在於外觀而已。」

「而這是因為異常的骨骼形態所造成的？」瑞卓利問。

「是的。有骨骼代謝方面的問題。」

「那她會有什麼樣的疾病？」

艾爾思猶豫地看著佩普博士。「她的個子很矮。」

「綽葛氏方程式算出來是多少？」佩普博士問。

艾爾思拿出一副捲尺，測量大腿骨和脛骨。「我推測大約一五五公分。加減八公分。」

「所以她有胸凹陷和O型腿。個子矮。」佩普博士點點頭。「這是很強烈的暗示。」艾爾思看著瑞卓利。「她小時候有佝僂病。」

佝僂病。這個詞簡直是古老。對瑞卓利來說，這個詞讓她聯想起赤腳兒童住在破爛不堪的小屋裡，嬰兒哭叫，還有貧窮的污穢。那是另一個年代，帶著深褐色調。佝僂病這個字眼，實在跟一個有三顆金牙冠、牙齒矯正得很整齊的女人連不到一起。

嘉柏瑞．狄恩也注意到這個矛盾之處。「我以為佝僂病是因為營養不良所引起的。」他說。

「沒錯，」艾爾思回答。「因為缺乏維他命D。大部分兒童都可以從乳汁或陽光獲得適當的維他命D。但如果這個小孩營養不良，而且一直待在室內，就會維他命不足。影響到鈣的代謝和骨骼的發展。」她暫停一下。「我其實從來沒親眼看過佝僂病的實例。」

「下回跟我去野外挖掘吧，」佩普博士說。「我可以讓你看到很多上個世紀的實例。斯堪地那維亞、北俄羅斯——」

「但是今天？在美國？」狄恩問。

佩普搖搖頭。「的確是很少見了。從骨頭的畸形，以及她的矮小身材來看，我猜想這個人至少到她的青春期，都是生活在赤貧的環境裡。」

「這不符合她的牙科治療狀況。」

「對。這就是為什麼艾爾思醫師說，這些骸骨好像屬於兩個不同的人。」

小孩和成人，瑞卓利心想。她想起自己在波士頓東北邊里維爾市度過的童年。他們一家住在一棟又熱又擠的小租屋，小到她如果想要有點隱私，就得爬到前廊底下她那個祕密空間裡。她還記得她父親被裁員後那段短暫時期，父母在臥室裡驚恐的耳語，罐頭玉米和馬鈴薯粉做的晚餐。那段困厄時光沒有一直持續；不到一年，她父親就又找到工作，晚餐桌上又有肉可以吃了。但那段短短的貧困滋味留下了印記，即使不在身體，也在他們的心中。於是瑞卓利家的三個小孩全都選擇了收入雖不豐厚、但是穩定的工作——珍當了警察，法蘭基加入海軍陸戰隊，而麥克則在郵局工作，他們都努力避開童年的不安全感。

她看著桌上的那具骸骨說：「從赤貧到富有。這種事的確有可能發生。」

「就像狄更斯小說裡的情節。」狄恩說。

「是啊，」考薩克說。「那個叫小提姆的小孩。」

艾爾思醫師點點頭。「小提姆就有佝僂病。」

「後來史古基留給他一大堆錢之後，從此他就過著幸福快樂的生活。」考薩克說。

但是你沒有從此過著幸福快樂的生活，瑞卓利心想，看著那些遺骸。這些再也不是一批淒慘的骨頭，而是一個女人，她的人生現在開始在瑞卓利的腦海裡成形。她看到一個有O型腿和下陷胸部的小女孩，因為在貧困的環境中而發育不良。看到那個小女孩進入青春期，穿的對襟襯衫上頭釘著不同的釦子，而且布料都磨損得半透明了。即使在當時，這個女孩身上有什麼與眾不同，有什麼特殊之處嗎？眼中一抹堅定的眼神，下巴微微抬起，宣告她註定要過著更好的日子，不會貧寒一輩子？

因為這個女人長大後，生活在一個不同的世界裡，可以用金錢買到整齊的牙齒和金牙冠。幸運或努力工作或是被有錢男人看上，把她往上拉，來到遠遠更舒適的環境。但她童年的貧困還是刻在她的骨頭裡，在她彎曲的雙腿，在她胸部的凹陷。

她的骨頭裡也有疼痛的證據。一場災難性的事件擊碎她的左腿和脊椎，在她身上留下兩個融合的脊椎骨，以及一根永遠嵌在大腿骨的鋼釘。

「從她大量的牙齒治療，還有她很可能的社會經濟地位來看，這個女人的失蹤是會被注意到的，」艾爾思醫師說。「她已經死去至少兩個月了，有可能已經被列入『國家犯罪情報中心』的資料庫。」

「是啊，還有其他大約十萬個人，也在那個資料庫裡。」

聯邦調查局的「國家犯罪情報中心」建立了失蹤人口的檔案資料庫，可以將身分不明的遺骸用不同的特徵交叉查詢，列出一份可能符合的名單。

「本地沒有這類資料嗎？」佩普問。「或許有失蹤人口可能符合的？」

瑞卓利搖搖頭。「麻州沒有。」

◆

那天夜裡，儘管珍．瑞卓利已經筋疲力盡，卻還是睡不著。中間她一度起床，去重新檢查門上的幾道鎖，以及通往防火梯那扇窗子的窗栓。然後，一個小時後，她聽到一個響聲，立刻想像著沃倫．荷伊正在外頭的走廊上，握著手術刀走向她的臥室。她從床頭桌抓起她的手槍，摸黑下床蹲低身子。她一身汗溼等待著，握緊手槍，等著門口出現那個人影。

結果什麼都沒看到，什麼都沒聽到，只有她自己怦怦的心跳聲，還有外頭下方街上經過的一輛車所發出音樂的節奏聲。

最後她終於緩緩移動到走廊，打開燈。

沒有人闖入。

她進入客廳，又開了另一盞燈。她很快巡視一圈，看到門鏈還在原來的位置，通向防火梯的窗子也拴得好好的。眼前這個房間，跟她離開時一模一樣，於是她心想：我快發瘋了。

她在沙發上坐下，放下手槍，頭埋進雙手裡，恨不得能把所有關於沃倫．荷伊的思緒從腦子裡擠出來。但他一直在那裡，像個無法切除的腫瘤，影響到她醒著每一刻的生活。在床上，她想的不是蓋兒．葉格，也不是他們才剛檢查過骸骨的那個無名氏女人。她也沒想飛機男，他的檔案還在她辦公桌上瞪著他，無言地責備她的忽視。這麼多名字和報告都需要她關注，但是當她夜裡躺在床上、瞪著一片黑暗時，想到的卻只有沃倫．荷伊的臉。

電話鈴聲響起，她猛地坐直身子，心臟猛跳。她吸了幾口氣，這才比較冷靜下來，拿起電話筒。

「瑞卓利？」湯瑪士．摩爾說。她沒想到會聽到他的聲音，一股突來的思念搞得她猝不及防。才不過一年前，她和摩爾還是攜手合作的同伴，一起調查外科醫生殺人案。雖然他們的關係從來沒有跨越同事的界限，但他們信賴彼此，可以性命相託。從某種意義上來說，任何婚姻能達到的親密程度，也就不過如此了。現在聽到他的聲音，讓她想到自己有多麼想念他。還有他和凱薩琳結婚，至今依然讓她覺得多麼傷心。

「嘿，摩爾，」她說，輕鬆的口氣完全沒透露她的種種情緒。「你們那裡現在是什麼時間？」

「快五點了。很抱歉這個時間打電話給你。我不希望凱薩琳聽到我打這通電話。」

「沒關係，我還沒睡。」

摩爾頓了一下。「你也睡不著。」這不是問句，而是陳述句。他知道同樣的鬼魂依然糾纏著他們兩個。

「馬凱特打電話給你了？」她問。

「是啊。我還指望到現在——」

「完全沒有。快二十四小時了，連一個看到過他的人都找不到。」

「所以他的蹤跡消失了。」

「他的蹤跡從一開始就不存在。他在手術室殺了三個人，然後就變成隱形人，走出醫院。費屈堡警局和州警局盤查了那一帶，設立了路障。他的照片上遍了當地的晚間新聞。還是什麼消息都沒有。」

「有個地方會吸引他。一個人……」

「你們家那棟樓已經有人在監視了。只要荷伊敢接近那裡，我們就會逮到他。」

電話那頭沉默了好一會兒。然後摩爾輕聲說：「我沒辦法帶她回家。我要把她留在這裡，確保她的安全。」

瑞卓利聽出他聲音裡的恐懼，不是為了自己，而是為了妻子。她羨慕地想著：被這樣深愛著，會是什麼滋味？

「凱薩琳知道他逃出來了嗎？」她問。

「知道。我不能瞞著她。」

「她的反應怎麼樣？」

「比我好。她還設法想讓我冷靜下來。」

「她已經面對過最糟糕的狀況了，摩爾。她擊敗過他兩次。證明她比他更堅強。」

「她的確認為自己比較堅強。危險的就是這一點。」

「唔，她現在有你了。」而我只有自己。事情向來就是如此，而且大概永遠都會是如此。

他一定是聽出她聲音中的疲倦了，因為他說：「對你來說，這個狀況也一定很不好受。」

「我還好。」

「那你應付得比我好。」

她大笑，那是一種尖銳而驚人的假笑。「我根本沒時間去擔心荷伊。我現在領導一個新的任務小組。我們在石溪保留區發現了一具棄屍。」

「有幾個被害人？」

「兩個女人，外加一個男人在綁架時被殺害。這個兇手很可怕，摩爾。當札克給這兇手取綽號時，你就知道他很可怕了。現在我們都用綽號喊這個不明兇手，叫支配者。」

「為什麼叫支配者？」

「因為那似乎是能讓他興奮的事情。享受權力的滋味。對那位丈夫握有絕對的控制權。這些怪物都有他們病態的儀式。」

「聽起來好像去年夏天又重演了。」

只不過這回，你不在這裡罩著我了。你有更重要的人要守護。

「有什麼進展嗎？」他問。

「很慢。事情還牽涉到不同的司法管轄權，不同的單位。有牛頓市警局，還有——你聽好了——聯邦調查局也介入了。」

「什麼？」

「是啊。有個叫嘉柏瑞．狄恩的聯邦探員。說他是顧問而已，不過他插手這個案子的一切。你碰到過這種事嗎？」

「從來沒有。」摩爾暫停一下，才又開口。「事情不太對勁，瑞卓利。」

「我知道。」

「那馬凱特怎麼說？」

「他就袖手不管，裝死，因為局長辦公室下令我們要配合。」

「狄恩的說法是什麼？」

「他嘴巴緊得很。你知道，就是那種『如果我告訴你，那我就得殺了你』的人。」她暫停一下，想到狄恩的目光，那雙眼睛銳利得有如藍玻璃的碎片。是了，她可以想像他毫不畏縮地扣下扳機。「總之，」她說，「沃倫．荷伊不是我眼前最關切的。」

「不過卻是我最關切的。」摩爾說。

「如果有任何消息，我會第一個通知你。」

她掛斷電話，在四下的靜寂中，她跟摩爾講話時所感覺到的勇氣立刻垮掉了。她再度孤單一人，害怕地坐在一戶公寓裡，門上加了不止一道鎖，窗子拴得緊緊的，唯一陪伴她的只有一把手槍。

或許你就是我最要好的朋友，她心想，然後拿起手槍，帶回她的臥室。

9

「狄恩探員今天上午來找我，」馬凱特副隊長說。「他對你有疑慮。」

「我對他也有疑慮。」珍・瑞卓利說。

「他並不質疑你的能力。他認為你是個優秀的警察。」

「可是什麼？」

「他不確定你是主責這個案子的適當人選。」

她一時沒吭聲，只是冷靜坐在馬凱特辦公桌對面的那張椅子上。今天上午他叫她進去他辦公室時，她就已經猜到他要談什麼了。她走進去的時候，決心要把自己的情緒控制得滴水不漏，絕不會讓他看到他想看的：她已經開始失控、主責警探必須換人的徵兆。

她開口時，那聲音冷靜又理智。「他的疑慮是什麼？」

「他認為有別的事讓你分心，認為你對沃倫・荷伊還有些沒解決的問題，認為你還沒從外科醫生的調查中完全恢復過來。」

「他說沒恢復是什麼意思？」她問。其實完全明白他是什麼意思。

馬凱特猶豫著。「耶穌啊，瑞卓利。這個話很難啟齒，你很清楚的。」

「我只是希望聽到你講出來。」

「他覺得你不穩定，好嗎？」

「那你覺得呢，副隊長？」

「我覺得你要忙的事情太多了。我想荷伊的脫逃讓你非常震驚。」

「你覺得我不穩定嗎？」

「札克醫師也表達了一些疑慮。你去年秋天從來沒去做心理諮商。」

「從來沒人叫我去做啊。」

「得要有人命令你，你才會去做嗎？」

「我不覺得自己有需要。」

「札克認為你還沒拋開外科醫生。認為你還一直想到他。如果你還不斷在重溫上一個案子，怎麼有辦法領導這回的偵查？」

「我希望聽到你說出來，副隊長。你認為我不穩定嗎？」

馬凱特嘆了口氣。「我不曉得。但是狄恩探員來找我提出他的疑慮，我就得注意了。」

「我不認為狄恩探員講的話是可靠的。」

馬凱特頓了一下，皺著眉頭，身體前傾。「這可是很嚴重的指控。」

「他對我的指控才更嚴重呢。」

「你這個指控有什麼根據嗎？」

「我今天早上打電話給聯邦調查局的波士頓調查站了。」

「然後呢？」

「他們完全沒聽說過嘉柏瑞・狄恩這個人。」

馬凱特在椅子上往後靠坐，打量了她一會兒，完全沒說話。

「他是華府總部直接派過來這裡的，」瑞卓利說。「跟波士頓外勤站完全無關。一般應該不是這樣運作的。如果我們要求他們協助做某個罪犯的側寫，都是要經過他們外勤站的地區協調員。但這回他們的外勤站沒有經手，而是華府總部直接派人來。何況打從一開始，聯邦調查局為什麼要插手我們的案子？而且華府總部跟這案子到底有什麼關係？」

馬凱特還是不吭聲。

她又進逼，愈來愈懊惱，開始有點控制不住了。「你跟我說過，是警察局長辦公室下令要我們跟聯邦調查局合作的。」

「沒錯。」

「那是聯邦調查局裡的什麼人去找局長辦公室的？我們對付的是聯邦調查局的哪個部門？」

馬凱特搖搖頭。「不是聯邦調查局。」

「什麼？」

「提出要求的不是聯邦調查局。我上星期跟警察局長辦公室那邊談過，就是狄恩出現那天。我問過他們同樣的問題。」

「然後呢？」

「我答應過他們我會保密，所以希望你也保密。」直到她點頭答應後，他才繼續說。「提出要求的是康威參議員的辦公室。」

她困惑地瞪著他。「我們的參議員為什麼要管這件事？」

「我不曉得。」

「局長辦公室那邊不肯告訴你？」

「他們可能也不曉得。但是這種要求，他們是不可能置之不理的。尤其因為是康威參議員直接提出。而且他又不是要求你摘月亮給他。只是執法單位跨機關合作一下而已。反正我們本來就常常在合作的。」

她往後靠坐，低聲說：「這事情不對勁，副隊長。你知道的。狄恩沒跟我們坦白。」

「我找你來不是要談狄恩的。我們現在談的是你。」

「可是你是根據他講的話來談我。聯邦調查局現在可以指使波士頓警局了嗎？」

這話似乎讓馬凱特很吃驚。他忽然直起身子，雙眼瞪著辦公桌對面的她。她剛剛命中要害了。*聯邦調查局對抗我們。這裡真的由你當家作主嗎？*

「好吧，」他說。「我們談過了，你也認真聽了。對我來說，這樣就很好了。」

「對我也是。」她站起來。

「不過我會留意的，瑞卓利。」

她朝他點了個頭。「你不是一直都在留意嗎？」

◆

「我發現一些有趣的纖維，」艾琳・沃屈科說。「是用黏性膠帶從蓋兒・葉格身上取得的。」

「又是海軍藍的地毯？」瑞卓利問。

「不。老實說，我不確定這些是什麼。」

艾琳很少承認自己被難倒。光是這點，就已經激起瑞卓利對顯微鏡底下那片載玻片的興趣了。她湊上去看，看到了一根黑線。

「這是一根人造纖維，顏色我會形容為淺褐綠。根據它的折射率，這是我們的老朋友杜邦尼龍六六。」

「就跟那些海軍藍的地毯纖維一樣。」

「是的，尼龍六六因為強韌又有彈性，是非常受歡迎的纖維。你會發現很多種織品裡都會用上它。」

「你說這是從蓋兒．葉格的皮膚上取得的？」

「這些纖維黏在她的臀部、胸部，還有一邊肩膀。」

瑞卓利皺眉。「床單？用來包裹她屍體的？」

「是的，但不是床單。尼龍不適合這種用途，因為不太會吸水。同時，這種線是用極細的三十丹尼的長絲製成的，十根長絲才紡為一條線。而這條線比人類的毛髮還要細。這種纖維製成的最終產品非常緊密。或許可以防風雨。」

「帳篷？防水布？」

「有可能。兇手可能是用這種布來包屍體。」

瑞卓利腦中浮現出一個詭異的畫面，包裝好的防水布懸掛在大賣場裡，製造商建議的用途印在標籤上：**露營、防風雨、包裹死屍的最佳選擇。**

「如果只是防水布，那就是一種非常普遍的布料了。」

「拜託，警探。如果只是一種完全不特別的纖維，我會把你找來嗎？」

「所以不普通？」

「其實還相當有趣。」

「尼龍防水布哪裡有趣了？」

艾琳從實驗室的桌面上拿起一個檔案夾，取出一張電腦繪製的圖表，上頭有一條線畫出了鋸齒形的起伏。「我把這些纖維拿去進行ATR分析。這就是出來的結果。」

「ATR？」

「衰減全反射（Attenuated Total Reflection）。利用紅外線顯微光譜檢查單根纖維。紅外線輻射照在纖維上，會有光反射出來，我們就可以從反射光的光譜去判斷。這張圖顯示纖維本身的紅外線輻射特徵，不過只是確認了它是尼龍六六，就像我稍早告訴你的。」

「沒有意外。」

「還沒完呢，」艾琳說。唇邊一抹狡獪的微笑。她又從檔案夾裡取出第二張圖，放在第一張的旁邊。「這是同一根纖維的紅外線輻射痕跡。注意到什麼了嗎？」

瑞卓利來回比對著。「兩張不一樣。」

「沒錯，的確不一樣。」

「但如果是同一種纖維，出來的圖應該是一模一樣的。」

「因為第二張圖，我改變了影像平面。這回的ATR是從纖維的表面反射出來，而不是纖維的核心。」

「所以表面和核心是不一樣的。」

「對。」

「那麼，這種線是用兩種不同的纖維紡在一起？」

「不是。只有一種纖維。但是這種布有一種表面塗層。這就是第二張ATR所照到的——纖維表面塗層的化學物質。我拿去用層析儀檢驗，結果似乎是矽基的物質。也就是說，在那些纖維織好、染完色之後，完成的布料上頭又塗了一層矽膠。」

「為什麼？」

「我不確定。防水？抗撕裂？這種塗層處理一定很昂貴。我想這個布料有某種非常特定的用途。只不過我不曉得是什麼。」

瑞卓利在實驗室凳子上往後靠。「只要查出這種布料，」她說，「我們就能找到兇手了。」

「是的。不像一般的藍地毯，這種布料是獨一無二的。」

◆

那繡著姓名縮寫的毛巾組放在茶几上，讓所有參加派對的客人可以看到，字母AR表示安琪拉·瑞卓利（Angela Rizzoli），用巴洛克風格的花體字纏繞交織。珍挑了她母親最愛的粉橘色，還額外付費加上了豪華的生日禮物包裝，有杏黃色緞帶和一串絲緞花。而且這份禮物特地交給聯邦快遞送來，因為聯邦快遞那些白底紅藍字的卡車，總是令她母親聯想到驚喜包裹和歡樂的場合。

而安琪拉．瑞卓利的五十九歲生日派對，理當具備歡樂場合的資格。生日在瑞卓利家裡是很大的事情。每年十二月，安琪拉為明年買來新的月曆後，她做的頭一件事就是翻過每個月，在每個家人的生日上頭做記號。忘記心愛家人的特殊日子是嚴重的罪過，忘了你母親的生日則更是罪不可恕。珍知道這一天絕對不能不慶祝。於是張羅著買了冰淇淋、掛起慶生裝飾品，還寄了邀請卡給十來個鄰居，現在他們都聚集在瑞卓利家的客廳裡。直到此刻，珍還忙著切蛋糕，把紙盤傳給客人們。她一如往常盡自己的責任，但今年這個派對失敗了。都是因為法蘭基。

「這樣不對勁，」安琪拉說。她坐在沙發上，夾在她丈夫和么子麥克中間，看著茶几上展示的禮物（那些沐浴油珠和爽身粉，夠她保持全身香噴噴十年了），卻毫無欣喜之色。「或許他生病了。或許他出了什麼意外，還沒有人打電話通知我而已。」

「媽，法蘭基沒事的。」珍說。

「是啊，」麥克附和道。「或許他們派他去——那是怎麼說來著？就是玩戰爭遊戲？」

「演習。」珍說。

「是啊，派他去參加演習。或者甚至派他出國。可能是要保密的，而且那邊也找不到電話。」

「他是教育班長，麥克。不是藍波。」

「就連藍波也會送他母親生日卡的。」老法蘭克恨聲說。

大家忽然沉默不語，所有客人都同時埋頭吃著蛋糕，接下來幾秒鐘則專心地咀嚼著。

最後是住隔壁的葛瑞絲．卡明斯基太太勇敢地打破沉默。「這個蛋糕真是太好吃了，安琪拉！是誰烤的？」

「我自己烤的，」安琪拉說。「想想看，我居然還得烤我自己的生日蛋糕。但這個家就是這樣。」

珍臉紅了，像是被打了個耳光。這全都是法蘭基的錯。安琪拉真正氣的人是他，但一如往常，倒楣被波及的卻是珍。她理性地低聲說：「我有提過要帶蛋糕來的，媽。」

安琪拉聳聳肩。「去蛋糕店買。」

「我沒時間烤蛋糕啊。」

這是實情，但是，啊，她不該說出來的。話一離嘴她就發現了。她看到麥克縮進沙發，看到她爸爸紅了臉做好準備。

「沒有時間。」安琪拉說。

珍絕望地笑了一聲。「反正我烤的蛋糕向來都是一場糊塗。」

「沒有時間。」安琪拉又說了一次。

「媽，你要吃冰淇淋嗎？我去——」

「既然你這麼忙，我想我應該跪下來感謝你，居然能撥空來參加你母親的生日。」

珍沒吭聲，只是站在那邊，滿臉通紅。客人們又回去拚命吃著蛋糕，沒有人敢抬頭看其他人。

電話鈴響，每個人都僵住了。

最後，老法蘭克接了電話。說：「你母親就在這裡。」然後把無線電話遞給安琪拉。

耶穌啊，法蘭基，你怎麼拖了這麼久？珍放鬆地嘆了口氣，開始收拾用過的紙盤和塑膠叉子。

「什麼禮物？」她母親說。「我沒收到啊。」

珍皺了一下臉。啊不要，法蘭基。別想把責任推到我身上。

緊接著，她母親聲音中的怒氣神奇地消失了。

「啊，法蘭基，我了解，親愛的。是的，我了解。海軍陸戰隊把你操得很慘，對吧？」

珍搖搖頭，正走向廚房，此時她母親喊道：「他要跟你講話。」

「誰，我？」

「他是這麼說的。」

珍接過電話。「嘿，法蘭基，」她說。

他哥哥兇巴巴說：「他媽的你搞什麼，小珍？」

「什麼？」

「你明知道我在說什麼。」

她立刻走出客廳，拿著電話進入廚房，讓門在她身後關上。

「我他媽的只是要求你幫一個忙而已。」他說。

「你指的是禮物嗎？」

「我打來祝老媽生日快樂，結果還被她罵。」

「你早料得到的。」

「我敢說你認為這樣很不錯，對吧？害我被她記恨。」

「是你自己害的。而且聽起來你又設法逃過處罰了。」

「所以你很不爽，對吧？」

「我其實不在乎，法蘭基。那是你和老媽的事。」

「是喔，但你老是介入，躲在我背後，有機會就暗算我。連把我的名字加到你的禮物上頭都不肯。」

「當時我的禮物已經寄出去了。」

「而且我想，幫我挑個小禮物去送老媽，對你來說就是太費事了？」

「對，沒錯。我才不要幫你擦屁股。我一天要工作十八小時。」

「是喔，我老聽你這麼說：『我好可憐，工作得這麼辛苦，每天晚上只睡十五分鐘。』」

「而且去年的禮物，你還沒給我錢呢。」

「我當然給了。」

「不，你沒給。」而且老媽提到那個禮物時都說「法蘭基送我那盞漂亮的燈」，到現在還是讓我很不爽。

「所以一切都是為了錢，對吧？」他說。

她的呼叫器響了，在她腰帶發出震動。她看了一下號碼。「我才不在乎錢。我在乎的是你老是躲過懲罰。你連試一下都不肯，但反正你總是能得到所有的功勞。」

「你又在打可憐牌了？」

「我要掛電話了，法蘭克。」

「把話筒交回去給老媽。」

「我得先回電給呼叫我的人。你等一下再自己撥過來。」

「搞屁啊？我才不要再打一通長途——」

她掛斷了。然後她暫停一下，讓自己冷靜下來，這才按了呼叫器上頭的號碼。

接電話的是達倫．克羅。

她沒心情再去對付另一個難搞的男人，於是兇巴巴說：「我是瑞卓利。你呼叫我。」

「耶穌啊，你月經來了吧，試試看吃點藥行嗎？」

「你要不要告訴我有什麼事？」

「好啦，我們有個兇殺案。在烽火台丘。史力普和我大約半個小時前趕到這裡。」

她聽到母親從客廳傳來的笑聲，朝關上的門看了一眼。想著她如果提早離開安琪拉的生日派對，一定會鬧得很難看。

「你會想來看看這個現場的。」克羅說。

「為什麼？」

「等你過來就知道了。」

10

站在前門廊上，瑞卓利聞到打開的門內傳來的死人氣味，於是暫停下來，不願意進去，不願意去看裡頭她已經知道的場景。她寧可多耽誤一兩分鐘，讓自己準備好要面對這場煎熬，但是開著門等她進去的達倫·克羅現在站在那裡看著她，而她也只能戴上手套和鞋套，去做她必須做的事。

「佛斯特到了嗎？」她問，一邊把手套戴好。

「大約二十分鐘前到的，已經在裡頭了。」

「我本來可以早一點到的，不過我人在里維爾，得從那邊開車過來。」

「里維爾有什麼事？」

「我老媽的生日派對。」

他笑了。「聽起來你在那邊過得很愉快啊。」

「別問了。」她戴上最後一隻鞋套，直起身子，現在一臉正經了。像克羅這樣的男人只尊敬權威，於是她只能讓他看到權威。他們走進門時，她知道他看著她，知道他會觀察她看到下一幕的反應。測試，他們總是在測試她，等著看到她力不從心的那一刻，心知早晚會有這麼一天。

她關上門，突然感覺到那種幽閉的恐懼感。沒了新鮮空氣，死人的臭味更濃了，她的肺裡充滿了那臭氣。但她完全不動聲色，只是觀察著門廊，注意到十二呎高的天花板，還有停擺的古董老爺鐘。波士頓的烽火台丘這一帶，向來是她夢想中的住家區域，要是有一天她中了樂透彩券，或甚至更不可能地嫁了個金龜婿，她就會搬來這裡。而眼前這棟房子夠格當她夢想中的家。才在門廳裡，她就已經被這裡和葉格家犯罪現場的相似程度搞得很不安。一個體面的家在良好的居住地帶。空氣中有屠殺的氣味。

「保全系統沒開，」克羅說。

「故障了？」

「不，被害人根本沒打開。或許他們不曉得要怎麼打開，因為這裡不是他們的房子。」

「那是誰的？」

克羅打開他的筆記本唸道：「屋主是克里斯多福・哈爾姆，六十二歲。退休的股票交易商。波士頓交響樂團的董事。夏天都在法國度過。他主動出借他家，讓巡迴到波士頓的甘特夫婦住。」

「什麼意思，巡迴？」

「夫妻兩個都是音樂家。一個星期前從芝加哥飛過來。可麗娜・甘特是鋼琴家，她丈夫亞歷山大是大提琴家。今晚本來是他們在交響音樂廳的最後一場表演。」

她注意到克羅提到丈夫是用過去式，而太太則是用現在式。

他們沿著走廊往前，紙鞋套咻咻擦過木頭地板，一步步朝人聲嘈雜處走去。進入客廳，瑞卓利一開始沒看到屍體，因為她的視線被史力普和佛斯特擋住了，他們背對著她。她只看到熟悉的恐怖故事寫在牆上：多個弧形的動脈濺血痕。她一定是猛吸了口氣，因為佛斯特和史力普同時轉身看著她。然後他們讓到一邊，她看到了艾爾思醫師，正蹲在被害人旁邊。

亞歷山大．甘特靠著牆壁而坐，像個悲慘的懸絲傀儡，頭往後仰，露出喉嚨的傷口。她看著那張平靜得令人難堪的臉，睜著的那隻藍色眼珠。這麼年輕是她第一個震驚的反應，他還這麼年輕。

「一個交響廳的工作人員——叫艾芙琳．佩查克斯——在大約六點時過來，要接他們去晚上的演奏會。」克羅說。「他們沒應門。她發現門沒鎖，就走進來察看。」

「他還穿著睡褲。」瑞卓利說。

「他已經進入屍僵狀態了，」艾爾思醫師說著站起來。「而且屍體很冷。等我拿到眼部玻璃體鉀含量結果就可以更精確。但眼前，我估計死亡時間是十六到二十個小時之前。也就是……」她看了手錶一眼。「凌晨一點到五點之間。」

「他們的床沒鋪，」史力普說。「上回有人看到這對夫婦，是在昨天夜裡。他們大約十一點離開交響樂廳，佩查克斯女士開車送他們回來。」

被害人夫婦睡著了，瑞卓利心想，看著亞歷山大．甘特的睡褲。睡著了，不曉得有人就在這棟房子裡，走向他們的臥室。

「廚房裡有一扇打開的窗子，通向一個小小的後院。」史力普說。「我們在花圃裡發現了幾個鞋印，但是尺寸不止一種。有些可能是花匠的，或甚至是被害人夫婦的。」

瑞卓利低頭看著纏在亞歷山大．甘特腳踝上的防水膠帶。「那甘特太太呢？」她問，其實已經知道答案。

「失蹤了。」史力普回答。

她目光繞著屍體周圍觀察，一圈又一圈，圈子愈來愈大，但是沒看到破掉的茶杯，沒有瓷器碎片。有哪裡不對勁，她心想。

「瑞卓利警探？」

她轉身看到一個鑑識人員站在走廊裡。

「巡邏警員說有個男人在外頭，說他認識你。他大吵半天，要求進來。你要不要自己去看一下？」

「我知道是誰，」她說。「我去帶他進來吧。」

考薩克正在人行道上抽著菸踱步，因為被視為看熱鬧老百姓的羞辱，把他氣得好像連耳朵都在冒出煙霧。他一看到她，立刻丟下菸蒂狠狠踩熄，彷彿那是一隻噁心的蟲子。

「你故意把我擋在外頭嗎？」他問。

「對不起，我忘了交代那位巡警。」

「該死的菜鳥。對人一點都不尊重。」

「他根本不曉得好嗎？是我的錯。」她拉起警方封鎖膠帶，讓他鑽過去。「我希望你來看看這個。」

在前門，她等著他套上紙鞋套、戴上手套。他舉起一腳時踉蹌了一下。她扶住他，很震驚地聞到他氣息裡的酒精味。她是從車上打電話給他的，因為他晚上不值班，所以打到他家才找到他。現在她後悔還通知他。他還沒看到犯罪現場就已經生氣又想找麻煩，但眼前也不能不讓他進去，否則他一定會大吵大鬧。她只希望他夠清醒，不要害他們兩個都丟臉。

「好吧，」他氣呼呼地說。「帶我去看吧。」

在客廳裡，他一言不發地盯著亞歷山大．甘特的屍體，垮坐在一灘血泊中。考薩克的襯衫沒紮進褲子裡，呼吸時帶著他平常的鼻子抽吸聲。她看到克羅和史力普朝這邊瞥了一眼，看到克羅翻白眼，忽然間她好氣考薩克以這麼糟糕的狀況出現。她打電話通知他，是因為當初他是第一個趕到葉格家死亡現場的警探，她也想知道他對眼前這個現場的感想。但結果她得到的，卻是個喝醉的警察，看起來他的出現只會給她丟臉而已。

「有可能是同一個兇手。」考薩克說。

克羅冷哼一聲。「好厲害啊，福爾摩斯。」

考薩克發紅的雙眼轉向克羅。「你就是那種天才警探，嗯？什麼都懂。」

「不必是天才，也看得出這裡的狀況。」

「那你認為這裡的狀況是怎麼樣？」

「這是上一回的重演。夜間侵入住家。夫婦睡在床上被驚醒。妻子被綁架，丈夫被致命一刀殺害。全都在這裡了。」

「那茶杯在哪裡？」儘管考薩克狀況不好，但他還是有辦法正中紅心，說出了瑞卓利一直覺得困擾的這個細節。

「沒有茶杯啊。」克羅說。

考薩克看著被害人空蕩的大腿。「他把被害人擺好位置，逼他靠牆坐著看這場表演，就像上次一樣。但是他這回沒用茶杯那個警示措施。所以他侵犯那個太太的時候，要怎麼掌握丈夫的動靜？」

「甘特很瘦，不太構成威脅。何況他手腳都被綁起來了，要怎麼起來保護他太太？」

「我只是說，這是個改變。」

克羅聳聳肩別過身子。「所以他改寫了劇本。」

「帥小子什麼都懂呢，對吧？」

房間裡沉默下來。就連通常會拋出一個諷刺評論的艾爾思醫師也不吭聲，只是一臉略帶興味的表情，默默旁觀著。

克羅轉身，眼神像雷射光似的盯著考薩克。但開口時，卻是對著瑞卓利：「警探，這個人闖到我們的犯罪現場，有什麼理由嗎？」

瑞卓利抓住考薩克的手臂，在她手底下軟綿綿又潮溼，她還嗅得到他的汗酸味。「我們還沒看臥室呢。來吧。」

「是啊，」克羅發出笑聲。「可別錯過臥室了。」

考薩克掙脫瑞卓利，搖晃不穩地朝克羅邁出一步。「我老早就開始追查這個兇手，比你要早多了，混蛋。」

「來吧，考薩克。」瑞卓利說。

「……我追查過每一個他媽的線索。我是第一個該被找來這裡的人，因為我現在了解他了。我聞得到他的氣味。」

「喔。我現在聞到的氣味就是他嗎？」克羅說。

「來吧。」瑞卓利說，幾乎要發火了。又擔心一發火，自己會把所有的怒氣都給吼出來。她氣考薩克，也氣克羅，因為這兩個人愚蠢地在那邊對槓。

此時巴瑞．佛斯特優雅地介入，平息了緊張的局勢。瑞卓利的直覺通常是自己搶先跳進任何爭執裡，但佛斯特則是扮演調停人。排行在中間的小孩就是這種宿命，他有回告訴她，因為不調停的話，一旦打起來，兩邊的拳頭都會落到他臉上。他甚至沒設法讓考薩克平靜下來，而是對著瑞卓利說：「你一定要來看看我們在臥室發現的東西。它把兩個案子連到一起了。」他走過客廳，進入另一條走廊，那種鎮定的步伐像是在宣布：如果你們想看精采的，跟著我就是了。

片刻之後，考薩克跟上去了。

在臥室裡，佛斯特、考薩克、瑞卓利看著皺巴巴的床單，往後掀的被子。還有地毯上壓扁的兩條痕跡。

「他們被拖下床，」佛斯特說。「就像葉格夫婦一樣。」

但是亞歷山大．甘特的個子比較小，而且遠遠不像葉格醫師那麼肌肉發達，所以兇手要把他拖到門廳、讓他靠牆而坐，應該會比較容易。抓住他的頭髮、讓他露出喉嚨則更加容易。

「在梳妝台上。」佛斯特說。

那是一件淺灰藍的連身內衣，四號，整齊摺疊好，上頭濺了點點血跡。是一個年輕女人會穿來吸引情人、取悅丈夫的。可麗娜．甘特當然從來無法想像，這件性感內衣會在一個恐怖劇場中成為戲服兼道具。內衣旁邊是兩個達美航空的機票信封。瑞卓利打開來看了裡頭，看到了他們的行程表，是甘特夫婦的經紀公司安排的。

「他們預定明天飛走，」他說。「下一站是孟菲斯。」

「真可惜，」考薩克說，「他們沒機會看到那裡的貓王故居優雅園了。」

◆

在屋外，瑞卓利和考薩克坐在他的車上，車窗開著，他在抽菸。他深吸一口，滿足地吐出來，同時那些煙霧在他的肺裡施展有毒的魔法。比起三個小時前剛到達時，他似乎冷靜了些，也專注了些。尼古丁把他的心智磨得銳利了。也或許是酒精終於消退了。

「你對這案子是同一個兇手，有任何疑慮嗎？」他問她。

「沒有。」

「多波域光源器沒照到任何精液。」

「或許他這回比較乾淨俐落。」

「也或許他沒強暴她，」考薩克說。「這就是為什麼他不需要茶杯。」

她被香菸熏得受不了，臉轉向打開的車窗，揮手搧著空氣。「謀殺不會遵照固定的劇本，」她說。「每個被害人的反應不一樣。這齣戲只有兩個角色，考薩克。兇手和被害人。每個人都可能影響結果。葉格醫生的塊頭比亞歷山大．甘特大很多。或許兇手對於控制葉格比較沒把握，於是利用瓷茶杯當成警示的訊號。但是對付甘特，他就不覺得有需要了。」

「不曉得，」考薩克把菸灰彈到車窗外。「擺個茶杯這種事太怪了。那是他的特有手法。他不會漏掉的。」

「其他一切都一模一樣，」她指出。「富裕的夫婦。男的被綁起、擺放成那個姿勢。女的失蹤。」

他們陷入沉默，一定都想到了同一件令人沮喪的事情：失蹤的女人。他把可麗娜怎麼樣了？

瑞卓利已經知道答案了。雖然可麗娜的照片很快就會出現在波士頓的電視螢幕上，呼籲大眾協助；雖然波士頓市警局會設法追蹤每一個打電話來提供的情報、每一個聲稱看到一個深色頭髮女人的說法，但是瑞卓利知道結果會是什麼。她可以感覺到，那就像是肚子裡有一塊冰冷的石頭。可麗娜．甘特已經死了。

「蓋兒．葉格的屍體，是在她被綁架兩天後棄屍的，」考薩克說。「自從這對夫婦被攻擊以後，到現在已經——多久了？大約二十個小時吧。」

「石溪保留區，」瑞卓利說。「他會帶她去那裡。我會加派監視人員。」她看了考薩克一眼。「你覺得喬伊．瓦倫泰有可能涉入這個案子嗎？」

「我正在處理。他終於把他的血液樣本給了我。我還在等DNA檢驗結果。」

「聽起來不像是有罪的人會做的事。你還在盯著他？」

「是啊，盯到他去投訴說我騷擾。」

「你有嗎？」

考薩克大笑，噴出一大口煙。「我所做的事情，任何喜歡幫死掉女人化妝的成年男人，都會尖叫得像個小女孩。」

「小女孩到底是怎麼個尖叫法？」她不耐煩地反擊。「就跟小男孩一樣嗎？」

「啊，老天。別跟我講那套燒胸罩的女性主義狗屎。我女兒老是這樣。然後等到她沒錢了，又跑來跟沙文主義豬老爸哭訴求助。」考薩克忽然直起身子。「嘿，看看誰來了。」

一輛黑色林肯車駛入對街的一個停車格。瑞卓利看到嘉柏瑞．狄恩下了車，他修長、健壯的身影像是直接從*GQ*雜誌裡走出來的。他站著往上看那棟屋子的紅磚正面，然後走向守著封鎖線的巡警，秀出他的警徽。

那巡警讓他進去了。

「你瞧瞧，」考薩克說。「那可是讓我不高興了。同樣一個警察硬把我擋在外頭，直到你出來接我。好像我是個街頭遊民似的。可是碰到狄恩，他只要揮揮他的神奇警徽，說『聯邦探員』就行了。為什麼他可以一路暢通？」

「或許因為他肯把襯衫紮進褲子裡。」

「算了吧，我穿了好西裝也沒用。重點在於態度。看看他，像個國王似的。」

她看著狄恩優雅地輪流抬起一腳套上鞋套。然後長長的手伸進手套裡，像個外科醫師準備要開刀。沒錯，重點在於態度。考薩克像個憤怒的拳擊手，等著全世界去揍他。於是很自然就會被粗暴對待了。

「誰通知他來這裡的？」考薩克說。

「不是我。」

「可是他正好就出現了。」

「他一直就是這樣。總有人跟他通風報信。不會是我們組裡的人。是更高層的。」

她又盯著前門。狄恩走進去，她想像他站在客廳裡，審視著血跡。就像閱讀外勤報告那樣閱讀那些血跡，脫離人身的鮮紅濺血。

「你知道，我一直在想，」考薩克說，「葉格夫婦被攻擊三天後，狄恩才開始出現。我們第一次看到他是在石溪保留區，就是葉格太太的屍體被發現那天。對吧？」

「對。」

「所以他為什麼拖了那麼久？前兩天，我們在討論那可能是一種處決。葉格夫婦惹上了什麼麻煩。要是他們已經在聯邦調查局的雷達螢幕上——比方說已經在調查他們，或是注意他們——那麼葉格醫師被殺害那天，聯邦探員應該會馬上出現。但他們等了三天才加入。是什麼終於吸引他們跑來的？讓他們感興趣的是什麼？」

她看著他。「你是不是交了報告給暴力犯罪逮捕計畫？」

「是啊，花了我一個小時才填完。一百八十九個問題。還有一堆怪問題，比方『有任何屍體局部被咬掉嗎？屍體的哪些孔洞塞入了什麼東西？』現在我又得再補交一份葉格太太的報告了。」

「你上傳表格的時候，有沒有要求做側寫評估？」

「沒有。讓一個聯邦調查局的側寫師來跟我說我已經知道的事情？我不認為有那個必要。我只是盡我公民的責任，把暴力犯罪逮捕計畫的表格填完傳走。」

「暴力犯罪逮捕計畫」是聯邦調查局的暴力犯罪資料庫。這個資料庫需要各個執法單位人員的配合，把資料彙整過去。但這些執法人員往往覺得很煩，面對資料庫的漫長問卷，他們常常就根本懶得費這個事了。

「你是什麼時候交出報告的？」瑞卓利問。

「就在葉格醫師驗屍完畢後。」

「狄恩就是在那個時候出現的。你交了報告的一天後。」

「你認為就是這個？」考薩克說。「吸引他們的就是這個？」

「或許你的報告觸動了某個警鈴。」

「會是什麼吸引了他們的注意？」

「不曉得。」她看著前門，狄恩進去後消失了。「而且很明顯，他是不會告訴我們的。」

11

珍．瑞卓利不是那種喜歡交響樂的女生。她的音樂素養就是家裡有一些輕音樂CD，以及中學時在學校樂團吹了兩年的小喇叭。當時全校只有兩個女生選了這種樂器，她是其中之一。她會想學，是因為小喇叭能製造出最大、最響亮的聲音，不像其他女孩選擇嘟嘟響的單簧笛或啁啾鳴的長笛。不，瑞卓利要大家都聽見她，所以就跟其他男生並肩坐在小喇叭區。她好愛音符轟然奏出的時候。

很不幸，這些音符常常是錯的。

後來她父親把她趕到後院去練習，但鄰居的狗也狂吠抗議，於是她終於永遠放棄小喇叭了。就連她也曉得，純粹的熱情和強壯的肺，並不足以彌補她缺乏的天分。

此後，音樂對她來說，就不過是電梯裡的背景音樂，以及經過汽車傳來的重節奏低音了。位於杭庭頓大道和麻州大道交叉口的波士頓交響音樂廳，她這輩子只去過兩次，兩次都是高中時參加校外教學，去聽波士頓交響樂團的排練。一九九〇年，交響音樂廳加建了科恩翼樓之後，瑞卓利就再也沒去過了。所以這回和佛斯特走進這棟新的翼樓時，她很驚訝裡頭看起來有多麼現代感——不是她記憶中那棟陰暗又老舊的建築物。

他們在門口亮出警徽，那老警衛一發現兩位訪客是兇殺組警官，原先駝背的脊椎立刻挺直了一些。

「是有關甘特夫婦的嗎？」他問。

「是的。」瑞卓利說。

「可怕。真是可怕。我上星期還看到他們，就在他們剛到波士頓那天。他們來察看一下音樂廳。」他搖搖頭。「好年輕的一對，而且似乎人很好。」

「他們演奏那天晚上，是你值班嗎？」

「不是。我只上白天班。因為我五點就得離開，去日託中心接我太太。她需要二十四小時照護，你知道。會忘了關瓦斯爐……」他停下，忽然臉紅起來。「不過我想兩位來這裡不是要閒聊的。你們是要來找艾芙琳嗎？」

「是的。她的辦公室在哪裡？」

「她不在這裡。幾分鐘前，我看到她走進音樂廳了。」

「是有排演之類的嗎？」

「沒有。現在是我們的淡季。夏天時樂團都待在譚格塢那邊。每年這個時間，我們只有少數幾個來訪音樂家的表演節目。」

「所以我們可以直接去音樂廳沒關係？」

「女士，你有警徽。就我來看，你想去哪裡都可以的。」

◆

他們一開始沒看到艾芙琳·佩查克斯。瑞卓利走進陰暗的觀眾席時，一開始只看到一大片空椅子，往下連接到打著聚光燈的舞台。他們沿著走道往下，朝燈光走去，木頭地板發出吱呀聲，像是一條舊船上的木頭甲板。他們都已經走到舞台前了，才有個微弱的聲音喊道：「需要幫忙嗎？」

瑞卓利在強光下瞇起眼睛，回頭看著觀眾席陰暗的深處。「佩查克斯女士嗎？」

「是的。」

「我是瑞卓利警探。這位是佛斯特警探。可以跟你談一下嗎？」

「我在這裡，在後排。」

他們沿著走道往上去找她。艾芙琳沒有站起來，而是繼續縮在原來的位置，好像要躲避燈光。她朝兩個警探木然點點頭，看著他們在她旁邊的兩個位置坐下。

「我已經跟一位警察談過了。昨天晚上。」艾芙琳說。

「史力普警探？」

「是的。我想是他沒錯。年紀比較大，人很和氣。我知道我應該待在那裡等其他警探來找我談，但是我非離開不可。我實在沒辦法繼續待在那棟房子裡……」她朝舞台看去，彷彿被一場只有她看得見的表演給催眠了。即使在昏暗中，瑞卓利還是看得出那是一張俊俏的臉，或許四十歲，深色頭髮裡有早生的銀絲。「我在這裡有責任，」艾芙琳說。「要幫觀眾辦退票。然後媒體開始跑來。我得回來處理。」她疲倦地笑了一聲。「這就是我的工作。老是在滅火。」

「那你的工作到底是什麼，佩查克斯女士？」佛斯特問。

「我正式的職稱？」她聳聳肩。「『來訪藝術家節目協調員』。意思就是，我要讓來訪藝術家在停留波士頓期間開心又健康。你無法想像其中有些人有多麼無助。他們一輩子都在彩排廳和錄音室裡頭度過，真實世界對他們是個謎。所以我會建議他們住哪裡，安排機場接送，送水果籃到他們旅館房間。給他們任何需要的額外照顧，隨時支持他們。」

「你第一次見到甘特夫婦是什麼時候？」瑞卓利問。

「他們抵達波士頓那一天。我去那棟房子接他們。他們沒辦法搭計程車，因為亞歷山大的大提琴琴盒塞不進去。可是我有休旅車，後座可以放下來。」

「他們在波士頓的時候，就由你開車帶他們到處跑？」

「只有來回他們住處和交響音樂廳的時候。」

瑞卓利看了自己的筆記本一眼。「我知道烽火台丘那棟房子的屋主，是一位樂團的董事克里斯多福．哈爾姆。他常常邀請音樂家住在那邊嗎？」

「夏天期間，他在歐洲的時候。那裡比旅館房間好多了。哈爾姆先生信任古典音樂家。他知道他們會好好照顧他的房子。」

「住過哈爾姆先生家的客人，有誰抱怨過什麼問題嗎？」

「問題？」

「有人闖入，遭小偷。會害他們不安的任何事。」

艾芙琳搖頭。「那裡是烽火台丘，警探。沒有比那裡更好的住宅區了。我知道亞歷山大和可麗娜非常喜歡那裡。」

「你最後一次看到他們是什麼時候？」

艾芙琳吞嚥了一口，然後慢吞吞地說：「昨天晚上。當時我發現亞歷山大……」

「我的意思是，他們還活著的時候，佩查克斯女士。」

「喔。」艾芙琳尷尬地笑了一聲。「當然了，你是指他們還活著的時候。對不起，我沒用腦子。但是要專心好難。」她搖搖頭。「我不曉得我今天幹嘛還來上班。只不過我好像應該找點事做。」

「你最後一次看到他們？」瑞卓利提醒她。

這回艾芙琳回答的聲音比較平穩了。「是前天晚上。演奏結束之後，我開車送他們回烽火台丘。那是十一點左右。」

「你就只是放他們下車？或者你跟他們一起進屋裡？」

「我在房子門口放他們下車。」

「你看到他們走進門了？」

「是的。」

「所以他們沒邀你進屋。」

「我想他們很累了。而且他們有點沮喪。」

「為什麼？」

「他們原先很期待在波士頓表演，結果觀眾不如他們預期的那麼多。波士頓是公認的音樂之都。如果連我們都只能吸引那麼多觀眾，那接下來的底特律或孟菲斯呢？」艾芙琳悶悶不樂地瞪著舞台。「我們是恐龍。可麗娜在車上這樣說過。現在還有誰會欣賞古典音樂呢？大部分年輕人寧可看音樂錄影帶。裡頭的人臉上戴著金屬釘搖晃，那些影片裡都是性愛、閃亮發光的東西和愚蠢的戲服。而且為什麼那個歌手，他叫什麼名字來著，他幹嘛要伸出舌頭？那跟音樂有什麼關係？」

「絕對沒關係，」佛斯特贊同道，立刻對這個話題熱心起來。「你知道，佩查克斯女士，我太太愛麗絲和我前兩天才談過類似的內容。她喜歡古典音樂。真的很喜歡。我們每年都會買交響音樂廳的季票。」

艾芙琳露出憂傷的微笑。「那恐怕你也是恐龍了。」

他們起身離開時，瑞卓利看到一本亮面的節目表放在她前面那排的椅子上。她探出身子拿起來。「裡頭有甘特夫婦嗎？」她問。

「翻到第五頁，」艾芙琳說。「那裡，那就是他們的宣傳照。」

照片裡是一對愛侶。

修長而優雅的可麗娜穿著一件露肩黑色禮服，往上看著她丈夫微笑的雙眼。她的臉容光煥發，深色頭髮像西班牙人。亞歷山大．甘特低頭凝視她，一臉稚氣的笑容，前額落下一綹淺色頭髮，稍微遮住眼睛。

艾芙琳輕聲說：「他們好美，不是嗎？很奇怪，你知道，我一直沒有機會坐下來跟他們好好聊一下。但是我很熟悉他們的音樂。我聽過他們的錄音。我看過他們的表演，就在那個舞台上。光從聆聽一個人的音樂，你就可以了解他很多事情。而我最記得的，就是他們演奏得有多麼溫柔。我想這是我會用來形容他們的字眼。他們非常溫柔。」

瑞卓利看著舞台，想像亞歷山大和可麗娜在他們最後表演的那一晚。她的黑髮在舞台燈光下閃耀，他的大提琴發出微光。而他們的音樂，就像兩個愛人對著彼此唱歌。

「他們表演那一晚，」佛斯特說，「你說觀眾少得讓人失望。」

「是的。」

「到底有多少？」

「我想我們賣出了四百五十張門票。」

四百五十對眼睛，瑞卓利心想，全都看著舞台上那對愛侶籠罩在燈光中。甘特夫婦在觀眾心中激起了什麼樣的情感？演奏絕妙的音樂所帶來的歡愉？看著兩個年輕愛人的欣喜？或者當時某一個坐在這個音樂廳裡的人，他心中被喚起了其他更黑暗的情緒在騷動？飢渴。羨慕。以及想要搶走其他男人所擁有之物的憤懣。

她再度往下看著甘特夫婦的照片。

吸引你目光的是她的美，還是他們彼此深愛的事實？

她喝著黑咖啡，同時看著辦公桌上堆得高高的死人檔案。理察・葉格和蓋兒・葉格。佝僂病女士。亞歷山大・甘特。另外還有飛機男，雖然她現在不認為這是個他殺的案子，但他還是沉甸甸壓在她心頭。死人向來如此。永遠供應不斷的屍體，每個都強烈要求她的關注，每個都有自己的恐怖故事要說，只要瑞卓利能再挖深一點，就能挖出他們故事的骨骸。她已經挖了好久，因而她所見過的所有死人都混在一起，像是眾多骸骨混雜在一個大墳場裡。

當DNA檢驗室中午呼叫她時，她鬆了一口氣，至少可以暫時逃離那一疊控訴的檔案了。她離開座位，沿著走廊走向南翼樓。

DNA實驗室在南二五三室，呼叫她的犯罪學家是華特・德古特，他是個金髮荷蘭人，一張蒼白的痘疤臉。通常他看到她都會苦起臉，因為她的來訪幾乎都是為了要催他或哄他，總之就是想盡辦法要他加快DNA鑑定。不過今天，他朝她露出了大大的笑容。

「我做了自動放射顯影，」他說。「現在都掛在那邊了。」

自動放射顯影（autorad）是一種X光片，可以拍出DNA片段的模式。德古特把晾乾繩上頭掛的片子取下，夾在燈箱上。一道道平行的深色墨痕從上到下排列。

「你在這裡看到的是VNTR分析，」他說。「就是『不定數目重複序列』（variable numbers of tandem repeats）的簡稱。我從你所提供的幾個不同來源中萃取出DNA，然後切割成比較小的片段，只取我們要用來比對的特定基因座。這些其實不是基因，而是DNA鏈上頭重複的片段。這些片段是很好的鑑別標誌。」

「那這些各式各樣的墨痕是什麼？要用來跟什麼比對？」

「左邊起的前兩列，是控制組。第一列是標準DNA雙螺旋長鏈，協助我們估計不同樣本的相對位置。第二列是標準的細胞軌跡，也是用來當控制組。第三列、第四列、第五列軌跡，是證據軌跡，從已知來源取得的。」

「什麼來源？」

「第三列軌跡是嫌犯喬伊·瓦倫泰的。第四列軌跡是葉格醫師的。第五列是葉格太太的。」

瑞卓利的目光逗留在第五列軌跡。她設法想像這是創造出蓋兒·葉格這個人藍圖的一部分。想像一個獨特的人類，從她金髮的色調到她的笑聲，都可以濃縮到這一連串墨痕。她在這個自動放射顯影上頭沒看到人性，沒看到一個深愛丈夫、哀悼母親的女人。我們所有人就只是這樣嗎？只是一堆化學物質串成的鏈子？在雙螺旋之中，靈魂何處棲身？

她的目光轉到最後兩列軌跡。「那最後這兩列呢？」她問。

「這些是不明人士的。第六列軌跡是來自葉格家地毯上的精液污漬。第七列軌跡是採自蓋兒·葉格陰道的新鮮精液。」

「最後兩個看起來似乎是吻合的。」

「沒錯。這兩個不明人士的DNA樣本都是來自同一個男人。另外，你會發現，兩個樣本都不是葉格醫師或喬伊·瓦倫泰先生的。這樣就可以排除掉瓦倫泰先生是精液來源的可能了。」

瑞卓利盯著那兩列不明人士的軌跡。一個惡魔的基因指紋。

「這就是你要找的兇手。」德古特說。

「你聯繫過聯邦調查局的CODIS嗎？有沒有可能請他們加快速度，幫我們做個搜尋？」

CODIS是「DNA整合索引系統」（Combined DNA Index System）的縮寫，這是一個全國性的DNA資料庫，裡頭儲存了幾千名已定罪犯人的基因檔案，外加全國各地犯罪現場的不明人士DNA。

「其實呢，這就是我呼叫你的原因。我上星期把地毯污漬的DNA傳給他們了。」

她嘆氣。「意思是一年以後才會有回音。」

「不，狄恩探員剛剛打電話給我。你們這個不明兇手的DNA不在CODIS的資料庫裡。」

她驚訝地看著他。「狄恩探員這樣告訴你？」

「他一定是動用權威去逼他們之類的。我在這裡工作這麼久，從來沒碰到過CODIS查詢這麼快就有結果的。」

「你直接跟CODIS確認過嗎？」

德古特皺眉。「唔，沒有。我想狄恩探員會知道——」

「拜託打給他們。我想確認一下。」

「呃，狄恩的可信度有什麼問題嗎？」

「我們就謹慎一點，好嗎？」她再度看著燈箱。「如果我們這名兇手真的不在CODIS裡頭……」

「那你們就有一個新玩家了。或者某個人設法在系統裡隱形。」

她挫折地看著那一列列墨痕。我們有他的DNA了，她心想。我們有他的基因檔案了。但是我們還是不曉得他的名字。

◆

瑞卓利把CD放進家裡的音響裡，然後坐在沙發上，把包著溼頭髮的毛巾解下來。大提琴獨奏的甜美旋律有如融化的巧克力，從喇叭中流瀉而出。雖然她不是古典音樂的樂迷，但她還是在交響音樂廳的禮品店買了一張亞歷山大．甘特早年的CD。如果她要熟悉他死亡的每個面向，那麼也該了解關於他的一生。而他的一生，很大一部分就是音樂。

甘特的琴弓滑過琴弦，巴哈G大調第一號無伴奏大提琴組曲的旋律有如海洋的浪潮起伏。錄音時他才十八歲。當他坐在錄音室時，溫暖的手指按著琴弦，握住琴弓。同樣的那些手指現在蒼白冰冷地放在停屍間的冰箱裡，不會再奏出音樂了。那天早上她去看了他的驗屍，注意到他修長的手指，想像著它們在大提琴的琴頸飛快上下滑動。那雙人類的手加上木頭和琴弦，竟然能創造出如此豐富的聲音，似乎是個奇蹟。

她拿起CD外盒，審視著他的照片，那是在他還未成年時拍的。他的雙眼往下看，左臂輕鬆攬著大提琴，擁抱那曲線，就像他日後有一天會擁抱他的妻子可麗娜一樣。之前瑞卓利想找一張夫妻兩人合作的CD，但禮品店裡兩人合作的錄音帶全都賣完了。只剩亞歷山大．甘特的。寂寞的大提琴，呼喚著同伴。而那同伴如今在哪裡？活著受折磨，面對死亡的終極恐怖？或者她再也不會痛苦，已經處於分解的早期階段？

電話鈴聲響起來。她調低CD播放器的聲音，拿起話筒。

「你在家裡。」考薩克說。

「我回來洗個澡。」

「我幾分鐘之前才打過。你沒接。」

「那我大概是沒聽到。發生了什麼事？」

「我也正想知道。」

「如果有什麼發現，我就會第一個打電話通知你的。」

「是喔。你今天打過一次電話給我嗎？我還得由實驗室的那個傢伙告訴我喬伊．瓦倫泰DNA的事情。」

「我還沒有機會告訴你。今天一直跑來跑去忙瘋了。」

「別忘了，一開始找你加入這個案子的人是我。」

「我沒忘。」

「你知道，」考薩克說，「他擄走她已經有五十個小時了。」

可麗娜．甘特大概已經死去兩天了，她心想。但是死亡無法阻止殺她的兇手，只會增進他的胃口。他看著她的屍體，只看到一個慾望的對象。是個他可以控制的人。她不會抗拒他，只是一塊被動的冷肉，對於任何侮辱都來者不拒。她是完美的情人。

CD依然輕聲播送著，亞歷山大的大提琴演奏出悼念的咒語。她知道考薩克接下來要談什麼，也知道考薩克的目的。而她不曉得要怎麼拒絕他。她從沙發上起身，關掉CD。即使在靜默中，大提琴的樂聲似乎仍在繚繞。

「如果像上次一樣，他今天晚上就會把她的屍體扔掉。」考薩克說。

「我們會準備好等他的。」

「所以我是團隊的一部分吧？」

「我們的監視團隊已經找好了。」

「你還沒找我。再多一個人總不是壞事。」

「我們已經分派好位置了。聽我說，一有什麼狀況，我就會打電話給你——」

「少講『打電話給我』的屁話了，好嗎？我才不要坐在電話旁邊等你打來，像個壁花似的。我認識這個兇手比你還久，比任何人都久。要是你跳舞跳到一半，有人插進來搶走你的舞伴，把你撇在一旁，你會有什麼感覺？你想想看。」

她想了。而且她明白他此刻滿腹的憤怒，比任何人都明白，因為這種事也曾發生在她身上。被撇在一旁，從場外恨恨地看著其他人去搶功。

她看了自己的手錶。「我馬上就要離開了。如果你想加入，就得去那邊找我了。」

「你的監視位置在哪裡？」

「史密斯遊樂場外頭，隔著馬路對面的停車區。我們可以在高爾夫球場會合。」

「我會到的。」

12

凌晨兩點的石溪保留區，空氣像濃湯似的悶熱又滯重。瑞卓利和考薩克坐在她停下的車子裡，緊鄰著濃密的灌木叢。從他們的位置，可以觀察到所有從東邊進入石溪保留區的車子。其他警方監視車，則沿著穿過保留區的幹道安涅金大道駐守。只要有任何車子駛入保留區的某個泥土地停車區暫停，所有監視車輛就可以迅速集中過去包圍。這是個緊密的陷阱，任何車子都逃不掉。

瑞卓利穿著防彈背心，全身冒汗。她搖下車窗，吸入腐葉和爛泥的氣味。森林的氣味。

「嘿，這樣蚊子會飛進來。」考薩克抱怨。

「我需要新鮮空氣。裡頭的香菸味好重。」

「我才抽了一根。我就沒聞到。」

「抽菸的人向來聞不到菸味的。」

他看著她。「老天，你一整夜一直在兇我。要是你對我有什麼不滿，或許我們該談一談。」

她只是看著車窗外，對著一片黑暗而無人經過的馬路。「不是因為你。」她說。

「那不然是因為誰？」

見她沒回答，他就理解地咕噥了一聲。「啊，又是狄恩。所以他這回又做什麼了？」

「兩三天前，他去跟馬凱特抱怨我。」

「他說了什麼？」

「說我不是主責這個案子的正確人選。說或許我該去找心理醫師做諮商，好處理我沒解決的問題。」

「他指的是外科醫生的案子？」

「你覺得呢？」

「真是個大混蛋。」

「然後今天，我發現我們很快就得到CODIS的回應。這種事以前從來沒發生過。狄恩只要彈一下手指，每個人就都趕緊動起來。我只是希望我知道他為什麼要參與這個案子。」

「唔，聯邦調查局的人就是這樣。據說資訊就是力量，對吧？所以他們瞞著不讓我們知道，因為這樣他們就掌握了權力。你和我，對他娘的〇〇七情報員詹姆士·龐德來說，只不過是兩個小卒子。」

「你把聯邦調查局（FBI）跟中央情報局（CIA）搞混了。」

「CIA，FBI。」他聳聳肩。「這些字母的機構，主要就是在搞神祕。」

無線電發出爆擦音。「守望者三號。我們看到一輛車，新款房車，在安涅金大道上往南行駛。」

瑞卓利緊張起來，等著下一組通報。

接著是佛斯特的聲音，他在下一輛監視車。「守望者二號。我們看到他了。還在往南行駛。看起來不像要減速。」

幾秒鐘之後，第三組人通報：「守望者五號。他剛經過禿丘路的十字路口。往離開公園的方向。」

不是我們那名兇手。即使在這個凌晨時段，安涅金大道上也還是車子不少，經過的數量多到他們最後都懶得數了。太多穿插在漫長無聊等待中的假警報，耗光了她所有的腎上腺素，她很快就陷入了缺乏睡眠的萎靡狀態。

她往後靠，同時失望地嘆口氣。隔著擋風玻璃，她看著樹林裡的一片黑暗，只有偶爾飛過螢火蟲的零星閃光。「來吧，狗娘養的，」她咕噥著。「快來媽媽這裡……」

「要喝咖啡嗎？」考薩克問。

「謝謝。」

他從他帶來的保溫罐倒了一杯遞給她。那咖啡又黑又苦，而且難喝得要命，但她還是喝了。

「我今天泡得特別濃，」他說。「放了兩匙即溶咖啡，不是平常的一匙。讓你長出胸毛。」❶

「或許那就是我需要的。」

「我猜想，要是我喝這玩意兒喝得夠多，或許那些毛會轉移，從我頭上長出來。」

她朝樹林看去，裡頭的黑暗中藏著腐爛的樹葉和覓食的動物。有牙齒的動物。她想到佝僂病女士被咬過的遺骸，想到浣熊嚼著肋骨，狗把頭骨當成球推著滾來滾去，於是當她看著樹林裡時，腦中想像的不是小鹿斑比。

❶ puts hair on your chest，引申義為「讓你更有男子氣概」。

「我現在連要談荷伊都沒辦法了，」她說。「因為只要提到他，就會有人用那種憐憫的眼神看我。昨天我想指出外科醫生和這個新兇手非常相似的地方，我就看得出來狄恩在想：她腦袋裡還是對外科醫生念念不忘。他認為我太執迷了。」她嘆了口氣。「或許他說得沒錯。或許我永遠都會這樣。我走進一個犯罪現場，就會看到他的手筆。每個加害者都會有他的臉。」

然後他們都看著無線電，因為調度員正在說：「我們接到一個場所察看的要求，麗景墓園。有任何小組在那一帶嗎？」

沒人回應。

調度員又重複一次要求：「我們接到電話要求去做場所察看，麗景墓園。可能有人擅闖進去。十二號小組，你們還在那個區域嗎？」

「十二號小組收到。我們在河流街處理車禍事故。是一號狀況。我們沒辦法回應。」

「收到。十五號小組？你們的位置在哪裡？」

「十五號小組收到。我們在西羅斯伯里，還在處理那樁家庭糾紛。這些人還沒冷靜下來。估計至少還要半小時、一小時，才有辦法趕去麗景。」

「有其他小組嗎？」調度員問，透過無線電波想找一輛有空的巡邏車。在一個溫暖的星期六夜晚，去一個墓園做尋常的場所察看不會是優先處理事項。死人根本不在乎跑去玩鬧的情侶或搞破壞的青少年。警方的注意力得優先放在活人身上。

無線電裡的沉默被瑞卓利監視團隊的其中一員打破。「呃，我是守望者五號。我們在安涅金大道上。麗景墓園就在我們這一區旁邊——」

瑞卓利抓起麥克風按了通話鈕。「守望者五號，這是守望者一號，」她插話。「不要離開你的位置。聽到沒？」

「我們有五輛車在進行監視任務——」

「那個墓園不是我們的第一優先。」

「守望者一號，」調度員說。「現在所有小組都是待命中，你有可能釋出一組人嗎？」

「不行。我希望我的團隊都待在原地。聽到沒，守望者一號？」

「收到。我們待在原地。調度員，我們沒辦法回應那個場所察看。」

瑞卓利氣呼呼地嘆了口氣。明天上午大概會有人因此投訴她，但她可不打算為了這種小事情，從她的監視團隊裡釋出一輛車。

「我們又不是忙得撥不出人手。」考薩克說。

「等到事情發生的時候，就會非常快。我可不打算讓任何事把這個任務搞砸。」

「你知道稍早我們在談的那件事？有關你的執迷？」

「不要現在跟我吵。」

「好，我不會跟你吵。不然你一定會對我大吼大叫。」他推開他那邊的車門。

「你要去哪裡？」

「上小號。我還得請求你的允許嗎？」

「我只是問一聲罷了。」

「我咖啡喝太多了。」

「也難怪。你的咖啡連鑄鐵都能燒穿一個洞。」

他下了車走進樹林，雙手已經摸索著拉鍊。他沒費事走到任何樹後頭，而是就站在那裡，對著灌木叢小便。她不必看到這個，於是別開目光。小時候在學校裡，每一班都會有個噁心的小孩，考薩克就是那種，喜歡公然挖鼻孔或打嗝，午餐總會把襯衫前幅搞髒。你會不惜一切代價避免去碰他潮溼的胖手，因為你確定只要一碰，他身上的蝨子就會傳染給你。她對他反感的同時，又為他覺得難過。她低頭看著他倒給她的咖啡，然後把剩下的倒出車窗。

無線電裡又有人開始講話，嚇了她一跳。

「有一輛車在戴德姆大道上往東行駛。看起來像是黃色計程車。」

瑞卓利回應了。「計程車在凌晨三點出來跑？」

「我們看到的是這樣。」

「現在在哪裡？」

「剛往北轉入安涅金大道。」

「守望者二號？」瑞卓利說，呼叫沿路的第二個單位。

「我是守望者二號，」佛斯特說。「是，我們看到他了。剛經過我們……」暫停一下，然後忽然緊張起來了。「他減速了……」

「減速做什麼？」

「煞車了。看起來他要停下來——」

「位置？」瑞卓利厲聲問。

「泥土地停車區。他剛剛開進了停車區！」

是他！

「考薩克，要走了！」她用氣音朝著車窗外喊，同時把隨身無線電插到腰帶上，調整了耳機，每根神經都興奮起來。

考薩克拉上拉鍊，匆忙回到車上。「什麼？什麼？」

「有輛車剛在安涅金大道停下——守望者二號，他現在在做什麼？」

「就坐在車上，沒開燈。」

她往前弓身，手扶著耳機好專心。一秒秒過去了，無線電裡一片沉寂，每個人都等著嫌犯的下一個動作。

他在打量四周。確認一切夠安全，才要繼續下一步。

「由你決定，瑞卓利。」佛斯特說。「我們要去找他嗎？」

她猶豫了，斟酌著眼前的幾個選項。擔心太早收網會驚動獵物。

「慢著，」佛斯特說。「他剛剛又打開車頭大燈。啊，狗屎，他正要倒車出去。他改變心意了。」

「他看到你了嗎？佛斯特，他看到你了嗎？」

「我不知道！他回到安涅金大道了。往北——」

「我們嚇跑他了！」在那幾分之一秒內，她徹底看清了自己唯一可能的選擇。她朝著無線電大喊：「所有單位，上，上，上！馬上圍堵他！」

她發動車子，趕緊上路。車子輪胎旋轉，在柔軟的泥土和落葉間輾出一道溝，樹枝急掃過擋風玻璃。她聽到她的團隊從無線電裡傳來連珠炮似的通話，還有遙遠處傳來好幾個警笛聲。

「我是守望者三號。我們現在封鎖了安涅金大道北邊——」

「我是守望者二號。正在追——」

「他的車子過來了！他煞車了——」

「堵住他！堵住他！」

「不要跟他正面對峙，先等後援警力！」瑞卓利下令。「等後援警力！」

「收到。他的車子停下了。我們就在這裡等。」

等到瑞卓利煞車停下，安涅金大道那一段已經擠滿了巡邏車和閃光的警燈，搞得她下車後覺得一時目盲。大量分泌的腎上腺素讓他們全都達到狂熱的狀態，她從同事的聲音裡聽得出那種逼近暴力邊緣的刺耳緊繃嗓音。

佛斯特拉開嫌犯的車門，半打槍指著駕駛人的腦袋。那名計程車司機坐在那邊茫然眨著眼睛，藍色的閃爍警燈照著他的臉。

「下車。」佛斯特命令道。

「我——我做了什麼？」

「馬上下車。」在這個腎上腺素之夜，就連巴瑞．佛斯特都變得很嚇人。

那計程車司機慢吞吞下了車，雙手舉高。他兩腳都踏上地面那一刻，就被人迅速推著轉身，把臉壓在計程車的引擎蓋上。

「我做了什麼？」他大叫，同時佛斯特幫他拍搜全身。

「說出你的名字！」瑞卓利說。

「我不曉得這是怎麼回事——」

「你的名字！」

「魏倫斯基，」他嗚咽一聲。「維能．魏倫斯基——」

「沒錯，」佛斯特說，看著那計程車司機的證件。「維能．魏倫斯基，白種男性，生於一九五五年。」

「和行車執照上頭一樣。」考薩克說，他身子探進計程車內，檢查夾在遮陽板上頭的執照。

瑞卓利往前看了一眼，在接近的車頭大燈強光下瞇起眼睛。即使在凌晨三點，這條大道上還是有車輛行駛，而現在路被警車封鎖起來，兩個方向都很快就會有排隊的車陣了。

她的目光又回到那計程車司機身上。她抓住他的襯衫，讓他轉過來面對她，手電筒照著他的雙眼。他看到一名中年男子，金髮稀疏而蓬亂，皮膚在強光下一片蠟黃。這不是她想像中那個不明兇手的臉。她看過的邪惡眼睛多到數不清了，就她記憶中，她警察生涯所看到的邪惡眼睛都是屬於惡魔的。而眼前這個害怕的男子並不是那一類人。

「你在這裡做什麼，魏倫斯基先生？」她問。

「我只是——只是要來接一個乘客。」

「什麼乘客？」

「有一位先生叫了計程車。說他在安涅金大道上，車子沒汽油了——」

「他人呢？」

「我不知道！我停在說好的地方，結果他不在那兒。拜託，你們搞錯了。打電話給我們車行的調度員！她會證實我的說法！」

瑞卓利對佛斯特說：「打開後行李廂。」

她走向計程車後方時，胃裡開始冒出噁心的感覺。她掀起後行李廂蓋，手電筒朝裡照。有足足五秒鐘，她只是瞪著那個空蕩的後行李廂，噁心的感覺現在惡化成強烈的作嘔感。她戴上手套，感覺自己的臉一片燙紅。掀開後行李廂內的灰色地毯時，她絕望得心往下沉。她看到一個備胎，一個千斤頂。她開始猛拽著地毯，往後拉得更開，滿腹怒氣都集中在掀開地毯的每一次，暴露出每一個可能隱藏的小角落。她就像個瘋子，拚命要抓住任何彌補的機會。等到她把地毯整個都掀開來，露出後行李廂底部的金屬，她只是瞪著那片空蕩，不肯接受這個明顯的事實。無可否認的證據擺在眼前：她搞砸了。

騙局。這只是個設計出來的騙局，故意轉移我們的注意力。但是為了什麼？

答案以驚人的速度向她顯現。他們的無線電爆出喊叫聲。

「一〇－五四，一〇－五四，麗景墓園。所有單位請注意，一〇－五四，麗景墓園。」

佛斯特的目光對上她的，兩人都在那一刻恍然大悟。一〇－五四是兇殺案的代碼。

「你留在計程車這裡！」她命令佛斯特，然後衝向自己的車。在那些緊密停在一起的警車中，她的車是最容易離開、最快可以回頭的。她急忙爬上車，轉動鑰匙，還一邊咒罵著自己的愚蠢。

「嘿！嘿！」考薩克喊道。他在車子旁邊奔跑，一面捶著車門。

她暫停一下，只夠讓他爬上來甩上門。緊接著她又把油門踩到底，甩得他往後撞在座位上。

「你搞什麼屁，打算把我扔在那邊？」他吼道。

「扣好安全帶。」

「我可不是隨行參觀而已。」

「扣好安全帶！」

考薩克把安全帶拉下來扣好。即使隔著無線電裡喋喋不休的講話聲，她還是聽得到他吃力的呼吸，帶著黏液的呼哧聲。

「我是守望者一號，我要趕去回應那個一〇－五四。」她對調度員說。

「你的位置？」

「安涅金大道，剛過烏龜池那個十字路口。預計一分鐘之內可以抵達。」

「你會是第一個到現場的。」

「什麼狀況？」

「沒有進一步資訊。假設是一〇－五八。」

這個代碼意思是據信持有武器且很危險。

瑞卓利踩住油門不放。通往麗景墓園的那條岔路好快就出現，她差點就開過頭。她趕緊轉向，輪胎發出尖嘯，瑞卓利努力穩住方向盤。

「哇噢！」考薩克猛吸一口氣，車子差點撞上一排路邊護石。墓園的鍛鐵柵門開著，她直接開進去。裡頭沒燈，除了她的車頭大燈外，只見一片起伏的草坪，墓碑像一顆顆從土裡凸出來的白牙。

一輛私人保全公司的巡邏車停在離墓園柵門一百碼的地方。駕駛座旁的門打開了，裡頭的頂燈亮著。瑞卓利煞車，下車時已經伸手握住槍，那是自動的反射動作，她自己根本都沒意識到。太多其他的細節朝她迎面撲來：新割過草坪和潮溼泥土的氣味，她胸中強烈的心跳。

還有恐懼。當她的視線掃過黑暗，感覺到冰涼的恐懼舔舐著她，因為她知道如果那輛計程車是個騙局，那麼眼前這個也可能是。一個她根本不曉得自己參與其中的血腥遊戲。

她僵住，雙眼盯著一座紀念方尖碑底部附近的一灘陰影。她的手電筒照過去，看到那個保全警衛倒地的身體。

她走向他時，聞到了血。那氣味太獨特了，而且立刻讓她整個人警覺起來。她跪在已經沾了血、依然帶著暖意的草地上。考薩克就在她旁邊，也拿著手電筒照，她聽得到他鼻子抽吸的呼吸聲，他吃力的時候老是會發出這種像豬的聲音。

那警衛面朝下趴著。她把他翻過身來。

「耶穌啊！」考薩克叫喊一聲，猛然後退，猛得他手電筒的光束狂亂地朝天空掃去。

瑞卓利照出的光線也顫抖著，她凝視著那幾乎被切斷的脖子，小塊軟骨從切開的肉裡發出白色微光。警衛倒地，好吧。倒地，死掉，而且幾乎斷頭了。

藍色閃光劃過黑夜，一個超現實的萬花筒朝他們迂迴而來。她站起身，長褲因為吸了血而發黏，布料沾在她的膝蓋上。她瞇起眼睛看著那輛駛近的巡邏車發出刺眼的燈光，然後別過身子，面對著墓園裡那片廣闊的黑暗。在那一刻，當車頭大燈在黑暗中劃過一個弧，她看到有個形影凍結在她的視網膜上：一個人，在墓碑間移動。那只是幾分之一秒，下一刻，光和人影就消失在眾多的大理石和花崗岩墓碑中。

「考薩克，」她說，「有個人在動——兩點鐘方向。」

「我什麼都看不到。」

她盯著，又看到了，那人影沿著下坡移動，朝向樹林而去。她拔腿就跑，迂迴繞行在墓碑所構成的障礙賽道上，雙腳轟然踏過那些沉睡的死人上方。她聽到考薩克就在她後頭很近，像個手風琴似的發出呼哧聲，但是跟不上。才幾秒鐘，就只剩她自己一個了，腎上腺素刺激著她奔跑的雙腿。她快跑到樹林了，接近她最後看到那個人影的地點，但她沒看到移動的輪廓，黑暗中沒有掠過的暗影。她減速，停下，目光前後掃視，尋找著黑影幢幢中的任何動靜。

儘管她現在停下來了，但她的脈搏卻加速，那是因為恐懼，因為那種令人寒毛豎起的確定感，相信他就在附近。他正在看著她。但是她不願意打開手電筒，免得像烽火台似的宣告了自己的位置。

一個小樹枝踩斷的聲音讓她猛地轉向右邊，樹林在她前方隱約出現，像一道無法穿透的黑色簾幕。隔著她耳朵裡轟然的血流聲，還有她急促的呼吸聲，她聽到樹葉窸窣，然後又有幾根小樹枝斷裂的脆響。

他正朝我走來。

她蹲低身子，手槍朝前瞄準，神經繃緊到一觸即發的狀態。

那腳步聲忽然停下。

她打開手電筒，照著正前方。看到他，穿著黑衣，站在樹林中。被光線一照，他轉開身子，一邊手臂舉起來遮著眼睛。

「不准動！」她大喊。「我是警察！」

那男人完全不動，頭轉過來，一手朝臉伸去，同時輕聲說：「我要把我的護目鏡摘下來。」

「不，混蛋！你就站在那邊不准動。」

「然後怎麼樣，瑞卓利警探？我們應該互看對方的警徽？幫對方拍搜全身？」

她瞪著眼睛，忽然認出那聲音。嘉柏瑞．狄恩緩慢而從容地摘下護目鏡，轉身面對著她。手電筒的光照著他的眼睛，他看不見她，但她可以清楚看到他，只見他臉上的表情冷靜而鎮定。她拿著手電筒上下掃了一遍他的身體，看到他一身黑衣，腰帶後方的槍套插了槍。而在他手上，則拿著剛剛摘下的夜視鏡。考薩克說過的話立刻浮上她心頭：他娘的〇〇七情報員詹姆士．龐德。

狄恩朝她走近一步。

她的手槍又立刻舉起。「待在那邊不要動。」

「別緊張，瑞卓利。你沒有理由轟掉我的腦袋。」

「是嗎？」

「我只是要朝你走近一點，方便講話。」

「從這個距離講話，也一樣方便。」

他朝巡邏車的閃光看過去。「你以為通報這邊有兇殺案的是誰？」

她穩穩握著槍，毫不動搖。

「用一下你的腦子吧，警探。我想你的腦子還不錯。」他又走了一步。

「他媽的站在那邊不准動！」

「好吧。」他舉起雙手。又輕聲說了一次：「好吧。」

「你在這裡做什麼？」

「跟你一樣。兇手就是在這裡活動。」

「你怎麼知道？如果通報這裡有兇殺案的人是你，那你怎麼知道兇手在這裡活動？」

「我原先不知道。」

「你只是剛好出現，發現了他？」

「我聽到調度員呼叫，希望有人去麗景墓園進行場所察看。顯然可能有闖入者。」

「所以呢？」

「所以我就很好奇，會不會是我們的不明兇手。」

「你很好奇？」

「沒錯。」

「你一定有個好理由。」

「直覺。」

「別跟我鬼扯了，狄恩。你穿著一身夜間行動的黑衣服出現，還要我相信你只是不小心散步過來，察看一個闖入者？」

「我的直覺滿厲害的。」

「你得要有超能力，才有辦法那麼準。」

「我們這是在浪費時間，警探。你要嘛就逮捕我，否則就跟我合作。」

「我傾向於第一個選項。」

他表情沉著地看著她。有太多事情他沒告訴她，有太多祕密她從他身上挖不出來。這裡不可能，今夜不可能。最後她垂下手槍，但是沒放進槍套裡。她對嘉柏瑞・狄恩還沒信任到那個地步。

「既然你是第一個趕到現場的，那你看到了什麼？」

「我發現那個保全警衛已經倒下。我用他車上的無線電跟調度員通報。他的血還是溫的。我想有可能兇手還在附近。所以我就去找了。」

她半信半疑地哼了一聲。「在樹林裡？」

「我在墓園裡沒看到其他車子。你知道環繞這墓園四周的，是哪些地帶嗎？」

她猶豫著。「東邊是戴德姆。北邊和南邊是海德公園。」

「一點也沒錯。四周都是住宅區，有很多地方可以停車。從那些地方，只要走一小段路，就可以來到這個墓園。」

「我們那個不明兇手為什麼要來這裡？」

「我們對他有什麼了解？兇手對死人執迷。他渴望死人的氣息，渴望死人的膚觸。他會把屍體留在身邊，直到臭氣再也沒辦法偽裝或隱藏。然後他才會把屍體丟掉。這個男人大概只要走過墓園，就能興奮起來。所以他來到這裡，在黑暗中，進行一個小小的情慾探險。」

「好病態。」

「探索他的想法、他的世界。我們可能會覺得很病態；但是對他來說，這裡是個小小天堂。一個死人躺著休息的地方，正是支配者會來的地方。他在這裡頭走來走去，大概會想像一整個後宮的沉睡女人，就躺在他腳下。

「但是接下來，他被打斷了，一輛保全巡邏車意外來到。那位警衛大概以為，他要對付的，不過就是幾個半夜想來探險的青少年而已。」

「然後那個警衛就讓那個男人走過來，割斷他的喉嚨？」

狄恩沉默了。因為這件事他沒辦法解釋。瑞卓利也沒辦法。

等到他們回頭朝上坡走，四下閃著藍色燈光，他們的團隊已經在拉起黃膠帶封鎖犯罪現場了。瑞卓利看著這一片忙亂，忽然疲倦得再也受不了。她很少質疑自己的判斷，或是懷疑自己的直覺。但今夜，面對著自己失敗的證據，她想著嘉柏瑞．狄恩是否真的是對的——她根本不該領導這個案子的偵辦。或許沃倫．荷伊在她身上留下的創傷，已經造成嚴重的損害，使得她再也沒辦法善盡警察的職責。今夜她做出了錯誤的選擇，拒絕從團隊裡釋出任何一個人去回應一個場所察看的要求。*我們才離這邊一公里半而已。但結果我們坐在車上空等，沒有任何動靜，讓這個男人在這邊等死。*

一連串的挫敗堆積起來，壓在她肩上好沉重，搞得她彎腰駝背，覺得自己像是被真的石頭壓得直不起身子來。她回到自己車上，打開自己的手機，佛斯特接了電話。

「計程車行調度員確認了那個司機的說法。」他告訴她。「他們兩點十六分接到電話。一個男人說他的車子沒汽油了，停在安涅金大道。調度員派了魏倫斯基過去。我們正在設法追蹤那通叫車電話的號碼。」

「這個兇手不笨。電話查不出結果的。可能是從公用電話打的。或者是偷來的手機。狗屎。」她朝儀表板猛拍一記。

「那要怎麼處理那個計程車司機？查到目前，他都沒有問題。」

「放了他吧。」

「你確定？」

「這一切都只是一個遊戲，佛斯特。那個兇手知道我們在等他。他在耍我們。為了表明一切由他控制，表明他比我們聰明。」而且他剛剛已經證明了。

幾個站在黃膠帶旁的警察轉過頭來朝她看——這是一個訊號，表明儘管她很累了，也還是不能繼續躲在自己的車子裡了。她想起考薩克的咖啡；雖然很難喝，但現在她需要一些咖啡因。她伸手到座位後頭要拿那保溫罐，忽然停下。

她往前看著那些站在巡邏車旁的警察們。她看到嘉柏瑞·狄恩，修長而優美得像一隻黑貓，正在犯罪現場膠帶周圍走動。她看到各個警察揮動手電筒檢查著地面。但是沒看到考薩克。

她下了車，走向今晚加入監視團隊的多德警員。「你看到考薩克警探了嗎？」她問。

「沒看到，長官。」

「你到的時候，他不在這裡？沒等在屍體旁邊？」

「我在這裡完全沒看到過他。」

她望向剛剛遇見嘉柏瑞．狄恩的樹林。考薩克之前就在我後頭奔跑。但是他始終沒跟上來，而且也沒有回到這裡……

她開始走向樹林，尋找剛剛跑過墓園的路線。之前奔跑時，她太專注在追逐上頭，因而沒怎麼注意跟在後頭的考薩克。她回想起自己的恐懼，跳得好厲害的心臟，想到掠過臉上的夜風。她想起他設法要跟上時沉重的呼吸。然後他落後了，她沒再聽到他的動靜了。

這會兒她走得更快，手電筒左右揮來揮去。這是她剛剛跑過的路線嗎？不，不，她經過的是另外一排墓碑。她認出左邊有個方尖碑的影子。

她修正路線，走向方尖碑，差點被考薩克的雙腿給絆倒。

他躺在一個墓碑旁，沉重身軀的陰影融入了花崗岩墓碑。她立刻跪下，大叫著要其他人來幫忙，同時把他翻過來仰天躺著。朝他腫脹、沾了泥土的臉看一眼，她就曉得他是心臟病發了。

她摸摸他的脖子，拚命想找到動脈的脈搏，差點把自己狂跳的指尖脈搏誤認成他的。但結果他沒有心跳了。

她拳頭捶在他胸膛上。就連那麼用力的一擊，也沒能打醒他的心臟。

她把他的頭往後仰，拉著他鬆垮的下巴，以便打開氣道。那麼多有關考薩克的事情曾經讓她厭惡。他汗水和香菸的氣味，他吵死人的呼吸聲，握手時他那隻麵團似的手。這一切她現在都沒注意到，只是湊上他的嘴巴，把空氣朝他的肺裡吹。她感覺到他的胸膛脹大，然後當他的肺又把空氣排出時，她聽到一個響亮的呼哧聲。她雙手放在他胸膛上，開始進行心肺復甦術，幫忙做他的心臟不肯做的事。等到其他警察趕來協助，等到她雙臂開始顫抖，汗水溼透背心，她還是持續按壓著。但就連她按壓時，心裡仍在無情地責備自己。她怎麼會忽略了他，讓他躺在這裡？為什麼她沒注意到他不見了？她的肌肉灼痛，膝蓋發疼，但她沒停止。這是她欠他的，她不會拋棄他第二次。

救護車的警笛聲愈來愈近。

急救人員趕到時，她還在按壓。直到有個人抓住她的手臂，堅定地把她拉開，她才不情願地讓出自己的角色。她往後站，雙腿顫抖，同時急救人員接手，插了靜脈注射針，接上一袋食鹽水。他們把考薩克的頭往後傾斜，一根喉頭鏡葉往下插入他的喉嚨。

「我看不到聲帶！」

「耶穌啊，他有個大脖子。」

「幫我復位。」

「好了。再試一次！」

那位急救人員又試著插管一次，使勁扶住考薩克的下巴。此時的考薩克脖子巨大、舌頭腫脹，看起來像一頭剛被宰殺完畢的公牛。

「插管成功了！」

他們脫掉考薩克的襯衫，露出濃密的體毛，然後拿了兩個電擊板壓在上頭。在心臟監視儀上，一道鋸齒線出現了。

「他心室性心搏過速了！」

電擊板按下，一道電流通過考薩克的胸膛。那抽搐將他沉重的身軀拉離草地，然後又落下來，成為一座鬆弛的小山。警察們的手電筒燈光照出每個殘忍的細節，從蒼白的啤酒肚，到簡直像女人的胸脯──很多過胖男子都有這個難堪的特色。

「好了！他有心律了。」

「血壓？」

他胖乎乎手臂上的血壓計袖套因為打氣而緊繃。「收縮壓九十。快把他帶走吧！」

他們把考薩克搬進救護車，閃爍的車尾燈逐漸遠去，消失在夜色中。即使到此時，瑞卓利還是不動。她因為筋疲力盡而麻木，只是瞪著消失的救護車，想像著接下來他會碰到的事情。急診室的刺眼燈光。更多針頭，更多輸液管。她忽然想到該打個電話給他太太，但是她不曉得她叫什麼名字。事實上，她對考薩克的私人生活幾乎一無所知；而且想到自己對死去的葉格夫婦的所知，遠勝於這個與她並肩工作的、會呼吸的活人，她就覺得悲傷難抑。她辜負了自己的工作夥伴。

她低頭看著考薩克剛剛躺過的草地。上頭還有他體重壓出來的印子。她想像著他在她身後奔跑，喘得無法跟上，但他還是硬逼著自己跑，因為男性的虛榮和自尊。他倒下時是否抓著自己的胸口？他是否曾試著呼喊求救？

反正我也聽不到。我太急著要追捕陰影，想搶救我自己的自尊。

「瑞卓利警探？」多德警員說，他走過來時無聲無息，她根本不曉得他就站在旁邊。

「什麼事？」

「恐怕我們又發現另外一個了。」

「另外一個什麼？」

「屍體。」

她震驚得說不出話來，只是跟著多德走過潮溼的草地，手電筒的光束照著黑暗中的路。更多燈光在前方遠處隱現，標示著他們的目的地。等她終於聞到第一絲腐臭時，他們已經離那位保全警衛倒地的地方有幾百碼了。

「是誰發現的？」她問。

「狄恩探員。」

「他為什麼會一路搜索到這裡來？」

「我想他只是想把整個墓園巡一遍。」

她走過去時，狄恩轉身面對她。「我想我們找到可麗娜・甘特了。」他說。

那女人躺在一座墳墓前，黑色長髮披散開來，一堆堆落葉撒在黑髮間，像是荒謬的裝飾。她已經死了夠久，腹部都鼓脹起來，屍水也沿著鼻孔留下。但這一切細節的衝擊，比起她下腹部所遭遇更大的恐怖狀況，便相形失色了。瑞卓利瞪著那個張開的傷口。橫切一刀。

她腳下的地面似乎塌陷，她踉蹌往後，盲目地伸手想尋找支撐，但是只摸到空氣。最後是狄恩抓住她，堅定扶著她的手肘。「這不是巧合。」他說。

她沒吭聲，雙眼還是定定看著那可怕的傷口。她還記得其他女人身上類似的傷口。記得去年夏天，比今年夏天更熱。

「他一直在注意新聞，」狄恩說。「他知道你是主責偵辦的警探。他知道如何扭轉局勢，如何把貓捉老鼠的遊戲變成老鼠捉貓。這件事現在對他來說就是這樣。一場遊戲。」

儘管她聽到他的話，卻不明白他想說的是什麼。「什麼遊戲？」

「你沒看到那名字嗎？」他的手電筒指向刻在花崗岩上頭的字：

深愛的丈夫和父親
安東尼・瑞卓利
一九〇一－一九六二

「這是個嘲笑，」狄恩說。「而且擺明了是針對你的。」

13

考薩克病床邊坐著一個女人，一頭晦暗的棕色直髮似乎好幾天沒梳過或洗過了。她沒碰觸他，只是雙眼空洞地瞪著病床，兩手放在膝上，毫無生氣，簡直像個假人模特兒。瑞卓利站在加護病房的小隔間外，猶豫著是否該闖入。最後那女人抬起頭來，隔著窗子對上她的目光，瑞卓利實在無法一走了之。

她走進隔間。「考薩克太太嗎？」她問。

「是的。」

「我是瑞卓利警探。珍，請喊我珍就好。」

那女人的表情還是很茫然；顯然沒聽過這個名字。

「恐怕我不曉得你的名字。」瑞卓利說。

「黛安。」那女人沉默了一會兒；然後皺起眉。「對不起，能再說一次你是哪位嗎？」

「珍．瑞卓利。我是波士頓市警局的人。我跟你丈夫正在合作辦一個案子。他或許提到過。」

黛安輕輕聳了下肩，目光又回到她丈夫身上。她臉上沒有悲傷也沒有恐懼。只有筋疲力盡的麻木與認命。

一時之間，瑞卓利只是沉默地站在那裡守護著那張床。那麼多輸液管，她心想。那麼多機器。而考薩克位於這一切的中央，退化成失去知覺的肉體。醫師們已經證實他是心臟病發，而雖然他的心律現在已經穩定下來，但還是處於昏迷狀態。他的嘴巴大張，一根氣管插管像塑膠蛇般伸出來。一個尿袋掛在床邊，收集著緩緩滴下的尿液。儘管床單蓋住了他的外陰部，但他的胸部和腹部都袒露著，還有一條毛茸茸的腿從床單底下伸出來，露出一隻腳和沒修剪的黃色腳趾甲。就連她看著這一切細節時都覺得很尷尬，因為侵犯他的隱私，因為看到他最脆弱的這一面。然而她也無法轉開眼睛。她覺得不得不瞪著看，雙眼被吸引到所有最私密的細節，都是他醒著時不會希望她看到的。

「他該刮鬍子了。」黛安說。

這麼瑣碎的憂慮，但那是黛安主動講出來的評論。她完全靜止坐在那裡，一根肌肉都沒移動，雙手還是無力，平靜的表情像是石雕。

瑞卓利想找話講，覺得自己應該說些安慰的話，於是開口說了老套的台詞。「他是個鬥士。他不會輕易放棄的。」

她的話像石頭落到深不見底的池塘。沒有漣漪，沒有效果。一段漫長的沉默過去了，黛安呆滯的藍色眼珠才終於看著他。

「恐怕我又忘了你的名字了。」

「珍．瑞卓利。你的丈夫和我之前一起在進行監視任務。」

「啊。就是你啊。」

瑞卓利愣住了，忽然覺得好罪惡。*沒錯，就是我。我拋棄了他。讓他孤單躺在黑暗中，因為*

我太急著要搶救自己搞砸的夜晚。

「謝謝你。」黛安說。

瑞卓利皺起眉頭。「謝什麼？」

「謝謝你做過的一切，幫了他。」

瑞卓利看著那女人朦朧的藍眼珠，這才第一次注意到她緊縮的瞳孔。那是被麻醉的眼睛，她心想。黛安．考薩克正處於藥物造成的恍惚中。

瑞卓利看著考薩克。想起那一夜她打電話找他去甘特的命案現場，他到的時候喝了酒。她也想起他們站在法醫處停車場時，考薩克似乎不想回家。這就是他每天晚上會面對的狀況嗎？這個眼神空茫、聲音像機器人的女人？

你從沒跟我說過。我也從沒費事去問。

她走到床邊，緊握住他的手。想起他潮溼的握手一度曾令她反感。今天不會了；今天，如果他回握的話，她會很高興的。但她手裡的那隻手還是毫無生氣。

◆

她終於走進自己的公寓時，已經上午十一點了。她轉動兩個滑塊鎖，按下一個喇叭鎖，然後掛上門鏈。有一度，她會覺得這麼多鎖是偏執狂的徵兆；有一度，她很滿足於只有一個簡單的喇叭鎖和一把放在床頭桌的手槍。但一年前沃倫．荷伊改變了她的人生，從此她的門就需要這些發亮的黃銅配件。她瞪著那些鎖，忽然意識到自己變得那麼像其他的暴力犯罪被害人，拚命為自己的家設置障礙，把整個世界關在外頭。

都是外科醫生，害她變成這樣。

而現在這個新的不明兇手「支配者」，也加入了她門外刺耳的惡魔合唱團中。之前嘉柏瑞．狄恩立刻就明白，兇手挑選那個墳墓，把可麗娜．甘特的屍體放在那裡，並不是巧合。雖然安歇在那個墳墓裡的安東尼．瑞卓利並不是她的親戚，但他們碰巧同姓，顯然是刻意要傳達一個訊息給她。

支配者知道我的名字了。

她沒卸下槍套，而是先在公寓裡徹底巡過一遍。這戶公寓的空間並不大，她只花了不到一分鐘看一下廚房和客廳，又沿著那條短短的走廊到臥室，打開衣櫃，看看床下。然後她才卸下槍套，把手槍放進床頭桌的抽屜裡。她脫掉衣服，走進浴室，鎖上了門——又是另一個自動的反射動作，而且完全沒必要，但只有鎖上門，她才有辦法走進淋浴間，鼓起勇氣拉上浴簾。過了一會兒，她頭髮上的潤絲精還沒洗掉，就忽然被一股感覺攫住，覺得浴室裡還有別人。她猛地拉開浴簾，瞪著空蕩的浴室，心臟狂跳，水沿著她的肩膀往下，流到地板上。

她關掉水龍頭，往後靠著瓷磚牆深呼吸，等著心跳減緩。隔著她自己怦怦的心跳聲，她聽到通風扇的嗡響。還有這棟大樓的水管所發出的隆隆聲。這些日常的聲音都是她以前沒注意到的，而現在，那些平凡無奇的聲響反倒可以讓她專注。

等到她的心跳終於恢復正常，身上的水已經寒颼颼的了。她走出淋浴間，擦乾自己，然後跪下來把溼漉漉的地板也擦乾。平常工作時她神氣極了，擺出一副兇悍警察的姿態，但現在她卻退回到不過是一個全身發抖的女人。她在鏡中看到恐懼如何改變了自己。回瞪著她的那個女人瘦了，本來就苗條的骨架現在更是憔悴。她的臉一度方正而結實，現在似乎瘦得像個鬼，兩隻眼睛大而黑暗地深陷在眼窩中。

她逃離鏡前，走進臥室。也不管頭髮還是溼的，就倒在床上躺下，睜著眼睛，知道自己應該試著至少睡兩三個小時。但白晝的天光隔著遮光簾的縫隙閃爍，而且她聽得到底下街道上的車聲。現在是中午，她已經將近三十個小時沒闔眼，將近十二個小時沒吃東西了。但是她實在沒胃口也不想睡。凌晨的種種事件依然鬧哄哄，像電流般在她的神經系統裡亂竄。種種記憶一再循環在她腦中重演。她看到那保全警衛的喉嚨被割開，他的頭往旁轉開，和軀體形成一個不合理的角度。她看到可麗娜·甘特，落葉散佈在她的頭髮上。

然後她看到了考薩克，他的身體接著各種管線。

這三個畫面有如頻閃燈，在她腦中不斷循環，她沒法關掉，無法讓那鬧哄哄的聲音安靜下來。這就是精神失常的感覺嗎？

幾個星期前，札克醫師曾催她去找心理醫師進行諮商，她很生氣地置之不理。現在她很好奇，他是不是從她的話、她的眼神中察覺到什麼，是連她自己都沒意識到的。自從外科醫生撼動她的人生之後，她的理智就出現了第一條裂縫，然後愈來愈深、愈來愈大。

◆

電話鈴響吵醒了她。感覺上她好像才剛閉上眼睛，而她摸索著去拿話筒時，第一個冒上來的感覺就是火大，因為她連要休息片刻都沒辦法。她接了電話很不客氣地說：「我是瑞卓利。」

「呃……瑞卓利警探，我是法醫處的吉間。艾爾思醫師在等你來，要做甘特的驗屍。」

「我馬上到。」

「唔，她已經開始了，而且——」

「現在幾點？」

「快四點了。我們打過你的呼叫器，但是你沒有回應。」

她坐直起身，太猛了，一時間感覺整個房間都在旋轉。她搖搖頭，然後瞪著床邊的時鐘：三點五十二分。她睡得鬧鐘都沒吵醒，也沒聽見呼叫器響。「對不起，」她說。「我會盡快趕過去。」

「稍等一下。艾爾思醫師想跟你講話。」

她聽到工具放在金屬托盤上的鏗鏘聲；然後艾爾思醫師的聲音從電話裡傳來。「瑞卓利警探，你會過來，對吧？」

「大概半小時之後可以趕到。」

「那我們就等你。」

「我不想耽誤你們。」

「提爾尼醫師也正要趕過來。你們兩個都得看看這個。」

這很不尋常。有這麼多同僚可以找，為什麼艾爾思醫師偏偏要找快退休的提爾尼醫師過來呢？

「出了什麼問題嗎？」瑞卓利問。

「是在被害人的腹部，」艾爾思醫師說。「那不光是劃一刀而已。而是一道手術切口。」

◆

瑞卓利趕到時，提爾尼醫師已經穿戴妥當，站在解剖室裡。他跟艾爾思醫師一樣，通常是避免戴口罩的，而今晚他臉部唯一的保護，就是一個塑膠面甲。隔著那透明的面甲，瑞卓利可以看到他嚴肅的神情。解剖室裡每一個人看起來臉色都很凝重，而且瑞卓利進去時，他們都只是用一種令人緊張的沉默注視著她。到了現在，狄恩探員的出現已經不再令她驚訝了，而她面對他的注視，也只是略略點個頭而已，很好奇他是否也設法睡了幾個小時。這是頭一次，她看到他眼中出現了疲憊的神情。就連嘉柏瑞．狄恩，也逐漸感受到這個調查的沉重壓力了。

「我錯過了什麼？」她問。還沒準備好面對那具遺體，雙眼始終盯著艾爾思醫師。

「我們完成外部檢查了。鑑識人員已經用膠帶黏起纖維、收集剪下來的指甲、梳理過毛髮了。」

「那陰道拭子呢？」

艾爾思點點頭。「有活動的精子。」

瑞卓利吸了口氣，目光終於轉到可麗娜．甘特的屍體上。她頭一次在鼻孔下擦了薄荷清涼膏，但惡臭還是幾乎壓過了那薄荷氣味。她再也信不過自己的胃了。過去這兩三個星期有太多事情出錯，對於以往支撐她度過其他案子的那些力量，她已經失去信心了。當她走進這個房間時，她害怕的不是解剖本身，而是解剖會引起她什麼樣的回應。她再也無法預測或控制自己會有什麼反應，而這比什麼都更令她恐懼。

她在家裡已經先吃了幾片蘇打餅乾，免得要空胃面對這個考驗，而這會兒她鬆了一口氣，發現儘管臭氣很重，儘管屍體的狀況很怪異，但自己絲毫沒有作嘔的感覺。她有辦法保持鎮定，看著那褐綠色的腹部。醫師還沒劃下Y字形切口。而現在屍體上唯一的傷口，卻是她沒有勇氣看的。她把目光轉而集中在頸部，上頭有一些圓形的瘀青，即使屍體死後已經變色了，仍然看得很清楚，就在下顎兩邊。那些瘀青是兇手按壓肌膚所造成的。

「徒手勒殺，」艾爾思說。「跟蓋兒．葉格一樣。」

殺害一個人最親密的方式，札克醫師曾這麼說。皮膚貼著皮膚。你的手就摸著她的肉。掐著她的喉嚨，感覺到她的生命逐漸流失。

「那X光呢？」

「左邊甲狀軟骨有斷裂。」

提爾尼醫師插嘴：「讓我們擔心的不是脖子。而是那個傷口。我建議你戴上手套，警探。你得親自檢查這個才行。」

她走到另一邊儲存手套的櫥櫃，慢條斯理地戴上一副小號的乳膠手套，利用這段時間讓自己堅強起來。最後她終於回到解剖檯旁。

艾爾思醫師已經把上方的燈光對準屍體的下腹部。傷口邊緣張開，像個發黑的嘴唇。

「皮膚是用一刀很俐落地劃開，」艾爾思醫師說。「用的是無鋸齒的刀刃。切開皮膚之後，接著又割了更深的幾刀。首先是表面筋膜，接著是肌肉，最後是骨盆腹膜。」

瑞卓利看著傷口的開口，想著握著那刀的手，穩定得可以劃下信心十足的一刀。

她輕聲問：「他劃開腹部時，被害人還活著嗎？」

「不。他沒用縫線，而且也沒流血。這是死後的切口，是在被害人心跳停止、血液停止循環之後進行的。從這個步驟的狀況——很有條理的一連串切口——看來，顯示他有開刀經驗。他以前做過這樣的事。」

提爾尼醫師說：「動手吧，警探。去檢查傷口。」

她猶豫著，乳膠手套裡的雙手冰冷。她伸出一隻手，緩緩探入傷口內，深入可麗娜．甘特的骨盆。她完全知道會摸到什麼，但還是對自己的發現很震驚。她望著提爾尼醫師，從他眼中得到確認。

「子宮被切除了。」她的手從骨盆中抽出來。「是他，」她輕聲說。「這是沃倫．荷伊做的。」

「但是其他一切都符合支配者的模式，」嘉柏瑞．狄恩說。「綁架，勒殺。死後性交——」

「但不是這個，」她說，瞪著那個傷口。「這是荷伊的幻想。這是讓他興奮的事情。切開人體，取走女人之所以為女人、給她們力量的那個器官。」她直直看著狄恩。「我了解他的手法。我以前見過。」

「我也見過，」提爾尼對狄恩說。「去年就是我負責幫荷伊的被害人解剖驗屍的。這是他的手法沒錯。」

狄恩不敢置信地搖頭。「兩個不同的兇手？兩種手法結合在一起？」

「支配者和外科醫生，」瑞卓利說。「他們找到了彼此。」

14

她坐在自己的車子裡，溫暖的空氣從冷氣送風口吹出來，她臉上冒出點點汗珠。就連夜間的熱氣，也無法驅散她在驗屍間裡所感覺到的那股寒意。我一定是染上某種病毒了，她心想，按摩著太陽穴。也難怪；幾天來她都全速往前衝，現在終於出問題了。她的頭好痛，此刻唯一想做的就是爬上床，狠狠睡上一星期。

她直接開車回家。走進公寓後，她再度執行那個重要儀式，以維持精神的正常。轉動滑塊鎖，把門鏈滑進溝槽，一路都做得很仔細。直到完成各種安全檢查，鎖上每個鎖，看過每一個衣櫥，她才終於踢開鞋子，脫掉長褲和襯衫。脫到只剩內衣，坐在床上按摩她的太陽穴，想著醫藥櫃裡不曉得還有沒有阿斯匹靈，但是又累得不想去找。

她公寓的對講機鈴聲響起。她整個人直起身子，脈搏加速，每根神經都警覺起來。她沒約任何訪客，也不希望有任何訪客。

電鈴又響了，那聲音像是鋼絲刷磨著她裸露的神經末梢。

她起身走到客廳，按下對講機按鈕。「誰？」

「嘉柏瑞．狄恩。我可以上去嗎？」

她怎麼也沒想到會是他，因而驚訝得一時沒有回答。

「瑞卓利警探？」他說。

「有什麼事，狄恩探員？」

「解剖。有一些問題，我得跟你談。」

她按了解鎖鈕，然後立刻就後悔了。她不信任狄恩，現在卻要讓他進入自己這個安全港。隨著不經意地按一個鈕，她下了決定，而現在她無法改變心意了。

她才剛穿上一件棉浴袍，他就敲門了。隔著門上窺視孔的魚眼鏡頭，他輪廓分明的五官變形了。這是凶兆。等到她把所有的鎖都打開，那個怪誕的扭曲形象已經在她心裡凝固。現實的威脅性差得太多了。站在她門口的那個男人雙眼疲倦，而那張臉也顯示出睡眠太少、目睹太多恐怖而帶來的壓力。

然而他的第一個問題，卻是關於她的：「你狀況還好吧？」

她明白這個問題的背後，是在暗示她不好。暗示她需要人監督。暗示她是個狀況不穩定的警察，就要破成碎片了。

「我好得很。」她說。

「解剖後你一下就跑掉了。我還沒有機會找你談。」

「談什麼？」

「沃倫・荷伊。」

「你想知道他什麼？」

「一切。」

「恐怕那要談上一整夜。現在我累了。」她把身上的浴袍拉得更緊，忽然覺得難為情。對她來說，表現得專業向來很重要，所以她到犯罪現場通常都會穿上外套。現在她站在狄恩面前，身上只穿了浴袍和內衣。她不喜歡這種脆弱的感覺。

她伸手去抓門，這個手勢表達了清楚無誤的訊息：這段談話結束了。

他站在門口不肯動。「聽我說，我承認我犯了錯。我從一開始就該聽你的。你是第一個看出來的人。我之前一直沒看出這個兇手跟荷伊有多麼相似。」

「那是因為你從來不認識荷伊。」

「那就告訴我關於他的事。我們得合作，珍。」

她的笑聲尖銳得像玻璃。「現在你對團隊合作有興趣了？這可是新鮮事。」

看起來他是不會離開了，於是她也只好屈服，轉身走進客廳。他跟著進來，關上了門。

「告訴我有關荷伊的事情吧。」

「你可以去看他的檔案。」

「我看過了。」

「那你需要的一切全都有了。」

「不是一切。」

她轉身面對他。「還有什麼？」

「我想知道你所知道的。」他走近她，她感覺到一陣警覺的震顫，因為自己處於這樣的劣勢，赤腳站在他面前，累得無法抵擋他的攻擊。感覺上這就像是個攻擊，他提出的所有要求，還有他的目光，好像都穿透了她身上單薄的衣服。

「你們兩個有某種情感上的連結，」他說。「某種牽繫。」

「他媽的別說那是牽繫。」

「不然你說那是什麼？」

「他是兇案加害人。我是逮到他的人。就這麼簡單。」

「就我所聽說的，沒那麼簡單。無論你想不想承認，你們兩個之間有一種牽繫，所以他刻意回到你的生活中。他們留下可麗娜．甘特屍體的那個墳墓，可不是隨便挑的。」

她沒吭聲，這一點她無法否認。

「他是獵人，就像你也是獵人，」狄恩說。「你們追獵的都是人類。這是你們之間的連結。你們的共同點。」

「我們沒有共同點。」

「但是你們了解彼此。無論你有什麼感覺，你跟他相連。你是第一個看出他對支配者有影響的人，比任何人都要早。你遙遙領先我們。」

「你之前還認為我該去看心理醫師呢。」

「沒錯，當時我是這麼覺得。」

「所以現在你又認為我沒發瘋，而且聰明得很。」

「你了解他腦袋裡在想什麼。你可以幫助我們推斷出他的下一步。他想要什麼？」

「我怎麼曉得？」

「你比其他警察都更了解他私密的一面。」

「私密？這就是你的說法？那個王八蛋差點殺了我。」

「沒有任何事比謀殺更私密了，不是嗎？」

那一刻她好恨他，因為他說出了一個她想迴避的事實。他指出她無法承認的那件事：她和沃倫·荷伊永遠彼此相連了。恐懼和憎恨，是比愛更強烈的情感。

她沉坐在沙發上。換了以前，她會反擊的。換了以前，她的言辭犀利程度不會輸給任何男人的。但是今晚她累了，太累了，實在沒有力氣抵擋狄恩的問題。他只會繼續進逼、刺探，直到他得到答案，而她還不如屈服於這個無法避免的狀況，趕緊解決掉，這樣他就會放過她了。

她直起身子，發現自己瞪著雙手，兩邊掌心都有相同的疤。這兩個疤只是荷伊所留下最明顯的紀念品而已；其他的疤痕比較沒那麼容易看見：幾根肋骨和顏面骨的骨折已經癒合了，從X光片上頭還是看得出來。最看不出來的，是依然劃開她人生的裂痕，就像一場地震留下來的裂縫。過去兩三個星期，她感覺到那些裂縫開始加大，她腳下的地面彷彿隨時都有塌陷的危險。

「我當時不曉得他還在裡頭，」她輕聲說。「就在那棟房子的地窖裡，他就站在我後面……」

他坐在她對面的一張椅子上。「你是找到他的人。你是唯一知道該去哪裡找的警察。」

「是的。」

「為什麼？」

她聳聳肩，笑一聲。「狗運好。」

「不，一定不只是這樣。」

「別給我那麼高的評價，我沒資格。」

「我認為我給你的評價始終還不夠高，珍。」

她抬頭，發現他盯著自己看，那種直率的眼神害她好想躲起來。但她沒有地方可以逃，也沒辦法躲開那銳利的眼神。他看出了多少？她很好奇。他知道他害我覺得自己有多麼毫無遮蔽嗎？

「告訴我那個地窖裡發生了什麼事。」他說。

「你知道發生了什麼事，全都在我的供述裡了。」

「供述總會有些事情沒說出來的。」

「我沒有什麼可以補充的了。」

「你連試一下都不肯？」

憤怒像是榴彈碎片般穿透她。「我不想去想那件事。」

「可是你忍不住還是會一直回想，對吧？」

她瞪著他，不明白他在玩什麼遊戲，也不明白自己怎麼這麼容易就被捲入。她見過其他魅力超凡的男人，可以迅速吸引女人的目光。但瑞卓利向來夠理智，曉得要跟這類男人保持距離，曉得要看清他們的本質：他們也是凡人，只不過是基因好而已。她對這類男人沒什麼用處，那些男人對她也沒什麼用處。但今夜，她有嘉柏瑞．狄恩需要的東西，而他的魅力對準她，火力全開。結果奏效了。從來沒有一個男人能讓她這麼困惑，卻又同時喚起她的情慾。

「他把你困在地窖裡。」狄恩說。

「我就直接踏進去了。當時我並不知道。」

「為什麼？」

這個問題讓她震驚，一時說不出話來。她回想著那個下午，站在打開的地窖門前，很擔心要走下那些黑暗的階梯。她還記得屋裡那種悶熱，汗水滲入她的胸罩和襯衫。她還記得恐懼如何刺激著她全身每一根神經。是的，她早就知道有什麼不對勁。她知道階梯底下有什麼在等著她。

「是什麼不對勁，警探？」

「被害人。」她輕聲說。

「凱薩琳．柯岱兒？」

「她在地窖裡。被綁在裡頭的一張行軍床上……」

「是誘餌。」

她閉上眼睛，幾乎可以聞到柯岱兒的血，以及潮溼泥土的氣味。還可以聞到她自己的汗，帶著恐懼的酸味。「我上當了，我吞了誘餌。」

「他知道你會的。」

「我早該明白——」

「但是你專注在被害人身上，一心想著柯岱兒。」

「我想救她。」

「那就是你犯的錯誤。」

她睜開眼睛，憤怒地看著他。「錯誤？」

「你沒先確認那個地方的安全。你讓自己處於容易被攻擊的狀態。你犯下了最基本的錯誤。真沒想到，一個能力這麼強的人，也會犯這樣的錯。」

「你當時不在那裡。你不了解我所面對的狀況。」

「我看過你的供述。」

「柯岱兒就躺在那裡。流血——」

「所以你的反應就跟任何普通人一樣。你想去救她。」

「是的。」

「就是這一點害你陷入困境的。你忘了要用警察的方式思考。」

他似乎對她的憤怒模樣完全無動於衷，只是回瞪著她，表情不變，那張臉好鎮靜，好有自信，因而更凸顯了她自己的混亂。

「我從來不會忘記用警察的方式思考。」她說。

「在那個地窖裡，你就是忘了。被害人讓你分心了。」

「我第一關心的永遠都是被害人。」

「可是如果會危害到你們兩個人呢？這樣合理嗎？」

合理。沒錯，這就是嘉柏瑞．狄恩。她從來沒見過這樣的人，他可以毫無感情地看待活人和死人。

「我不能讓她死，」她說。「這是我第一個想法，也是唯一的想法。」

「你認識她嗎？柯岱兒？」

「是的。」

「你們是朋友嗎？」

「不是。」她回答得太快了，狄恩揚起一邊眉毛，無言地提出疑問。瑞卓利吸了口氣說：「我們調查外科醫生殺人案時，她是其中的一部分。如此而已。」

「你不喜歡她？」

瑞卓利愣了一下，狄恩犀利的洞察力令她驚訝。她說：「這麼說吧，我對她沒有好感。」我嫉妒她。嫉妒她的美。嫉妒她對湯瑪士．摩爾的吸引力。

「但是柯岱兒是被害人。」狄恩說。

「我原先不確定她是什麼。一開始是這樣。但是愈到後來，顯然外科醫生的目標是她。」

「你一定覺得很內疚。之前還懷疑她。」

瑞卓利什麼都沒說。

「這就是你這麼想救她的原因嗎？」

她僵住了，覺得這個問題很侮辱人。「她當時有危險。我不需要其他任何理由。」

「你冒的風險並不審慎。」

「我不認為風險和審慎應該放在同一個句子裡。」

「外科醫生設了陷阱。你吞了誘餌。」

「是啊，好吧。我犯了錯——」

「他早知道你會犯這個錯。」

「他怎麼可能事先曉得？」

「他知道很多關於你的事。再說一次，就是那種連結。把你們兩個人聯繫起來。」

她猛地站起來。「這是狗屎。」她說，走出客廳。

他跟著她進入廚房，持續追著講一堆她不想聽的理論。她想到自己和荷伊有任何情感上的連結，就反感得根本沒法思考，而且她再也聽不下去了。但是他就在那裡，跟她擠在本來就很小的廚房裡，逼著她聽他非得說的話。

「就像你有個管道可以直通沃倫・荷伊的腦子，」狄恩說。「他也可以直通你的。」

「他當時根本不認識我。」

「這點你確定嗎？他一直在留意警方的調查。他應該知道你是偵辦這個案子的成員。」

「那他也就只知道這個了。」

「我想他對你的了解，遠超過你的估計。女人的恐懼會帶給他力量。他的心理側寫裡面全都寫了。損傷的女人吸引他。他有興趣的是情感上遭受過嚴重打擊的女人。女人痛苦的跡象會讓他興奮，而且他對於這類跡象非常敏感。他可以從最細微的線索裡頭察覺出來。女人的聲調、頭的傾斜度，或是不肯跟人眼神接觸的方式。這些小小的肢體跡象，是我們其他人可能會忽略的。但是他都會注意到。他總是知道哪些女人受傷了，而那些就是他想要的。」

「我不是被害人。」

「你現在是了。他讓你成了被害人。」他走得更近，近得兩人幾乎相觸。她忽然有一股瘋狂的渴望，想要靠近他的手臂中，依偎在他懷裡。看看他會有什麼反應。但自尊和常識讓她完全僵著不動。

她擠出一聲笑。「誰是被害人，狄恩探員？我可不是。別忘了，把他送進牢裡的人就是我。」

「沒錯，」他低聲回答。「你把外科醫生送進牢裡。但也造成你自己的嚴重損傷。」

她瞪著他，沉默了。損傷。她的遭遇正就是如此。一個女人雙手有疤痕，門上有好幾道鎖。一個女人感受著八月的熱氣時，必然會想起那個夏日的炎熱，還有自己的鮮血氣味。

她不發一語，轉身走出廚房，回到客廳。然後她跌坐在沙發上，陷入茫然的沉默。他沒立刻跟出來，一時之間，她難得有些清靜了。她真希望他能乾脆消失，就走出她的公寓，把每個受苦動物渴望的孤立狀態還給她。可惜她沒那麼幸運。她聽到他從廚房走出來，抬頭看到他拿著兩個玻璃杯，朝她遞出一個。

「這什麼？」她問。

「龍舌蘭酒。我在你的櫃子裡找到的。」

她接過杯子看著，皺起眉頭。「我都忘了我有這酒了。一定放了很久。」

「唔，那瓶酒沒打開過。」

那是因為她不喜歡龍舌蘭酒的滋味。那一瓶是她哥哥法蘭基去旅行時帶回家的，就像從夏威夷帶回來的卡魯哇咖啡香甜酒，或是日本帶回來的清酒。法蘭基是藉此炫耀自己多麼有國際經驗，拜美國海軍陸戰隊之賜。現在品嘗他從陽光墨西哥帶回來的紀念品，也是不壞的時機。她喝了一口，眨掉刺眼的淚水。當那酒溫暖地滑入她的胃裡，她忽然想到沃倫・荷伊過往的一個細節。他早期都會用羅眠樂這種藥物，偷放到被害人的酒裡，讓她們昏迷過去。要趁人不備太容易了，她心想。當一個女人被分心時，或是沒有理由不信任那個遞給她一杯酒的男人時，她就成了又一隻待宰的羔羊。就連她自己，也問都不問就接受了一杯龍舌蘭酒；就連她自己，也讓一個不太熟悉的男人進入她的公寓。

她又看著狄恩。他坐在她對面，兩人的目光現在高度一樣。她空腹喝下的酒此時已經發揮酒力，她感覺四肢無力。酒精帶來了麻醉效果。她現在非常超然而冷靜。

他傾身湊向她，而她不像平常那樣防備地拉遠距離。狄恩入侵了她的私人空間，很少男人敢這樣，但她就放任他這麼做。她向他屈服了。

「我們現在面對的，不光只是單一的兇手了。」他說。「我們面對的是一對搭檔。而且其中一個，你比任何人都要了解他。無論你願不願意承認，你跟沃倫．荷伊都有一種特殊的連結。因此，你跟支配者也有連結。」

她吐出一口大氣，輕聲說：「這樣的狀況是沃倫最能發揮的，也是他渴望的。一個夥伴。一個導師。」

「他在薩凡納有過一個。」

「是的，一個叫安德魯．卡普拉的醫師。卡普拉被殺死後，沃倫就只能靠自己了。於是他來到波士頓。但他一直想找一個新搭檔，從沒停止。一個跟他有同樣渴望、同樣幻想的人。」

「恐怕他現在已經找到了。」

他們凝視彼此，都曉得這個新發展會帶來什麼可怕的後果。

「現在他們厲害的程度加倍了，」他說。「一群狼共同合作，要比單槍匹馬更能發揮。」

「合作出獵。」

他點點頭。「這讓一切都更容易。跟蹤。圍堵。持續控制被害人……」

她坐直身子。「茶杯。」她說。

「茶杯怎麼了？」

「甘特的死亡現場沒有茶杯。現在我們知道為什麼了。」

「因為沃倫・荷伊在現場幫他。」

她點點頭。「支配者不需要什麼警示措施了。要是那個丈夫移動，有個搭檔可以警告他。這個搭檔就站在旁邊旁觀一切。而且沃倫會因此而興奮。他會很樂在其中。這是他幻想的一部分：旁觀一個女人被強暴。」

「而支配者則是渴望有個觀眾。」

她點頭。「這就是為什麼他會選擇夫婦下手。這樣就有個人在旁邊看。看到他享受著對一個女人的身體所能施加的、最極致的權力。」

她所描述的煎熬，實在太接近侵犯了，因而她覺得連看著狄恩的雙眼都很痛苦。但是她沒有別開目光。性侵女人這種罪行，可以喚醒太多男人心底淫穢的好奇心。每回參加早晨會報時，她身為在場唯一的女人，總是看著男同事們討論這類性侵的種種細節，聽到他們聲音裡那種濃厚的興趣，儘管他們努力保持表面上很冷靜的專業態度，但他們會慢吞吞看著病理報告裡的性傷痕，瞪著犯罪現場照片裡女人雙腳張開的照片看太久。他們的反應總是讓瑞卓利覺得自己也被侵犯了，而且這些年來，她已經培養出極為靈敏的敏感度，只要碰到被害人被強暴的狀況，就連某個看似沒興趣的警察，即使雙眼中微微那麼一閃，她都看得到。但現在，她看著狄恩探員的雙眼，尋找那種令人不安的閃光，卻看不到。之前他在驗屍時低頭看著蓋兒・葉格和可麗娜・甘特被侵犯的屍體時，她在他雙眼中也只看到了嚴肅的決心。狄恩沒被這些殘暴行為搞得興奮，而是深感驚駭。

「你剛剛說，荷伊渴望有一個導師。」他說。

「是的。一個可以帶路，可以教他的人。」

「教他什麼？他已經曉得怎麼殺人了。」

她暫停一下，又喝了口龍舌蘭酒。等到她再度看著他，發現他又湊得離自己更近，好像怕漏掉她輕聲說出口的任何話。

「同一個主題的不同變奏，」她說。「女人和痛苦。玷污一個身體有多少方式？折磨他人有多少方式？沃倫遵循同一套很多年了。或許他已經準備好要拓展領域了。」

「也說不定，是這個不明兇手要拓展他的領域。」

她愣了一下。「你是說這個支配者？」

「我們說不定搞反了。說不定是我們這個不明兇手想尋找一個導師。於是他挑了沃倫・荷伊。」

她瞪著他看，被這個想法搞得全身發冷。老師這個字意味著駕馭、權威。荷伊坐牢的這幾個月來，已經轉變為這樣的角色了嗎？監禁更助長了他的種種幻想、把他的衝動磨成剃刀般鋒利的意圖嗎？他被捕之前就已經夠難對付了；她根本不敢想像一個更有威力的沃倫・荷伊會是什麼樣。

狄恩往後靠坐，藍色的眼珠看著自己那杯龍舌蘭酒。之前他只啜飲了一點點，這會兒他把杯子放在茶几上。她向來覺得他是個嚴守紀律的人，早已學會把所有的衝動控制好。但疲勞對他產生了影響，這會兒他的肩膀垮下，雙眼發紅。他一手抹過臉。「在波士頓這麼大的城市裡，兩個惡魔是怎麼遇上的？」他說。「他們是怎麼找到彼此的？」

「而且這麼快？」她說。「沃倫脫逃才兩天後，甘特夫婦就遭到攻擊了。」

狄恩抬起頭看著她。「他們原先就認識彼此了。」

「或者只是聽說過彼此。」

支配者當然聽說過沃倫．荷伊。只要去年秋天閱讀過波士頓報紙的人，就不可能對他犯下的暴行一無所知。就算他們沒見過，荷伊也會聽說過支配者這個人，即使只是透過電視新聞。他會聽說葉格夫婦的死，曉得世上有一個惡魔跟他很像。他會很想知道這另一個掠食者是誰，覺得就像他的結拜兄弟。兩人透過謀殺溝通，藉由電視新聞和《波士頓環球報》傳達訊息。

他在電視上也看到我了。荷伊知道我出現在葉格的死亡現場。現在他想讓我再熟悉一次。

狄恩的碰觸讓她瑟縮了一下。他正皺眉看著她，湊得比之前更近了，她覺得好像從來沒有男人這麼專注看著她。

除了外科醫生。

「跟我玩遊戲的不是支配者，」她說。「是荷伊。昨天晚上的監視慘劇——是他刻意要擊垮我。那是他接近女人的唯一方式，藉著先擊垮她們。讓她們喪氣，逐步搞垮她們的生活。這就是為什麼他去年選擇的下手對象，是以前曾被強暴的被害人。從象徵意義來看，這些女人已經被摧毀了。在他出手攻擊之前，他得先讓我們變得軟弱，讓我們害怕。」

「你是我見過最不軟弱的女人了。」

這句讚美讓她臉紅了，因為她知道自己沒資格。「我只是試著跟你解釋他怎麼安排佈置，」她說。「怎麼追蹤他的獵物。先讓被害人失去能力，才真正動手。他對凱薩琳．柯岱兒就是這樣。在他最後出擊之前，他先用心理戰術嚇壞她。傳送一些訊息給她，讓她知道他可以在她不知情的狀況下，任意進出她的生活。就像個鬼魂，可以穿牆。她不知道他下次什麼時候會出現，也不知道攻擊會來自哪個方向。但她知道很快就會來了。他就是這樣磨垮你。藉著讓你知道：有一天，當你最沒想到的時候，他就會來找你了。」

儘管她說的這些話讓人膽寒，但她依然保持一種冷靜的聲音。冷靜得不自然。從頭到尾，狄恩都安靜而專注地看著她，彷彿要尋找一絲真正的情緒、真正的軟弱。但她沒讓他看到一丁點。

「現在他有個搭檔了，」她說。「是他可以學習的，也可以教導的。一個出獵團隊。」

「你認為他們會一直在一起。」

「沃倫會希望這樣的。他會想要一個搭檔。他們已經聯手殺人一次。這是很有力的連結，用血凝聚的連結。」她喝掉最後一口酒，杯子空了。這些酒今夜可以麻痺她充滿噩夢的腦子嗎？或者她享受不到麻木後的舒適？

「你有要求保護嗎？」

他的問題讓她很驚訝。「保護？」

「至少派一輛巡邏車來，守著你這棟公寓。」

「我是警察啊。」

他頭一歪，像是等著她講完她的回答。

「如果我是男人，」她說，「你會問這個問題嗎？」

「你又不是男人。」

「所以這就表示我理所當然需要保護？」

「你為什麼這麼不高興？」

「為什麼我身為女人，就因此無法捍衛自己的家？」

他嘆了口氣。「你老是非得贏過男人嗎，警探？」

「我一直很努力，希望能像其他人一樣被平等對待。」她說。「我才不要因為自己是個女人，就要求特殊待遇。」

「就是因為你是女人，今天才會有這樣的困境。外科醫生的性幻想是有關女人的。支配者的攻擊重點不是丈夫，而是妻子。他強暴的是妻子。你可別告訴我，說你身為女人跟這個狀況無關。」

聽他提到強暴，她瑟縮了一下。在此之前，他們談到的性攻擊都是有關其他女人。現在她是潛在被害人，讓整個焦點變得更私密許多，也讓她無法跟任何男人自在討論。除了強暴這個話題之外，狄恩本人也讓她不自在。他審視她的方式，彷彿她身上埋藏著一些祕密，是他急著想挖出來的。

「重點不在於你是警察，也不在於你是否有能力捍衛自己。」他說。「而在於你是女人。而且是沃倫．荷伊大概幻想了好幾個月的女人。」

「不是我。柯岱兒才是他想要的。」

「柯岱兒不在國內。他碰不了她。但是你就在這裡，是他可以抓到的，而且你就是他當初差點擊敗的那個女人。是他曾釘在那個地窖地板上的女人。他的刀子曾經抵著你的喉嚨。他已經幾乎可以聞到你的血了。」

「別說了，狄恩。」

「就某種意義來說，他已經得到你。你已經是他的了。而且你每天的行蹤不是祕密，你就在偵辦他犯下的那些案子。每具屍體都是他刻意要讓你看到的訊息。」

「我剛剛講過，別說了！」

「你還認為你不需要保護？你認為一把槍和一副逞強的態度，就可以保住你的命？那你就是無視於你自己的直覺。你明知道他下一步是什麼。你明知道是什麼讓他渴望、讓他興奮的。而讓他興奮的就是你。他打算做的事情，下手對象就是你。」

「操他媽的閉嘴！」她的爆發把兩個人都嚇呆了。她瞪著他，很驚訝自己的失控和莫名其妙冒出來的淚水。該死，該死，她不能哭。她從來沒讓男人看到她崩潰，也絕對不會讓狄恩成為第一個。

她深吸一口氣，低聲說：「請你馬上離開。」

「我只是要求你傾聽自己的直覺。接受你會提供給任何其他女人的保護。」

她站起來，走到門口。「晚安，狄恩探員。」

一時之間他沒動，她想著要怎麼樣才能把這個人趕出她家。最後他終於站起來要離開，但是走到門邊時，他停下來看著她。「你不是無敵的，珍。」他說。「而且也沒有人這樣期望你。」

他走出去之後好久，她還背靠著鎖上的門，雙眼緊閉，設法想平息他留下的騷動。她知道自己不是無敵的。一年前她就學到了這點，當時她往上看著外科醫生的臉，等著他的解剖刀劃下。這點她不需要別人提醒，而且她好恨狄恩想逼她明白的那種殘忍態度。

她走回沙發，從邊桌拿起電話。倫敦還沒天亮，但她實在沒辦法等了。

鈴響第二聲，摩爾接了起來。他的聲音低沉沙啞，但是仍然很警覺。

「是我，」瑞卓利說。「抱歉吵醒你了。」

「等一下，我去另一個房間。」

她等著，從電話裡，她聽到他下床時彈簧床墊發出的吱呀聲，然後是一扇門關上的聲音。

「怎麼了？」他說。

「外科醫生又出獵了。」

「有被害人了？」

「我幾個小時前才剛看完解剖。是他的手法。」

「他真是一點時間都不浪費。」

「狀況惡化了，摩爾。」

「怎麼有辦法更糟？」

「他有了個新搭檔。」

摩爾沉默了好一會兒，才輕聲說：「那是誰？」

「我們認為，就是殺害牛頓市那對夫婦的不明兇手。總之，他和荷伊找到了彼此。他們正在聯手出獵。」

「這麼快？他們怎麼有辦法這麼快就聯繫上。」

「他們之前認識彼此。他們一定本來就認識了。」

「在哪裡認識的？什麼時候？」

「那就是我們得查出來的。這有可能是支配者身分的關鍵。」忽然間，她想到荷伊脫逃的那間手術室。手銬。不是警衛打開的，而是另一個人走進了那間手術室去解救荷伊，這個人或許穿著工友的刷手服，或是偷來的醫師白長袍。

「我應該回去的，」摩爾說。「我應該跟你一起辦這個案子——」

「不，你不應該。你應該待在你現在的地方，跟凱薩琳。我不認為荷伊有辦法找到她。但是他會嘗試的。他從來不會放棄；你知道的。而且現在他們有兩個人，我們又根本不曉得這個同伴長什麼樣子。要是他跑去倫敦，你也認不出他的臉。你們得做好準備。」

她掛斷電話時心想，對於外科醫生的攻擊，任何人都無法做好準備的。一年前，凱薩琳．柯岱兒以為自己已經做好準備了。她把自己的家變成一個堡壘，她的生活彷彿遭受到圍攻狀態。但是荷伊還是悄悄突破了她的防線；他在她最沒有料到的時候出擊，在一個她以為很安全的地方。

就像我也以為自己的家很安全。

她起身走到窗邊。往下看著街道，很好奇就在這一刻，是否有任何人正在看著她，觀察她被框在發亮窗戶中的身影。要找她並不難。外科醫生只要翻開電話簿，去查「J．瑞卓利」底下的條目就行了。

在下頭的街道上，一輛車減速，停在人行道旁。是警方巡邏車。她觀察了一會兒，那車都沒動，車燈全都熄滅了，顯示車子要停在那邊。她沒要求保護性監視，但她知道誰去要求了。

嘉柏瑞·狄恩。

◆

人類歷史中，處處迴盪著女人的尖叫聲。

教科書裡很少提到我們所渴求那些聳人聽聞的細節。反之，我們只看到枯燥無聊的敘述，談軍事策略和側翼攻擊，談將軍的狡詐和士兵的集結。我們看到的插圖畫是男人身穿盔甲，長劍相接，肌肉發達的身軀在戰鬥的痛苦中扭曲。我們看到的圖畫是領袖跨在尊貴的坐騎上望著田野，一排排士兵宛若等待長柄大鐮刀收割的小麥。我們看到地圖上有一個個箭頭，描繪出軍隊征伐的路線。我們閱讀到戰爭歌謠的歌詞，頌揚著國王和國家的名字。男人的勝利永遠是大肆渲染的，充滿了士兵的鮮血。

沒人談到女人。

但我們都知道女人也在場，她們肌膚柔軟而光滑，香水味飄蕩在歷史的紙頁中。我們全都知道，但我們可能不會說出來，戰爭的野蠻並不侷限於戰場上而已。當最後一名敵軍士兵倒下，另一方軍隊得到勝利，他們接下來的注意力，就轉向了敗方的女人。

向來就是如此，但是史書上很少提到這個殘酷的真相。於是，我閱讀到的戰爭都是閃亮如黃銅，燦爛輝煌。我閱讀到希臘人在諸神的關注下戰鬥，讀到特洛伊城的陷落。古羅馬詩人維吉爾告訴我們，這場戰爭是各路英雄打的：阿基里斯和赫克特，艾阿斯和奧德修斯，這些人如今永遠受到尊崇。維吉爾寫到刀劍撞擊，箭矢飛竄，血染大地。

但是他對最精采的部分略而不提。

劇作家歐里庇得斯說出了特洛伊女人的下落，但就連他也非常謹慎，對於那些煽情的細節著墨不多。他告訴我們，驚恐的卡珊卓拉被一名希臘小將領拖出雅典娜神殿，但接下來發生了什麼，就全憑我們自己想像了。她的長袍被撕開，她的皮膚袒露出來。他朝她處女的大腿間進攻。她痛苦而絕望地尖叫。

在陷落的特洛伊城內，當勝利的希臘人拿取他們該拿的，在敗方女人的肉體上標示他們的勝利之時，應該遍地都迴盪著如此的尖叫聲，發自其他女人的喉嚨。有任何特洛伊男人活著目睹嗎？古人沒提到。但是要誇耀勝利，還有什麼比侵犯你敵人鍾愛之人的身體更好的方式呢？你擊敗他、羞辱他最有力的證據，不就是逼他看著你享受愉悅，一次又一次？

我很了解這一點：勝利需要觀眾。

當我們的車子沿著聯邦大道滑行，在車陣中持續前進時，我心裡想著特洛伊女人。這是一條繁忙的道路，即使在晚上九點，依然車行緩慢，我也因此有時間得以從容地打量那棟建築物。

窗子裡是暗的，凱薩琳·柯岱兒和她的新婚夫婿都不在家。

我只准許自己看一眼，然後那棟建築物就滑出視野。我知道這個街區有人在監視，不過我還是忍不住想看一眼她的堡壘，就像任何城堡的圍牆一樣攻不破。現在這個城堡是空的，再也無法吸引人去進攻了。

我看著我的司機，他的臉隱藏在陰影中。我只看到輪廓和他眼睛的微光，像黑夜裡兩個飢餓的光點。

我曾在Discovery頻道看過夜間獅子的紀錄片，牠們的雙眼在黑暗中燃燒著綠火。此刻我想到那些獅子，想到牠們如何飢餓地瞪著眼睛，等待躍起的時刻。現在我在同伴眼中看到了那種飢餓。

我搖下車窗，城市的溫暖氣息飄進來，我深深吸了口氣。就像獅子，在大草原上嗅著空氣，尋找獵物的氣味。

15

她搭著狄恩的車，往西朝波士頓七十公里外的雪利鎮行駛。一路上狄恩沒說什麼話，但兩人之間的沉默，似乎只讓她更感覺到他的氣味、他冷靜的自信。她幾乎沒看他，因為怕他會從她的眼睛裡看出他所引發的騷動。

於是，她低頭看著腳下的深藍色地毯。她很好奇那是不是尼龍六六、八〇二號藍，很好奇有多少汽車裡鋪著同樣的地毯。這麼大眾化的顏色；感覺上，現在她走到哪裡，好像都會看到藍地毯，然後想像著無數鞋底沾著八〇二號尼龍纖維，踏遍波士頓的街道。

空調太冷了；她用膝蓋闔上送氣口，望著窗外充滿長草的田野，渴望著能感受到車外的熱氣。在外頭，早晨的霧靄像薄紗般籠罩著綠色田野，樹木一動也不動，沒有絲毫微風驚擾那些葉子。瑞卓利很少來麻州鄉下。她在城市出生長大，一點也不喜歡鄉間生活的廣闊空間和會咬人的蟲子。今天也不覺得這裡特別有吸引力。

昨天夜裡她沒睡好。中間驚醒了好幾次，心臟狂跳地躺在床上，等著自己即將聽到腳步聲，以及入侵者的呼吸聲。到了早上五點，她起床時覺得昏沉無力又疲倦。直到灌了兩杯咖啡下肚後，才覺得比較有精神，然後打電話去醫院問考薩克的狀況。

他還在加護病房。還接著呼吸器。

她把車窗開了一條縫，暖風吹進來，有青草和泥土的氣息。她想到考薩克可能再也無法享受這樣的氣味，再也無法感覺風吹在他臉上。然後她努力回想兩人最後交談過的話是不是好話，友善的話，但實在想不起來了。

到了三十六號出口，狄恩循著往麻州州立監獄的指標行駛。索薩－貝瑞諾斯基監獄這座安全級別第六級的監獄在他們右方聳立，沃倫．荷伊原先就關在那裡。狄恩把車子停在訪客停車場，然後轉頭看著她。

「要是任何時候，你覺得有必要離開，」狄恩說，「就離開沒關係。」

「你為什麼覺得我會半路跑掉？」

「因為我知道他對你做過什麼。任何人處在你的位置，辦這個案子都會有困難的。」

她看到他眼中真誠的關切，但她不想要；那只是更顯得她的勇敢有多麼脆弱。

「我們趕快進行就是了，好嗎？」她說，然後推開她那邊的車門。自尊心讓她嚴肅而堅定地走進建築物裡，驅使她走過外圍控制櫃檯的登記處，然後她和狄恩出示警徽，交出各自的手槍。等著接待人員時，她閱讀著訪客登記區貼的服裝規定：

任何訪客均不可穿著以下服裝：赤腳。泳裝或短褲。任何顯示屬於幫派之衣物。任何類似囚犯制服或監獄工作人員制服之服裝。雙層衣服。有拉繩的衣服。可快拆脫的衣褲。過大、過於鬆垮、過厚、過重的衣物……

這個清單沒完沒了，從髮帶到有鋼絲的內衣，都一概禁止。

一名獄警終於出現了，是個壯碩的男人，穿著麻州州立監獄的夏季藍色制服。「瑞卓利警探和狄恩探員嗎？我是柯提斯獄警。麻煩這邊請。」

柯提斯很友善，甚至是愉快地帶著他們經過第一道上鎖的門，進入外部大廳檢查室。瑞卓利很好奇，如果他們不是執法人員同業，他還會那麼愉快嗎？他要他們把皮帶、鞋子、外套、手錶、鑰匙拿下來，放在桌上讓他們檢查。瑞卓利摘下她的天美時手錶，放在狄恩亮晶晶的歐米茄錶旁邊。然後她開始脫下外套，狄恩也一樣。這個過程有種令人不自在的親密感。她解開皮帶，從長褲上拆下來時，感覺到柯提斯盯著她看，就是一個男人看著一個女人寬衣解帶的那種眼神。她脫掉她的低跟鞋，放在狄恩的鞋旁邊，同時冷冷地迎上柯提斯的目光。此時他才轉開眼睛。接下來，她把口袋裡所有東西都掏出來，跟在狄恩後頭走過金屬探測器。

「嘿，你們真幸運，」她走過去時柯提斯說。「你們剛好躲過了今天的拍搜了。」

「什麼？」

「每一天，我們的值班指揮官都會隨機挑一個號碼的訪客，進行全身拍搜檢查。你們剛好躲過。下一個進來的訪客就要拍搜了。」

瑞卓利不動聲色地諷刺說：「讓人全身上下摸一遍，會成為我這一天最精采的亮點呢。」

「你們可以把所有衣物穿回去了。另外你們兩個可以戴著手錶。」

「你講得好像那是一種特權。」

「過了這裡，只有律師和執法警官可以戴手錶。其他每個人都得把珠寶首飾寄放在這裡。現在我得在你們的左手腕蓋章，然後你們就可以進入囚室區了。」

「我們跟奧斯登典獄長約了九點要見面。」狄恩說。

「他前面有事情耽誤了。他要我帶你們先去看囚室，然後再去奧斯登的辦公室。」

索薩－貝瑞諾斯基監獄是麻州州立監獄裡最新的一所，配備了最先進的無鑰匙保全系統，由四十二台圖像介面的電腦終端機運作，柯提斯解釋，指著無數的監視攝影機。「這些攝影機是二十四小時錄影。大部分訪客甚至從來沒看到過警衛本人，只聽到內部通話系統告訴他們接下來要做什麼。」

他們走過一道鋼製門，進入一條長廊，又經過了一連串鐵柵門，瑞卓利完全意識到自己的一舉一動都被監視著。只要在電腦鍵盤上敲幾下，警衛不必離開他們的控制室，就可以封鎖每一條通道、每一間囚室。

到了C囚區，內部通話系統傳來一個聲音，指示他們拿起通行證，對著窗戶以供檢查。他們又報了一次名字，柯提斯說：「這兩位訪客要來察看荷伊的囚室。」

鋼製門滑開，他們進入C囚區的康樂室。這裡是囚犯們的休閒區，裡頭漆成令人沮喪的醫院綠。瑞卓利看到一台固定在牆上的電視機、沙發、椅子，還有一張乒乓球桌，有兩名男子正在打球。所有的家具都是用螺絲鎖死在地上。十來個穿著藍色丹寧布囚衣的男子同時轉過來瞪著他們看。

尤其是，他們全都盯著瑞卓利，房間裡唯一的女人。

正在打乒乓球的兩個男人忽然停下來。一時之間，唯一的聲音就是電視，正在播放CNN頻道。她也坦然回瞪著那些囚犯，拒絕讓他們嚇倒，即使她猜得到每個男人一定在想什麼。他們在想像。她沒注意到狄恩挪近她，直到她感覺到他的手臂擦過她的，這才發現他就站在自己身邊。

內部通話系統傳來一個聲音：「兩位訪客，你們可以到C－8囚室了。」

「往這邊，」柯提斯說。「要上一層樓。」

他們上了樓梯，鞋子踩著金屬梯板發出吭噹聲。上去後，在通往每間囚室的走廊裡，他們可以往下看到天井狀的康樂室。柯提斯帶著他們沿走廊來到八號囚室。

「就是這間。荷伊囚犯的囚室。」

瑞卓利站在門口，看著囚室裡頭。她沒看到任何跟其他囚室不一樣的——沒有照片、沒有個人物品能顯示沃倫．荷伊曾住在這裡——卻還是覺得頭皮發麻。儘管荷伊不在了，但他的存在已經銘刻在空氣裡。如果人的惡意有辦法逗留，那麼這囚室現在鐵定已經被惡意污染了。

「你們想要的話，可以進去看。」柯提斯說。

她走進囚室，看到三面空蕩的牆、一個床台和床墊、一個水槽，還有一個抽水馬桶。簡樸的小房間，這就是沃倫喜歡的樣子。他是個愛整潔的人，講究精確的人，他曾在一個醫學實驗室的無菌世界裡工作，那個世界裡唯一的顏色，就是來自他每天所經手裝著血液的試管。他周圍不需要俗麗的照片，他心裡的那些圖像就已經夠可怕了。

「這個囚室沒有重新分配給其他人？」狄恩問。

「還沒有。」

「而且荷伊離開之後，沒有其他囚犯進來過？」

「是的。」

瑞卓利走到床墊旁，抬起一角。狄恩抓住另一角，兩人合力把床墊抬起來，看著下頭。結果什麼都沒有。他們又把床墊整個翻過來，檢視著床墊表面的條紋棉布上是否有任何裂口、任何可以藏著違禁品的地方。他們只在側邊找到一條一吋長的小裂縫。瑞卓利伸出一根手指進去掏，沒發現任何東西。

她直起身子，看了囚室一圈，打量著荷伊曾經看過的同一個環境。她想像他躺在那張床墊上，雙眼注視著空蕩的天花板，腦袋轉著種種幻想。那些幻想會嚇壞任何正常人，但荷伊卻因那些幻想而興奮。他會躺著流汗，被他腦袋裡那些女人的尖叫迴盪聲搞得情慾高漲。

她轉向柯提斯。「他的東西呢？私人物品？信件？」

「在典獄長辦公室。我們下一站就要去那兒。」

◆

「你們今天早上打電話過來之後，我馬上就讓人把這名囚犯的所屬物品送過來，好讓你們檢查，」奧斯登典獄長說，指著他辦公桌上一個大紙箱。「我們已經看過了，裡頭完全沒有違禁品。」他強調最後一點，好像這樣就能讓他免除掉事情出錯的所有責任。瑞卓利感覺奧斯登是個嚴厲執行規則和規定、不會容忍任何違法的人。他一定會沒收所有違禁品，把每一個惹麻煩的囚犯隔離，要求每天晚上準時熄燈。只要看一下他的辦公室，加上裡頭有幾張穿著陸軍制服、眼神犀利的年輕奧斯登的照片，她就曉得這個人的控制欲很強。然而儘管他那麼努力，卻還是讓一個囚犯脫逃了，因此奧斯登現在一副警戒的姿態。他迎接時僵硬地跟他們握了手，冷漠的藍色眼珠中幾乎沒有笑意。

他打開紙箱拿出一個大夾鏈袋，遞給瑞卓利。「囚犯的盥洗用品，」他說。「都是一般的那些。」

瑞卓利看到裡頭有牙刷、梳子、毛巾，還有肥皂、凡士林加強型乳液。她很快放下那個袋子，想到荷伊每天用這些東西打理自己，就覺得很反感。她可以看到梳齒上還黏著幾根淺褐色的頭髮。

奧斯登繼續從紙箱裡拿出東西。內褲，一疊《國家地理雜誌》和幾份《波士頓環球報》，兩條士力架巧克力棒，一本黃色的橫格記事本，幾個白色信封，三支原子筆。「還有他的信。」奧斯登說，又拿出一個夾鏈袋，裡頭裝了一疊信件。

「我們檢查過他每一封信件，」奧斯登說。「州警局已經抄下所有寫信者的名字和地址。」他把那一包遞給狄恩。「當然了，這些只是他留著的信件。大概還有一些被他扔掉了。」

狄恩打開夾鏈袋，拿出裡頭的信。總共大約有一打，都還裝在信封裡。

「州立監獄平常會檢查囚犯的信件嗎？」狄恩問。「你們交給囚犯之前，會先過濾嗎？」

「我們有權這麼做。要看信件的性質。」

「性質？」

「如果歸為特權類，比方律師的來信，警衛就只能看一眼，確認有沒有違禁物品，但是不能看內容。這種信是私人的，屬於寫信者和囚犯之間的。」

「所以你們不會知道裡頭寫了什麼。」

「如果是特權類的信件。」

「那特權類和非特權類有什麼差別？」瑞卓利問。

對於她的插嘴，奧斯登眼中閃出一絲不耐煩。「非特權類信件是朋友和家人或一般大眾寫來的信。比方說，我們有些囚犯就交了幾個外頭的筆友，這些筆友都認為自己在做善事。」

「跟謀殺犯通信算是做善事？他們瘋了嗎？」

「這些筆友很多都是天真又寂寞的女人，很容易被騙子利用而動了真感情。這些信件都是非特權類的，警衛有權閱讀並塗掉違禁字句。但是我們不見得有時間全都閱讀過。這裡要處理的信件量很龐大。以荷伊囚犯的狀況來說，要檢查的信件非常多。」

「誰寄來的？我都不曉得他有很多家人。」狄恩說。

「他去年被媒體廣泛報導，於是吸引了一般大眾的興趣。他們全都想寫信給他。」

瑞卓利很吃驚。「你的意思是，他收到了粉絲信？」

「是的。」

「耶穌啊。這些人瘋了。」

「一般大眾會因為跟殺人兇手談話而覺得興奮。算是沾上名人的光。知名的殺人狂，像曼森、達默和蓋西，他們全都會收到粉絲信。我們的囚犯還收到過求婚信。有些女人會寄來現金，或是自己的比基尼泳裝照。男人寫信是想知道執行謀殺的滋味是什麼。這個世界充滿了病態的操蛋，請原諒我講粗話，他們藉由認識一個活生生的兇手而得到快感。」

但是其中一個人不光是寫信給荷伊而已，他還加入了荷伊的獨門俱樂部。瑞卓利心想，看著那疊信，她被外科醫生成名的這個有形證據搞得很火大。殺人兇手竟然被當成搖滾明星似的。她想到自己雙手留下的疤痕，每一封粉絲信就像外科醫生的手術刀，朝她再刺一刀。

「那特權類信件呢？」狄恩說。「你說你們不會閱讀或審查。什麼樣的信件會被歸為特權類？」

「某些州方或聯邦的官員寄來的機密信件。比方說法院人員，或是檢察長。還有總統、州長，或是執法單位寄來的信件。」

「荷伊會收到這類信件嗎？」

「有可能。我們不會記錄寄來的每封信件。」

「你們怎麼知道哪封信件真的是特權類？」瑞卓利問。

奧斯登不耐地看著她。「我剛剛告訴過你們了。如果是一封聯邦或州方官員——」

「不。我的意思是，你怎麼知道那不是用偽造或偷來的信封？我可以寫脫逃計畫給你們的一個囚犯，裝在比方康威參議員辦公室的信封裡。」她講的例子不是隨便亂挑的。她觀察著狄恩，看到他一聽到康威的名字，下巴就猛地往上一抬。

奧斯登猶豫了。「那也不是不可能。不過會有處罰——」

「所以這種事以前發生過了。」

奧斯登不情願地點頭。「有過幾次。犯罪資料偽裝成公務信件。我們盡量對這類狀況保持警覺，但是偶爾還是會漏掉。」

「那寄出去的信件呢？荷伊寄的？你們會過濾嗎？」

「不會。」

「一封都不會？」

「沒有理由過濾。他從來不會惹麻煩，向來很合作。很安靜又有禮貌。」

「模範囚犯，」瑞卓利說。「是喔。」

奧斯登冰冷的雙眼盯著她。「警探，在我們這裡，有的囚犯會把你的手臂扯下來還大笑。這些人會只因為對一頓飯不滿意，就扭斷警衛的脖子。像荷伊這樣的囚犯，不會是我們特別提防的。」

狄恩冷靜地把話題轉回眼前的事情。「所以，我們不曉得他可能寫信給誰了？」

這個不帶感情的問題似乎澆熄了典獄長高漲的不耐。奧斯登的目光從瑞卓利轉到狄恩身上，男人對男人。「對，我們不會知道。」他說。「荷伊囚犯有可能寫信給任何人。」

◆

出了奧斯登的辦公室，在走廊另一頭的會議室裡，瑞卓利和狄恩戴上乳膠手套，把那些寫給沃倫·荷伊的信封攤在桌上。她看到各式各樣的信封，少數幾個是粉彩色或花卉紋的，還有一個印著主耶穌救罪人。最荒謬是一個上頭還印著嬉鬧小貓咪的裝飾圖案。是喔，很適合寄給外科醫生。他收到一定很高興。

她打開那個印著小貓咪的信封，發現裡面有一張照片，是一個微笑的女人，雙眼充滿希望。裡頭還有一封信，字跡很女性化，i上頭的點是可愛的小圈圈：

致：沃倫·荷伊囚犯
麻州州立監獄

親愛的荷伊先生，

我今天在電視上看到你，當時他們陪你走進法院。我相信我很會判斷人的性格，而當我看到你的臉時，我看到了好多憂傷和痛苦。啊。這麼多痛苦！你的心中有良善；我知道有的。只要有個人幫助你發現你內心中的……

瑞卓利忽然意識到自己正憤怒地緊握著那封信。她真恨不得能抓住那個寫下這些話的蠢女人搖一搖。她想逼這女人看看荷伊那些被害人的解剖照片，閱讀法醫描述她們受了什麼樣的痛苦，才終於幸運地結束煎熬。她還得硬逼著自己才能讀完整封信，看裡頭濫情地想激發出荷伊的人性，以及「我們所有人心中都擁有的良善」。

她去拿下一個信封，上頭沒有印小貓咪，只是一個素白的信封，裡頭的信寫在橫格信紙上。又是一個女人寫來的，裡頭還夾了自己的照片。那是一張曝光過度的生活照，裡頭是一個瞇著眼睛的女人，一頭漂染的金髮。

親愛的荷伊先生，

可以幫我簽名嗎？我收集很多像你這類人的簽名。甚至還有傑佛瑞・達默的。如果你願意繼續寫信給我，那就太酷了。你的朋友，葛羅麗亞。

瑞卓利盯著信紙，無法相信任何精神正常的人類會寫出這種字句。那就太酷了。你的朋友。

「耶穌基督啊，」她說，「這些人是瘋子。」

「這就是名聲的誘惑力。」狄恩說。「他們沒有自己的生活。他們覺得自己沒有價值，沒有名氣。所以他們會設法接近有名氣的人。他們希望那種魔法也能沾到他們身上。」

「魔法？」她看著狄恩。「你是這樣稱呼的？」

「你懂我的意思。」

「不，我完全不懂。我不懂為什麼有女人會寫信給惡魔。她們是想尋找愛情嗎？找上一個可能一轉身就把你開膛剖腹的男人？她們以為這樣就能為她們可悲的人生帶來刺激？」她把椅子往後一推，站起來，走到那扇有著狹縫狀窗子的牆壁前。即使是這麼貧乏的視野，也比去看沃倫・荷伊的粉絲信要來得高強。荷伊當然很享受這樣的關注。他會把每封信視為一個新的證據，證明他依然能掌控女人，證明即使他被關在這裡，依然能操弄人心，控制別人的腦袋。

「這是浪費時間，」她恨恨地說，看著一隻鳥輕快掠過監獄建築，在這裡，關在籠子裡的是人類，這裡的鐵柵裡監禁的是惡魔，不是鳥鳴。「他不笨。他會毀掉任何把他和支配者連結在一起的東西。他會保護他的新搭檔。他一定不會留下任何有用的東西，讓我們可以追蹤。」

「或許不是有用的東西，」狄恩說，在她身後翻著紙頁。「但絕對很有啟發性。」

「是喔。我根本不想讀這些瘋婆子寫給他的信。搞得我想吐。」

「或許這就是他的目的？」

她轉身看著他。一條狹窄的光線透入狹縫窗，落在他臉上，照得他一隻藍色眼珠發亮。她本來就覺得他的五官很俊美，但那一刻看著桌子對面的他，更是俊美極了。「什麼意思？」

「讀他的粉絲信，讓你心情大受影響。」

「的確是激怒了我。這不是理所當然嗎？」

「對他也是理所當然。」狄恩對著那疊信說。「他早知道這些信會擾亂你的心情。」

「你覺得這一切就是為了要搞亂我的腦袋？這些信？」

「這是心理戰術，珍。他留下這些是要給你。這批信件是來自他最熱誠的愛慕者。他知道你早晚會來這裡，結果你的確就來了，閱讀了那些粉絲跟他說的話。或許他想向你表明他的確有愛慕者。表明儘管你瞧不起他，還是有女人並不如此，還是有女人會受他吸引。他就像一個遭到拒絕的追求者，設法想讓你嫉妒。設法想害你不知所措。」

「別胡說八道了。」

「而且奏效了，不是嗎？看看你。他搞得你整個人好緊繃，根本坐不住。他知道怎麼操弄你，怎麼搞亂你的腦袋。」

「你太抬舉他了。」

「是嗎？」

她朝那些信擺了一下手。「這些全都是為了我安排的？怎麼，我成了他那個小天地的中心？」

「他不也是你那個小天地的中心嗎？」狄恩輕聲說。

她盯著他，想不出反駁的話，因為在那一刻，她赫然發現他講的是無法爭辯的事實。沃倫・荷伊的確是她個人小天地的中心。他像個黑魔王般統治著她的夢魘，同時也控制了她醒著的時候，他總是準備好隨時要重返她的思緒。在那個地窖裡，她曾被標記為他的，就像每個被害人都被攻擊者做了標記那樣，而她無法把他所有權的記號去除掉。因為那就深深刻在她的雙手上，烙印在她的靈魂裡。

她回到桌邊坐下。努力堅強起來，準備完成剩下的工作。

下一個信封上有打字的回信地址：J・P・歐唐娜醫師，麻州〇二一三八，劍橋市，布拉特爾街一六三四號。在哈佛大學附近，布拉特爾街那一帶充滿了優美的住宅和受過良好教育的菁英人士，在那裡，大學教授和退休的企業家會在人行道上慢跑，隔著修剪整齊的樹籬揮手打招呼。你不會認為一個惡魔的助手會住在這種地帶。

她打開裡面的信。上頭的日期是六個星期前。

親愛的沃倫，

感謝來信，也謝謝你簽了兩份授權書。你所提供的細節，對於我了解你所面對的種種困境大有幫助。我還有許多其他問題想請教你，而且我很高興你還是願意按照計畫與我會面。如果你不反對，我想為這次的訪談錄影。你知道，對於我的計畫而言，你的幫助當然是不可或缺的。

誠摯的，歐唐娜醫師

「這個J．P．歐唐娜到底是何方神聖？」瑞卓利說。

狄恩驚訝地抬起頭來。「喬伊絲．歐唐娜？」

「這個信封只印了J．P．歐唐娜醫師，麻州劍橋市。她在跟荷伊進行訪談。」

他皺眉看著信封。「我不曉得她搬來波士頓了。」

「你認識她？」

「她是神經精神醫學家。這麼說吧，我們是在敵意的狀況下認識的，坐在法庭裡敵對的兩邊。辯護律師們喜歡她。」

「別告訴我，讓我猜猜看。她是專家證人，去幫壞人的。」

他點點頭。「無論被告做了什麼，無論殺了多少人，歐唐娜都樂意提供減輕刑責的證詞。」

「我不懂她為什麼要寫信給荷伊。」她又重新看了一次信。裡頭的口氣極其尊重，讚揚他的合作。還沒見過面，她就已經不喜歡歐唐娜醫師了。

下一個信封也是寄自歐唐娜，但裡頭沒有信，只裝了三張拍立得照片——拍得很業餘的生活照。其中兩張是在戶外的天光下拍的；第三張是在室內拍的。一時之間她只是瞪著照片，後頸的寒毛直豎，雙眼認出了她腦袋拒絕接受的東西。她猛地往後退，那些照片像熱炭般從她手中掉下來。

「珍？那是什麼？」

「是我。」她低聲說。

「什麼？」

「她在跟蹤我。拍我的照片。她把那些照片寄給他。」

狄恩站起來，繞到她這一頭，隔著她的肩膀往下看。「我沒看到裡頭有你——」

「你看。你看。」她指著一輛暗綠色本田汽車停在街上的照片。「那是我的車。」

「又看不到車牌號碼。」

「我認得我自己的車！」

狄恩把那張照片翻過來，背面有人畫了個笑臉，還用藍色麥克筆寫著：我的車。

她恐懼得心臟猛跳。「你看下一張。」她說。

狄恩拿起第二張照片。這一張也是在戶外的天光下拍攝的，裡頭是一棟建築物的正面。不必別人告訴他那是什麼建築物；昨天夜裡他進去過。他把照片翻過來，看到上頭的字：我的家。底下又畫了個笑臉。

狄恩拿起第三張照片，是在一家餐廳裡面拍的。

乍看之下，只是一張構圖很差的照片，裡頭一些顧客坐在用餐桌旁，還有一個女侍拿著咖啡壺走過的模糊身影。之前瑞卓利花了幾秒鐘，才注意到一個身影坐在中央偏左，那是一個深色頭髮的女人，臉部只有側影，五官因為背對著窗子的強光而模糊。她等著狄恩認出那個女人是誰。

他柔聲問：「你知道這是在哪裡拍的嗎？」

「海星餐館。」

「什麼時候？」

「我不曉得——」

「這個地方你常去？」

「星期天會去吃早餐。每個星期的這一天，我會……」她的聲音愈來愈小。她瞪著自己側影的那張照片，肩膀放鬆，臉朝下，看著一份打開的報紙。那應該是星期天的報紙。每個星期天，她都會去海星餐館享用早餐。一頓有法國吐司、培根和漫畫專欄的早餐。

還有個跟蹤狂。她從來不曉得有人在觀察她，拍下她的照片，寄給了那個在噩夢中追逐她的男人。

狄恩把那張拍立得照片翻面。

背後又畫了另一個笑臉。底下圈在一個心形圖案裡的，只有一個字：

我。

16

我的車。我的家。我。

開車回波士頓的一路上，瑞卓利氣得胃都打結了。儘管狄恩就坐在她旁邊，但她不看他；她太專心在生氣了，感覺那憤怒的火焰吞噬了她。

當狄恩把車子停在歐唐娜位於布拉特爾街的地址時，她的怒火只是更加深。瑞卓利瞪著那棟大大的殖民地式建築，外頭護牆板上的白漆嶄新，在石板灰的遮光護窗對照下更突出。一道鍛鐵籬笆圍起前院，裡面是修剪整齊的草坪和一條鋪著花崗岩的通道。即使以布拉特爾街的高檔標準而言，這也是一棟公僕永遠不可能夢想擁有的漂亮房子。然而撂倒沃倫・荷伊這類壞人、且在這些戰役中飽受餘波之苦的，卻正就是像我這樣的公僕，她心想。她是夜裡鎖緊自家門窗的人，是被那些走向她睡床的幽靈腳步聲所驚醒的人。她跟惡魔奮戰，然後承受種種後果，而在這裡，住在這棟氣派房子裡的女人，卻提供同樣那些惡魔一雙同情的耳朵，然後走進法院裡，為那些不可原諒的罪行辯護。這棟房子是建築在被害人的骸骨上。

來應門那個灰金頭髮的女人全身打扮得很講究，就像她的住宅一樣。她的頭髮像一頂閃耀的頭盔，身上的Brooks Brothers襯衫和長褲燙得筆挺。她大約四十歲，乳白色的臉宛如雪花石膏。而且就像雪花石膏一樣，那張臉沒顯現出任何溫暖。雙眼只透出一股冷冰冰的才智。

「歐唐娜醫師嗎？我是珍・瑞卓利警探。這位是嘉柏瑞・狄恩探員。」

那女人和狄恩都緊盯著對方的眼睛。「狄恩探員和我見過。」而且顯然對彼此印象深刻——不是好印象，瑞卓利心想。

歐唐娜擺明了並不高興他們來訪，只是毫無笑容且機械地帶著他們穿過大大的門廊，進入正式的客廳。花梨木框架的白綢沙發，柚木地板上鋪著深紅色調的東方地毯。瑞卓利對藝術不在行，但就連她也看得出掛在牆上的那些油畫是真跡，而且大概相當名貴。更多被害人的骸骨了，她心想。她和狄恩坐在沙發上，面對著歐唐娜。她沒給他們咖啡或茶，連水都沒有，表明這位女主人希望這是一段簡短的談話。

歐唐娜直接切入正題，對著瑞卓利說：「你剛剛說，是有關沃倫．荷伊的事情。」

「你跟他通信。」

「沒錯。這有什麼問題嗎？」

「你們通信的性質是什麼？」

「既然你問起，我想你已經看過信了。」

「你們通信的性質是什麼？」瑞卓利又問了一次，口氣很堅定。

歐唐娜盯著她一會兒，沉默地打量著這個對手。此時她已經知道瑞卓利是對手，也就因此作出回應，她的姿態挺直起來，像是穿上了一副盔甲。

「首先我應該問你一個問題，警探，」歐唐娜說。「我和荷伊先生通信，關警方什麼事？」

「你知道他脫逃了？」

「知道。當然了，是在新聞上看到的。然後州警局跟我聯繫，問他有沒有試著聯絡我。他們聯繫了每個跟沃倫通過信的人。」

沃倫。他們已經熟悉到直呼其名了。

瑞卓利打開自己帶來的那個牛皮紙大信封，拿出三張拍立得照片，全都裝在透明夾鏈袋裡。然後她遞給歐唐娜醫師。「是你把這些照片寄給荷伊先生的嗎？」

歐唐娜只朝那些照片看了一眼。「不是。為什麼問？」

「你根本沒仔細看。」

「我不必看。我從來沒寄過任何照片給荷伊先生。」

「這些是在他的囚室裡發現的。裝在一個有你回信地址的信封裡。」

「那他一定是用我的信封存放照片而已。」他把那些照片遞還給瑞卓利。

「那你到底是寄了什麼給他？」

「信件。還有授權書，讓他簽名後寄回。」

「什麼樣的授權書？」

「授權讓我調閱他學校的紀錄，小兒科的病歷。任何有助於我評估他過往歷史的資訊。」

「你寫過幾封信給他？」

「我相信是四次或五次。」

「他都有回信？」

「是的。我把他的信收在檔案裡。你們可以影印。」

「他脫逃之後，有試過聯繫你嗎？」

「如果有的話，你不認為我會告訴警方嗎？」

「我不知道，歐唐娜醫師。我不知道你和荷伊先生是什麼樣的感情關係。」

「我們只是通信。不是什麼感情關係。」

「可是你寫信給他，還寫了四、五次。」

「我也去拜訪過他。訪談有錄影，你們想要的話可以拿去。」

「你為什麼要找他談？」

「他有個故事要說。有經驗可以教導我們。」

「比方如何屠殺一個女人嗎？」瑞卓利想都沒想，那些字句就脫口而出，像一根充滿恨毒的飛鏢，卻沒能刺穿對方的盔甲。

歐唐娜很鎮定地回答：「身為執法人員，你只看到最終結果：那些殘忍，那些暴力。可怕的罪行是這些人過往經歷的自然結果。」

「那你看到了什麼？」

「看到他們人生的過往經歷。」

「現在你要告訴我，那全都是他們不快樂的童年造成的。」

「關於沃倫．荷伊的童年，你有任何了解嗎？」

瑞卓利可以感覺到自己的血壓升高。她不想談荷伊執迷的根源。「他的被害人才不在乎他的童年。我也不在乎。」

「但是你了解他的童年嗎？」

「我聽說完全正常。我知道比起一大堆不會切開女人的男人，他有個更好的童年。」

「正常。」歐唐娜好像覺得這個字眼很可笑。然後她看著狄恩，這是打從他們坐下來以後，她第一次看著他。「狄恩探員，可以麻煩你說一下，你對正常的定義是什麼嗎？」

兩人打量著對方，眼神交流，那是一場還未完全解決的老戰役所留下的敵意回音。但無論狄恩現在有什麼情緒，都沒透露在他的聲音裡。他冷靜地說：「瑞卓利警探在問你問題。我建議你回答，醫師。」

他竟然沒搶走這場訪談的主控權，讓瑞卓利很驚訝。她以為狄恩是那種習慣掌控局面的人，但這回他卻把權力讓給她，選擇了旁觀的角色。

她之前在談話中一直胡亂發洩怒氣。現在重新得到主控權，她得好好按捺自己的脾氣，得冷靜而有條理地進行訪談才行。

她問：「你們是什麼時候開始通信的？」

歐唐娜也一副公事公辦的態度回答：「大概三個月前。」

「你為什麼決定寫信給他？」

「慢著。」歐唐娜發出一聲詫笑。「你搞錯了。主動寫信的人不是我。」

「你是說，一開始是荷伊主動的？」

「是的。他先寫信給我。他說，他聽過我在暴力神經醫學方面的研究。他知道我在別的審判中當過辯方證人。」

「所以他想找你幫忙？」

「不。他知道他的刑期不可能改變。當時已經太晚了。但是他認為我對他的案子會有興趣。我的確是有。」

「為什麼？」

「你是問我為什麼有興趣嗎？」

「為什麼你要浪費時間寫信給荷伊這樣的人？」

「他正好就是我想更了解的那種人。」

「有半打心理醫師跟他談過了。他一點問題也沒有。除了喜歡切開女人的這個事實之外，他完全正常。他喜歡把女人綁起來，切開她們的腹部。扮演外科醫生讓他興奮。只不過他動刀時，被害人是完全清醒的，完全知道他在對她們做什麼。」

「而你還認為他是正常的。」

「他沒有心神喪失。他行兇時知道自己在做什麼，而且還樂在其中。」

「所以你相信他就是天生邪惡。」

「一點也沒錯。」瑞卓利說。

歐唐娜打量她一會兒，目光凌厲得像是要穿透她。她看到了多少？她的心理學訓練讓她有辦法看穿一個人外表的面具，看到底下受創傷的血肉嗎？

歐唐娜忽然站起來。「過來我的辦公室吧，」她說。「有些東西該讓你們看一下。」

瑞卓利和狄恩跟著她進入一條走廊，腳步聲被鋪滿走廊的酒紅色地毯悶住了。她帶他們進入的這個房間，和裝飾豐富的客廳形成強烈的對比。歐唐娜的辦公室完全就是工作專用：白色的牆面，書架上排列著參考書，還有標準規格的金屬檔案櫃。瑞卓利心想，走進這個房間，你就會立刻轉為工作模式。而且對歐唐娜似乎就是造成了這種效果。她嚴肅地走到自己的辦公桌旁，抓起一個X光片信封，拿到一個裝在牆上的看片燈箱。她把一張X光片夾上去，打開燈箱開關。

燈箱亮起來，背光的那張X光片裡，是一個人類的頭骨。

「正面，」歐唐娜說。「二十八歲的白人男性建築工人。他是個守法公民，據說非常體貼，是個好丈夫。對他六歲的女兒充滿關愛。然後他在工地受了傷，一根橫樑擊中他的頭部。」她看著兩個訪客。「狄恩探員大概已經曉得了。你呢，警探？」

瑞卓利走近燈箱。她很少仔細看X光片，只能看出個大概：圓頂狀的頭蓋骨、兩個空的眼眶，以及有如尖木樁柵欄的牙齒。

「我再放上側面的，」歐唐娜說，然後把第二張X光片夾上燈箱。「現在看到了嗎？」

第二張片子顯示出頭骨的側面。現在瑞卓利看得到一個小蜘蛛網般的裂縫，從額骨往後輻射開來。她指著那些裂縫。

歐唐娜點點頭。「他們送他去急診室的時候，他已經昏迷了。電腦斷層掃描顯示他有內出血，因此有一個大型的硬腦膜下血腫，壓迫著他腦部的額葉。那些血已經動手術排掉了，接著他就逐漸復元。或者應該說，看起來復元了。但是他再也不是原來的那個人了。他工作時一再脾氣失控，於是被解僱了。他開始猥褻他的女兒。然後，有回跟他太太吵架，他就狠狠揍他太太，打得看到她的屍體都認不出來。他一開始揍人，就停不下來。即使他已經打斷她大部分的牙齒。即使她的臉已經變成一堆爛肉和骨頭碎片。」

「所以你是要告訴我，一切可能都要怪那個？」瑞卓利說，指著那個有裂縫的頭骨。

「是的。」

「拜託，饒了我吧。」

「看看這張片子，警探。看看裂痕是在哪裡？想想這個裂痕的正下方是腦部的哪個部分。」她轉過來望著狄恩。

他面無表情地迎上她的目光。「是額葉。」他說。

歐唐娜嘴唇微微一扯，露出隱約的微笑。顯然她很享受有這個挑戰老對手的機會。

瑞卓利說：「這個X光片的重點是什麼？」

「我被這個男人的辯護律師找去做神經精神醫學的評估。我做了我們所謂的威斯康辛卡片分類測驗和霍里氏神經心理成套測驗。我也要求對他的腦部進行MRI——也就是核磁共振造影（mganetic resonance imaging）——的掃描。這一切檢驗都指向同一個結論：這個男人的兩邊額葉都受到嚴重的損傷。」

「可是你剛剛說，他已經從那次受傷中完全復元了。」

「看起來復元了。」

「他到底有沒有腦部損傷？」

「就算額葉有大幅的損傷，你也還是可以走路、講話、執行日常功能。你可以跟一個做過額葉切除術的人講話，還可能根本不會察覺他有什麼不對勁。但他絕對是受到損傷了。」她指著那張X光片。「這個人碰到的，我們稱之為額葉抑制解除症候群。額葉會影響我們對未來的思考和判斷，影響我們對不適當衝動的控制能力。如果額葉損壞了，你在社交上就會變得不受拘束。你會表現出不適當的行為，沒有任何罪惡感或感情上的痛苦。你失去了控制自己暴力衝動的能力。而我們都有這類暴力衝動，有想要反擊的憤怒時刻。碰到開車有人硬切到我們前面，我們會想狠狠撞上去。我很確定你知道那是什麼滋味，警探，氣得會想要傷害別人。」

瑞卓利什麼都沒說，被歐唐娜那些話的真實性搞得啞口無言。

「人類社會認為暴力行動是邪惡或不道德的表現。我們都被教導說，我們的行為最終是控制在自己手裡，我們每個人都可以自由選擇不要去傷害另一個人。但指引我們的不光是道德而已，還有生理因素。我們的額葉協助我們把想法付諸實現，協助我們衡量這些行為的後果。要是沒有這樣的控制，我們就會屈服於每一個狂野的衝動。這個男人就是這樣。他對他女兒有性慾感覺，於是就猥褻她。他的太太惹他生氣，於是他就把她毆打致死。我們偶爾都會有令人不安或不適當的念頭，無論有多麼短暫。我們看到一個有魅力的陌生人，腦袋就會閃過性愛。但也就是如此而已——只是一個短暫的念頭。但要是我們屈服於這種衝動呢？要是我們無法阻止自己呢？那種性衝動可能會導致強暴，或者更糟。」

「所以這就是他的辯護？『我的腦子逼我這麼做』？」

歐唐娜的雙眼閃過一絲惱怒。「額葉抑制解除症候群，是神經科醫師普遍接受的一種診斷。」

「是啊，但是在法庭上行得通嗎？」

歐唐娜冷漠地暫停一下。「我們的司法系統還是遵循十九世紀對精神失常的定義。所以也難怪法庭會對精神醫學一無所知。這個人現在在奧克拉荷馬州的死囚牢房。」歐唐娜一臉嚴肅地把燈箱上的片子扯下來，放回信封內。

「這個案例跟沃倫．荷伊有什麼關係？」

歐唐娜走到她的辦公桌，拿起另一個X光片信封，抽出兩張X光片，夾上燈箱。那是另一套頭骨片子，正面和側面，但是比較小。是兒童的頭骨。

「這個男孩爬一道籬笆時摔下來，」歐唐娜說。「他臉朝下著地，腦袋砸在鋪過的堅硬地面上。看看這裡，在這張正面的片子。你可以看到一個小小的裂痕，往上直到大約左邊眉毛的高度。這是骨頭的裂縫。」

「我看到了。」瑞卓利說。

「再看看病人的名字。」

瑞卓利注視著片子邊緣那個有病患身分資料的小方塊。她所看到的，讓她一時僵住，無法動彈。

「受傷時，他才十歲，」歐唐娜說。「是個正常、活潑的男孩，在休士頓郊區一個富裕的家庭長大。至少，他的小兒科病歷和他的小學紀錄是這樣記載的。一個健康的兒童，智力在平均以上。跟其他人相處得很好。」

「直到他長大了，開始殺人。」

「是的，但為什麼沃倫會開始殺人？」歐唐娜指著那兩張X光片。「這個傷可能是一個因素。」

「嘿，我七歲時也從攀爬架摔下來過，腦袋砸到一根鐵槓。我可沒有跑出去到處把人切開。」

「但是你的確追獵人類。就像他一樣。事實上，你就是個職業獵人。」憤怒湧上了瑞卓利的臉。「你怎麼能拿我跟他比？」

「我沒有，警探。但是想想你現在的感覺。你大概很想給我一耳光，對吧？那麼，是什麼阻止了你？攔住你的是什麼？是道德？教養，或者只不過是邏輯，告訴你會有一些後果？你一定會被逮捕？這些考慮加起來，阻止你攻擊我。而這個心理考量過程，就是在額葉發生的。多虧那些完整無損的神經元，你才有辦法控制你毀滅性的衝動。」歐唐娜暫停一下，然後又意味深長地看了她一眼。「大部分時間是這樣。」

最後幾個字像一根箭，射中了靶心。那是她的一個痛腳。才一年前，在偵辦外科醫生案期間，瑞卓利犯下一個永生遺憾的可怕錯誤。在一次激烈的追逐中，她射殺了一個沒帶武器的男人。她回瞪著歐唐娜，看到了她眼中那滿足的亮光。

狄恩打破沉默。「你剛剛告訴我們，一開始是荷伊聯絡你的。那他是希望得到什麼？注意？同情？」

「說不定只是人類的理解？」歐唐娜說。

「他就只是希望你理解而已？」

「沃倫很努力想找出答案。他不知道是什麼驅動自己殺人。他只知道自己跟別人不一樣。而他想知道為什麼。」

「他是這樣告訴你的？」

歐唐娜走到自己的辦公桌邊，拿起一個檔案夾。「我把他的信收在這裡。還有我們訪談的錄影帶。」

「你去過索薩－貝瑞諾斯基監獄？」

「沒錯。」

「是誰提議的？」

歐唐娜猶豫了一下。「我們兩個都覺得訪談會有幫助。」

「但是實際提出要碰面這個想法的人是誰？」

結果是瑞卓利替歐唐娜回答這個問題。「是他，對吧？是荷伊要求會面的。」

「雖然是他的提議。但我們都想會面。」

「他要求你去那裡的真正目的，你一點都不明白吧？」瑞卓利說。

「我們必須碰面。如果沒有實際看到病患，我就沒辦法幫他做評估。」

「然後當你們坐在那兒，面對面，你以為他在想什麼？」

歐唐娜一臉鄙視的表情。「難道你會曉得？」

「啊沒錯。我完全知道外科醫生的腦袋裡在想什麼。」瑞卓利又有辦法表達看法了，那些話冰冷而無情。「他要求你去，是因為他想親眼看看你。他向來會對女人這樣的。朝我們微笑，講好聽話。他的學校紀錄裡有這些，不是嗎？老師們都說他是『有禮貌的年輕人』。我敢說他碰到你的時候很有禮貌，對吧？」

「是的，他是——」

「只是一個平凡的、合作的男人。」

「警探，我沒天真到認為他是正常人。但是他很合作。而且他對自己的行為很苦惱。他想明白他那些行為的原因。」

「所以你告訴他，那是因為他小時候撞到頭。」

「我告訴他，那個頭部的傷是原因之一。」

「他聽了一定很高興。自己的所作所為有了一個藉口。」

「我給了他我最誠實的意見。」

「你知道還有什麼讓他很高興嗎？」

「什麼？」

「跟你在同一個房間。你們當時是坐在同一個房間裡，對吧？」

「我們在訪客室會面。那裡有持續的錄影監視。」

「但是你們兩個之間沒有障礙。沒有保護窗。沒有樹脂玻璃。」

「他從來沒威脅我。」

「他可以湊到你面前。仔細看到你的頭髮，聞到你皮膚的氣味。他尤其喜歡聞女人的氣味。這會讓他興奮。真正喚起他情慾的，是恐懼的氣味。狗可以聞得出恐懼，你知道嗎？我們害怕時，會釋放出某些荷爾蒙，而動物聞得出來。沃倫・荷伊也聞得出來。他就像任何會獵殺的動物那樣，他聞得到恐懼的氣味，脆弱的氣味。那會助長他的幻想。而且我可以想像，當他跟你一起坐在那個房間裡，他的幻想會是什麼。我見識過那些幻想最後導致什麼事情發生。」

歐唐娜想發出笑聲，但是不太成功。「如果你是想嚇我——」

「你的脖子很修長，歐唐娜醫師。我猜想有些人會說那是天鵝頸。他會注意到的。你有沒有剛好發現他盯著你的脖子看，就那麼一次？」

「喔，拜託。」

「他的目光是不是偶爾會朝下看一眼？或許你以為他在看你的胸部，就像其他男人一樣。但沃倫不是。他好像不太關心胸部。吸引他的是脖子。他把女人的脖子想成甜點。在他完成了對她另一部分的解剖之後，就等不及要用刀劃開的。」

歐唐娜紅著臉轉向狄恩。「你的搭檔太過分了。」

「不，」狄恩低聲說。「我想瑞卓利警探正好擊中目標。」

「這完全就是恐嚇。」

瑞卓利笑了。「你曾經跟沃倫．荷伊在同一個房間。你當時居然沒感覺受到恐嚇。」

歐唐娜冷靜地注視著她。「那是個臨床的訪談。」

「那是你以為。但他認為那是別的。」瑞卓利湊近她，歐唐娜當然注意到這個無言的侵犯。儘管歐唐娜比較高，而且無論塊頭和地位都比較佔優勢，但她比不上瑞卓利那種無情的兇猛，而且當瑞卓利繼續用言辭進攻她時，她的臉更紅了。

「你說過，他很有禮貌，很合作。唔，當然了。他完全得到了他想要的：一個女人跟他在同一個房間。一個女人坐得夠近，足以讓他興奮。不過他隱藏著自己的興奮；這點他很擅長。他很會保持一種完全正常的談話，即使他當時正在想著要割斷你的喉嚨。」

「你失控了。」歐唐娜說。

「你以為我只是想嚇你？」

「這不是很明顯嗎？」

「真正該嚇死你的是這個。沃倫．荷伊好好聞了你。他被你搞得很興奮。現在他跑出來了，又繼續出獵了。而且猜猜怎麼著？他從來不會忘記一個女人的香味。」

歐唐娜也瞪著她，雙眼終於流露出恐懼。瑞卓利看到那恐懼，不禁得到些許滿足。她自己過去一年來所遭受的那種痛苦，她希望歐唐娜也嚐嚐看。

「你要習慣害怕的滋味，」瑞卓利說。「因為你也沒有別的辦法了。」

「我跟像他那樣的男人合作過，」歐唐娜說。「我知道什麼時候該害怕。」

「荷伊跟你以前見過的人都不一樣。」

歐唐娜笑了一聲。她又恢復逞強的姿態，因為自尊而硬撐出來。「他們每個都不一樣。每個都很獨特。而我從來沒有背棄過他們任何一個。」

17

我親愛的歐唐娜醫師，

你之前問起我最早的童年記憶。我聽說很少人能記得三歲以前的事情，因為不成熟的腦部不具備處理語言的能力，而我們需要語言，才能理解我們幼年所經歷的畫面和聲音。無論童年記憶缺失的解釋可能會是什麼，都不適用於我身上，因為某些童年細節我記得非常清楚。我可以回想起的一些清楚畫面，我相信是早在我大約十一個月大的時候。無疑地，你會認為這些是偽造的記憶，而且想必是根據我從父母那邊聽來的故事。我跟你保證，這些記憶相當真實，而如果我父母還在世，他們會告訴你，我的這些記憶很精確，而且不可能是根據任何我可能聽到的故事所編造。因為那些畫面，本質上不太可能是我們家人會去談論的。

我還記得我的嬰兒床，木板條漆成白色，欄杆被我咬出許多凹痕。一條藍色的毯子，上頭印著某種小動物。鳥或蜜蜂或可能是小熊。而在嬰兒床上方，有個飛得高高的新奇玩意兒，現在我曉得那是旋轉床鈴，但當時我只覺得那是個非常神奇的東西，閃閃發亮，老是在動。星星、月亮和衛星。我父親後來告訴我，就是那種他會掛在兒子嬰兒床上方的東西。他是航太工程師，他相信只要你刺激成長中的腦部，無論是用嬰兒床鈴、或閃示記憶卡、或嬰兒父親背誦乘法表的錄音帶，你就可以把任何小孩變成天才。

我的數學一向很好。

但這些記憶，我想你不會太感興趣。你要尋找的是更黑暗的主題，不是我白色嬰兒床和美麗床鈴的記憶。你想知道為什麼我會變成今天這樣。

所以我想，我應該告訴你有關梅瑞德．唐納休的事。

我是幾年後才曉得她的名字，因為當時我告訴一個阿姨有關我幼年的記憶，她說：「喔，老天。你還記得梅瑞德？」沒錯，我記得她。每當我回想起我在育嬰室的畫面，在嬰兒床欄杆上看著我的，不是我母親的臉，而是梅瑞德。白皮膚，臉頰上有一顆痣，像一隻黑蒼蠅棲息在那裡。美麗的綠色眼珠很冷漠。而她的微笑——連我這麼小的小孩都看得出成人沒看到的：她的微笑裡有恨意。她恨她工作的這個家。她恨尿布的臭味。她恨我飢餓的哭聲打斷她的睡眠。她恨種種狀況把她帶到這個炎熱的德州城市，跟她的愛爾蘭故鄉截然不同。

而她最恨的，就是我。

我知道這點，是因為她會用很多沉默而微妙的方式證明。她不會留下她凌虐的任何證據；啊不，她太聰明了，不會落下把柄。在她傾身湊向我的嬰兒床時，她的恨意便化為憤怒的耳語，輕得像是一條蛇的嘶嘶聲。我不明白那些字句，但我聽到其中的恨毒，也從她瞇起的雙眼中看到憤怒。她不會忽略我的身體需求；我總是穿著乾淨的尿布，我的奶瓶總是溫的。但我不時會被偷掐一下，皮膚被擰一記，還有刺痛的酒精直竄我的尿道。當然我會尖叫，但從來沒有任何疤痕或瘀青。我只是嬰兒腸絞痛，她告訴我父母，天生就神經質。而可憐的、辛苦的梅瑞德！她得對付這個鬼哭鬼叫的小搗蛋，好讓我母親忙著盡她的社交責任。我母親，她身上有香水和奶味。

所以這就是我記得的。猛地一陣劇痛。我自己尖叫的聲音。然後在我上方，是梅瑞德脖子的白皮膚，那是她朝我嬰兒床探頭，朝我扭一下或戳一下的時候。

我不曉得那麼小的年紀是不是懂得去恨。我想比較可能的是，我對這些懲罰只是不知所措。我沒有理解的能力，只能把因果連起來。而且即使是當時那麼小，我一定也明白，我痛苦的來源是一個有著冷漠雙眼、乳白喉嚨的女人。

瑞卓利坐在辦公桌前，盯著沃倫・荷伊一絲不苟的筆跡，兩端對齊，小而緊密的字排成一直線。雖然是以墨水寫成的，但是沒有任何塗改。每個句子在下筆之前都已經精心安排好。她想到他彎腰湊著這張紙，修長的手指拿著圓珠筆，皮膚掠過紙面，她忽然覺得好想去洗手。

在洗手間裡，她站在洗臉台用肥皂和水洗手，設法想去除掉荷伊的任何痕跡。但即使洗完又烘乾自己的手，她還是覺得被弄髒了，彷彿他的字句像毒藥般滲透到她的皮膚裡。而往下還有更多信件要閱讀，更多毒藥還會被吸收。

女廁門上響起敲門聲，害她整個人僵住。

「珍？你在裡頭嗎？」是狄恩。

「是的。」她朝外喊道。

「我在會議室裡已經準備好錄放影機了。」

「我馬上過去。」

她看著鏡中的自己，覺得很不滿意。那疲倦的雙眼，那自信動搖的模樣。別讓他看到你這個樣子，她心想。

她轉開水龍頭，潑了點冷水到臉上，再用紙巾擦乾。然後她站直身子，深吸一口氣。好一點了，她心想，瞪著鏡中的自己。絕對不要讓他們看到你害怕。

她走進會議室，朝狄恩匆忙點了個頭。「好了，可以開始了嗎？」

他已經打開電視機了，錄放影機的電源燈也亮著。他拿起歐唐娜給他們的那個牛皮紙信封，倒出裡面的錄影帶。「時間是八月十七日。」他說。

才三個星期前，她心想，想到這些畫面、這些談話是最近才剛發生的，就覺得心緒不寧。

她在會議桌前坐下，準備好寫筆記的黃色橫格紙和筆。「開始吧。」

狄恩把錄影帶塞進去，按了播放鍵。

他們看到的第一個畫面，是頭髮打理過的歐唐娜，站在一面煤渣磚砌成的白牆前，一身優雅的藍色針織套裝，看起來跟環境格格不入。「今天是八月十七日。我在麻州雪利鎮的索薩－貝瑞諾斯基監獄。訪談對象是沃倫．荷伊。」

電視閃爍著變成黑色；然後螢幕又亮起一個新畫面，那是一張臉，瑞卓利厭惡地在椅子上往後縮了一下。對其他任何人而言，荷伊似乎很平凡，甚至過目即忘。他淺褐色的頭髮梳得很整齊，那張臉有那種被監禁許久的蒼白。上身的藍色丹寧布襯衫是監獄制服，在瘦削的骨架上掛著，顯然大了一號。那些日常認識他的人都說他彬彬有禮而殷勤，而錄影帶上的他，就是給人這樣的印象。一個和善、無害的青年。

他的目光從鏡頭前轉開，看著螢幕外的一個什麼。他們聽到一張椅子刮過地面的聲音，然後歐唐娜開口了。

「你覺得自在嗎，沃倫？」

「是的。」

「那麼我們可以開始了吧？」

「隨時都可以，歐唐娜醫師。」他微笑。「我哪裡都不會去。」

「好的。」歐唐娜的椅子發出吱呀聲，然後她清了清嗓子。「在你的信中，你已經告訴我許多有關你家人和你童年的事情。」

「我盡量寫得詳盡些。我想讓你了解我這個人的每個面向，是很重要的。」

「是的，很感謝。我很少有機會能訪問到像你這麼健談的人。更尤其沒碰到過像你這樣，試著想分析自己行為的。」

荷伊聳聳肩。「唔，你知道那句名言，說未經反省的人生，也就不值得活了。」

「不過有時候，自我分析有可能做得太過頭了。那是一種防禦機制。求知只是一種手段，讓自己拉遠距離，去客觀看待我們原始的情感。」

荷伊停頓了一下。然後用一種略帶嘲弄的口吻說：「你希望我談感覺。」

「是的。」

「哪一類特定的感覺？」

「我想知道是什麼讓一個人動手去殺人。是什麼讓他們走向暴力。我想知道你腦袋裡想些什麼。當你殺死另一個人類時，你有什麼感覺。」

有好一會兒，荷伊什麼都沒說，只是思索著這個問題。「要描述並不容易。」

「試試看吧。」

「為了科學研究？」嘲弄的口氣又出現了。

「是的，為了科學研究。你殺人有什麼感覺？」

停頓許久。「愉快。」

「所以感覺很好？」

「是的。」

「拜託描述給我聽吧。」

「你真的想知道？」

「這是我研究的核心，沃倫。我想知道你殺人時體驗到什麼。這不是病態的好奇心。我得知道你是不是經歷了某些可能表示神經異常的症狀。比方說，頭痛。奇怪的味覺或嗅覺。」

「血的氣味很不錯。」他停頓一下。「啊，我想我嚇到你了。」

「繼續，告訴我關於血的事情。」

「我以前的工作是處理血的，你知道。」

「是的，我知道。你當過血液分析師。」

「人們以為血液只不過是流動在我們血管裡的紅色液體。就像機油。但其實血液相當複雜而獨特。每個人的血都是獨一無二的。就像每次殺人都是獨特的。根本沒有什麼典型可以描述。」

「但它們都會為你帶來愉悅？」

「有的會格外愉悅。」

「說一個對你特別突出的吧。你特別記得的。有這麼一個嗎？」

他點頭。「有一個我常常想起。」

「比其他的更常？」

「是的，我一直念念不忘。」

「為什麼？」

「因為我沒有完成，因為我始終沒得到享受的機會。那就像是身上有個地方發癢，可是你抓不到。」

「這樣講，感覺上好像微不足道。」

「是嗎？但是隨著時間的推移，即使微不足道的癢，也開始會消耗你的注意力。那個癢始終在那兒，刺激著你的皮膚。你知道，有一種刑求的方式，就是搔你的腳底。一開始好像沒什麼。但是持續著一天接一天，沒有鬆懈。那就變成最殘忍的凌虐了。我想我在信中提過，我知道很多人類相殘的歷史，以及施加痛苦的技藝。」

「是的。你寫信談過有關你，唔，對這個主題的興趣。」

「歷代的凌虐者總是知道，最細微的不舒服，隨著時間推移，也會變得難以忍受。」

「那你提到的那種發癢，也變得難以忍受了嗎？」

「那事情害我晚上睡不著覺。想著原來可能會怎麼樣，想著我沒能得到的愉悅。我這輩子一直很講究做事要有始有終。所以這件事讓我很受不了。我隨時都在想，那些昔日的畫面持續在我腦袋裡播放。」

「描述一下，你看到了什麼，感覺到什麼。」

「我看到她。她不同，跟其他人完全不同。」

「怎麼說？」

「她恨我。」

「其他人不恨你？」

「其他人赤裸又害怕。被征服了。但這一個還在反抗我。我碰觸她的時候感覺得到。她的皮膚充滿怒火，即使她知道我擊敗她了。」他身體前傾，好像就要分享他最私密的想法。他的目光不再看著歐唐娜，而是看著攝影機，彷彿他可以看穿鏡頭，直接看著瑞卓利。「我感覺到她的憤怒，」他說。「光是藉由碰觸她的皮膚，我就吸收了她的憤怒。那就像是足以熔化金屬的熾熱。像是液體的、危險的東西。純粹的能量。我從來沒感覺到這麼有力。我想再體驗一次。」

「那會喚起你的情慾嗎？」

「會。我想著她的脖子。非常修長。她有個美好的、白色的脖子。」

「你還想到些什麼？」

「我想著脫掉她的衣服。想著她的乳房多麼堅挺。還有她的腹部。細緻的、平坦的腹部……」

「所以你對柯岱兒醫師的這些幻想——是性慾方面的？」

他暫停，眨眨眼睛，彷彿從昏睡狀態被搖醒。「柯岱兒醫師？」

「你談的就是她，不是嗎？你始終沒殺掉的被害人，凱薩琳・柯岱兒。」

「啊，我也會想到她。但我剛剛談的不是她。」

「那你談的是誰？」

「另一個。」他緊盯著攝影機，眼神好熱烈，瑞卓利都能感覺到那種熱度了。「那個女警。」

「你指的是找到你的那位？你幻想的人就是她？」

「是的。她的名字是珍・瑞卓利。」

18

狄恩起身按下錄放影機的停止鍵。螢幕變成一片空白。沃倫．荷伊最後那句話彷彿回音不斷，還在沉默中迴盪著。在荷伊的幻想中，她被剝除了衣服和尊嚴，淪為赤裸的身體各部位：脖子、乳房和腹部。她很好奇，現在狄恩就是這樣看她的嗎？荷伊所召喚出來的那種情色畫面，現在是否也印在了狄恩心中？

他轉身看著她。她向來覺得他的表情難以看透，但在那一刻，他眼中的憤怒清楚無誤。

「你明白的，對吧？」狄恩說。「他是故意要讓你看到這捲錄影帶的。他用麵包屑鋪了一條路，讓你一路追到這裡來。有歐唐娜回信地址的信封，引導你找到歐唐娜本人。然後到他寫的信，到這捲錄影帶。他知道你最後全部都會看到的。」

她瞪著空白的電視機螢幕。「他在跟我講話。」

「一點也沒措。他利用歐唐娜當媒介。在這個訪談中，當荷伊跟她講話時，他其實是在對著你講。告訴你他的種種幻想。利用那些幻想來嚇你、羞辱你。聽聽他說了什麼。」狄恩把錄影帶倒退回去。

荷伊的臉又出現在螢幕上。「那事情害我晚上睡不著覺。想著原來可能會怎麼樣，想著我沒能得到的愉悅。我這輩子一直很講究做事要有始有終。所以這件事讓我很受不了。我隨時都在想……」

狄恩按了停止鍵，然後看著她。「知道他一直想著你，你有什麼感覺？」

「你明知道我有什麼感覺。」

「他也知道。這就是為什麼他希望你聽到這個。」狄恩又按了快速前進鍵，然後再按播放鍵。

荷伊的眼睛詭異地注視著他看不到的觀眾。「我想著脫掉她的衣服。想著她的乳房多麼堅挺。還有她的腹部。細緻的、平坦的腹部……」

然後狄恩又按了停止鍵。他的目光害她臉紅了。

「可別告訴我，」她說，「你想知道這些話讓我有什麼感覺。」

「暴露？」

「是的。」

「脆弱？」

「是的。」

「被侵犯？」

她吞嚥著，別開眼睛。輕聲說：「是的。」

「這些都是他希望你感覺到的。你告訴過我，損傷的女人吸引他。被侵犯過的女人吸引他。他現在讓你感覺到的，正就是如此。只要錄影帶上的幾句話，就能讓你覺得自己像個被害人。」

她也狠狠回瞪著他。「不，」她說，「不是被害人。你想知道我現在真正的感覺是什麼嗎？」

「什麼？」

「我準備好要把那狗娘養的撕成碎片。」這句話是純粹逞能，像是對空揮拳。他聽了很震驚，只是皺眉看著她一會兒。他看得出她有多努力才能維持這副表相嗎？他聽出了她聲音中的虛假嗎？

她繼續虛張聲勢，不給他看穿的機會。「你剛剛說，他錄影的當時就知道，我最後會看到這個？你認為這捲錄影帶就是要給我看的。」

「你難道不認為是這樣嗎？」

「我覺得那是任何神經病都會有的幻想。」

「不是任何一個神經病。也不是隨便一個被害人。他談的是你，珍。談到他想對你做些什麼。」

她的神經末梢全都警覺起來。狄恩又把這件事轉成了針對她個人的，像是把一支箭瞄準了她。他喜歡看到她心神不寧嗎？他這樣除了讓她更害怕之外，還能有什麼目的？

「這段訪談錄影時，他的脫逃計畫已經安排好了，」狄恩說。「別忘了，當初是他主動聯繫歐唐娜的。他知道她會找他談。她抗拒不了這個提議的。她是個打開電源的麥克風，錄下他講的一切、他想要讓人們聽到的一切。尤其是你。然後他又安排好往後一連串事件，陸續引導到眼前這一刻，讓你看到這捲錄影帶。」

「有人這麼聰明嗎？」

「沃倫・荷伊沒有這麼聰明嗎？」他問，這是另一支箭，刺穿她的防禦。完全一針見血。

「他坐了一年牢。他有一年培育他的種種幻想，」狄恩說。「而且那些幻想全是有關你的。」

「不，他想要的是凱薩琳．柯岱兒。始終就是柯岱兒——」

「他告訴歐唐娜的可不是這樣。」

「那他就是在撒謊。」

「為什麼？」

「為了接近我，為了讓我慌亂——」

「那麼你的確同意，這捲錄影帶是刻意安排落到你手上的。這是發給你的訊息。」

她瞪著空白的電視螢幕。荷伊那張臉似乎仍陰魂不散地盯著她看。他所做的一切，都是為了要擾亂她的世界，毀掉她心靈的平靜。他動手去殺柯岱兒之前就是這樣。他要他的被害人驚恐不安，被折磨得筋疲力盡，而等到這些獵物飽受恐懼折磨之後，他才要出手捕獵。她沒辦法否認，沒辦法反對這個明顯的事實。

狄恩隔著桌子，在她對面坐下來。「我想你應該退出這個案子。」他低聲說。

她震驚地瞪著他。「退出？」

「這個案子已經變成針對個人了。」

「在我和一個行兇者之間，向來就是針對個人的。」

「不像這種程度的。他要你參與這個案子，這樣他才能玩他那些小把戲，想辦法鑽進你生活的每一個層面。身為主責警探，你是看得到也接觸得到的。你完全投入在這場追獵中。而現在，他開始幫你佈置犯罪現場。開始跟你溝通。」

「那我就更有理由繼續偵辦下去了。」

「不。你就更有理由退出了。為了拉遠你和荷伊的距離。」

「我從來不會退出任何事的，狄恩探員。」她兇巴巴地說。

他暫停了一下，才諷刺地說：「是啊，我也無法想像你會。」

現在輪到她身體前傾了，帶著一種對抗的態度。「總之，你到底對我有什麼不滿？你從一開始就跟我過不去。你背著我跑去跟馬凱特告狀，提出對我的疑慮——」

「我從來沒質疑過你的能力。」

「那你對我到底有什麼不滿？」

面對她的憤怒，他用一種冷靜而理性的聲音回答：「考慮到我們所對付的人。你曾經追查到這個男人，他把自己的被捕都怪到你頭上。他到現在還在想著要對你做些什麼。而同樣的這一年，你也一直設法想忘掉他對你所做過的事情。他渴望有續集，珍。他正在鋪路，要把你一步步引向他希望你去的地方。那個地方可不安全。」

「你擔心的真的是我的安全嗎？」

「你是暗示我還有別的考慮？」他問。

「我不曉得啊。我還沒搞清楚你這個人。」

他站起來走向錄放影機，退出錄影帶，放回信封裡。他在拖延時間，設法要想出一個可信的回答。

然後他再度坐下來，看著她。「老實說，我也沒搞懂你。」

她笑出聲。「我？我可沒有隱瞞什麼，你看到什麼就是什麼。」

「你只讓我們看到身為警察的你。但是身為女人的珍．瑞卓利呢？」

「兩個都是一樣的。」

「你明知道不是這樣的。你就是不肯讓任何人看到警徽外表之下的你。」

「我該讓別人看到什麼？看到我缺了那個珍貴的Y染色體？我的警徽就是我希望他們唯一看到的。」

他身體前傾，那張臉已經近得侵犯到她的私人空間。「重點在於你成了靶子，很容易受到攻擊。重點在於一個兇手已經曉得如何威脅你。他有辦法接近你，而你甚至不曉得他就在你身邊。」

「下回我會知道的。」

「是嗎？」

他們盯著彼此，兩張臉離得好近，近得像一對愛人。她忽然生出一股強烈的情慾，好突然又好猝不及防，一時間痛苦又甜蜜。她猛然後退，臉燒紅著，而即使現在隔著一段安全距離和他四目交接，她還是覺得一無遮蔽。她不擅長隱藏自己的情感，每次碰到男女之間那些調情或其他小小的欺瞞，她總是覺得自己沒用又力不從心。她努力想保持表情不變，但是發現自己看著他時，總覺得完全被他的目光看穿。

「你很清楚會有下一次的，」他說。「現在不光只有荷伊了。他們有兩個人。你真的應該要被嚇得半死才對。」

她往下看著那個裝著錄影帶的信封。荷伊刻意要讓她看到這捲錄影帶，遊戲才剛開始而已，荷伊處於優勢。而且沒錯，她很害怕。

她沉默地收拾著自己的紙張。

「珍？」

「你講的我都聽到了。」

「但是完全影響不了你，對吧？」

她看著他。「猜猜怎麼著？我出門過馬路時，也可能被一輛巴士撞死。或者我也可能坐在辦公桌前，忽然中風就突然倒下。但是我不會去想那些事情。我不能讓這種事控制我。我一度差點就屈服了，你知道。那些噩夢——差點把我折磨得崩潰。但現在我重新振作起來，也或許我只是麻木了，再也沒有任何感覺。所以我最好的對策，就是一步接一步，繼續往前走。這就是度過這一切的辦法，繼續往前走就是了。這是我們所有人唯一能做的。」

她的呼叫器響了起來，她簡直是鬆了口氣。這給了她一個理由，不必繼續跟狄恩盯著對方。她低頭看著呼叫器上頭的顯示。感覺到他看著她走到會議室另一頭，拿起電話撥號。

對方接了電話：「毛髮與鑑識組，我是沃屈科。」

「我是瑞卓利。你呼叫我。」

「是有關那些從蓋兒·葉格皮膚上採集到的綠色尼龍纖維。我們在可麗娜·甘特的皮膚上也發現一模一樣的。」

「所以他把每一個被害人包起來時，都是利用相同的布料。不意外。」

「啊，但是我還有另外一個小驚喜要給你。」

「是什麼？」

「我知道他用的是什麼布料。」

◆

艾琳．沃屈科指著顯微鏡。「載玻片都已經準備好了。你們看一下。」

瑞卓利和狄恩面對面坐下來，眼睛湊到那台教學顯微鏡的兩個接目鏡上。透過裡面的鏡片，他們看到的是同一個畫面：兩條線，並排著可以比較。

「左邊那條纖維是從蓋兒．葉格身上取得的。右邊那條則是從可麗娜．甘特身上取得的。」艾琳說。「你覺得怎麼樣？」

「看起來一模一樣。」瑞卓利說。

「實際上也是一樣。兩條都是杜邦尼龍六六，淺褐綠。由三十丹尼的長絲紡成，非常細。」艾琳伸手拿了一個資料夾，取出兩張圖，放在桌面上。「這是ATR光譜。一號是採自葉格的纖維，二號是採自甘特的。」艾琳看了狄恩一眼。「你熟悉ATR衰減全反射技術嗎，狄恩探員？」

「那是一種紅外線模式，對不對？」

「對。我們利用它來區別纖維本身與表面的處理塗層。在布料織好之後，如果外層加上了任何化學物質，用這種技術就可以偵測出來。」

「那麼這種纖維外頭有加嗎？」

「有的，塗上了一種矽膠。上星期，瑞卓利警探和我推測過廠商加上這種表面塗層的各種可能原因。我們不知道這種布料是設計來做什麼的，只知道它抗熱、抗光。而且因為這種纖維這麼細，因此如果織在一起，就會不透水。」

「我們當時認為，可能是帳篷或防水布的布料。」瑞卓利說。

「那加上矽膠之後，有什麼功能？」狄恩問。

「抗靜電，」艾琳說。「也能加強抗撕裂性和防水性。另外，可以把這種布料的滲透性減低到將近零。換句話說，就連空氣都無法通過。」艾琳看著瑞卓利？「猜得到是什麼了嗎？」

「你之前說，你已經知道答案了。」

「唔，我得到了一點小小的幫助，是來自康乃狄克州警局的鑑識實驗室。」艾琳把第三張圖放在桌面上。「他們今天下午把這個傳真給我。這是一種纖維的ATR光譜，來自康乃狄克州鄉間的一宗兇殺案。纖維是從嫌犯的手套和刷毛外套上頭採集到的。你拿去跟可麗娜．甘特的纖維比對一下。」

瑞卓利的目光在兩張圖片上頭來回轉移。「兩個光譜吻合。這兩種纖維是一樣的。」

「沒錯，只是顏色不同。我們兩個案子的纖維是淺褐綠，康乃狄克州兇殺案採集到的纖維有兩種不同的顏色，有的是螢光橘；有的是亮萊姆綠。」

「你在開玩笑。」

「聽起來很俗氣，對吧？但除了顏色，康乃狄克州的纖維跟我們的吻合。杜邦尼龍六六，三十丹尼的長絲，外層塗布是矽膠。」

「告訴我們關於康乃狄克州的那個案子吧。」狄恩說。

「是一樁高空跳傘意外。被害人的降落傘沒有正常打開。直到後來在嫌疑犯的衣服上，查到這些橘色和萊姆綠的纖維，整個案子才轉向，朝他殺方向調查。」

瑞卓利瞪著那些ATR光譜。「原來是降落傘。」

「一點也沒錯。康乃狄克州那樁兇殺案的嫌犯在跳傘前一夜破壞了被害人的降落傘。這張ATR有降落傘布料的特徵。抗撕裂，防水。不用的時候，要摺疊收納也很容易。這就是為什麼你們的不明兇手會利用它來包起他的被害人。」

瑞卓利抬頭看著她，「降落傘，」她說，「成為完美的裹屍布。」

19

會議桌上到處都是紙，幾個檔案夾攤開，一疊疊犯罪現場照片堆得像是發亮的屋瓦。原子筆沙沙畫過黃色橫格記事本。儘管現在是電腦年代了——桌上還有幾部桌上型電腦開機了，螢幕發著光——當資訊急速且大量湧現時，警察們還是會用最順手的紙筆。瑞卓利把筆電留在自己的辦公桌上，寧可用她堅定的字跡寫下筆記。紙頁上是一片亂糟糟的字句和弧形箭頭，外加小方塊圈出重要細節。但是混亂中有秩序，而且恆久的墨水帶來了確定感。她又翻到新的一頁，設法把注意力集中在羅倫斯．札克醫師那輕悄的聲音；設法不要因為嘉柏瑞．狄恩而分心。狄恩就坐在她旁邊，也在寫筆記，但字跡遠遠工整得多。她的目光轉到他握筆的手，粗粗的血管在他的皮膚上很明顯，挺括的白襯衫袖口從他灰色西裝的袖子裡探出一小截。他比她晚進入會議室，然後挑了她旁邊的位置坐下。這表示什麼嗎？不，瑞卓利。這只表示你旁邊有張空椅子。分心去想這類事情是浪費時間。她覺得思緒散亂，注意力朝好幾個不同的方向裂開，就連她寫的字句都開始在紙頁上歪斜。這個房間裡還有其他五個男人，但只有狄恩抓住她的注意力。她現在知道他的香味了，在會議室裡由各種鬍後水香味所構成的嗅覺交響曲中，她可以輕易認出那涼爽而乾淨的氣味。瑞卓利從不擦香水，身邊卻環繞著一堆擦香水的男人。

她低頭看著自己剛剛寫下的字：

互利共生：兩個或兩個以上的生物相互受惠，而形成的共生關係。

這個辭彙定義了沃倫・荷伊和他新夥伴的約定。外科醫生和支配者，以團隊形式運作。他們一起出獵，以腐肉為食。

「沃倫・荷伊有搭檔的時候，向來就能發揮得最好，」札克醫師說。「這是他喜歡的出獵方式。以前是跟安德魯・卡普拉一起出獵，直到卡普拉死去。的確，荷伊需要另一個男人的參與，他的儀式才算完整。」

「可是他去年是單獨出獵的，」巴瑞・佛斯特說。「他當時沒有搭檔。」

「就某種意義而言，他其實有，」札克說。「想想他在波士頓這邊挑選的被害人。全都是曾經遭受過性侵害的女人——之前侵害她們的不是荷伊，而是其他男人。荷伊受到這種損傷的女人、曾被強暴玷污的女人所吸引。在他眼中，被強暴使得她們骯髒、受到污染，也因此變得可以接近。在內心深處，荷伊畏懼正常的女人，而且這種畏懼使得他不舉。只有碰到他認為是低劣的女人，他才會覺得有掌控權。此時荷伊才會使用手術刀，才有辦法從隨後的儀式中獲得完全的滿足。」札克看了會議室裡一圈，看到大家紛紛點頭。這些細節在場的警察都已經曉得了。除了狄恩之外，其他人全都參與了外科醫生案的偵辦；他們對於沃倫・荷伊的手法都已經非常熟悉。

札克打開桌上的一個檔案夾。「現在我們來討論第二名兇手：支配者。他的儀式幾乎是沃倫・荷伊儀式的翻版。他不怕女人，也不怕男人。事實上，他都挑選跟男性伴侶同住的女人去攻擊。丈夫或男友在場非但不會礙事，支配者似乎還希望男人在場，而且他進屋時都準備好要對付男人了。先用電擊槍和防水膠帶制伏丈夫，然後將這位男性被害人擺好位置，迫使他必須觀看接下來發生的事。要是務實一點的話，支配者應該要立刻殺了男人，但他卻不。他因為有一個觀眾，因為知道另一個男人在場觀看他領取戰利品，而得到興奮感。」

「而沃倫．荷伊則是藉由觀看，而得到興奮感。」瑞卓利說。

札克點點頭。「一點也沒錯。一個兇手喜歡執行，一個喜歡觀看，這是互利共生的絕佳例子。這兩個男人是天生的搭檔，他們的渴望彼此互補。兩人聯手，就更有效率。他們更能夠控制獵物，也可以結合兩人的技巧。甚至荷伊還在坐牢期間，支配者就已經模仿了荷伊的技巧，借用了一些外科醫生的招牌手法。」

這一點瑞卓利比其他任何人都更早看出來，但這會兒會議室裡沒有人承認這個細節。或許他們忘了，但是她可沒忘。

札克繼續說：「我們知道，荷伊收到了一般大眾寫給他的信。即使在監獄裡，他也有辦法吸收到崇拜者。他跟他建立友誼，或許甚至還教導他。」

「一個學徒。」瑞卓利輕聲說。

札克看著她。「你用的這個詞很有意思。學徒是在師傅的教導下，獲得技巧或手藝。在這個案例裡頭，他學的是獵殺的手藝。」

「但是哪一個是學徒？」狄恩問。「哪一個是師傅？」

狄恩的問題讓瑞卓利很不安。因為過去一年，沃倫．荷伊都代表了她所能想像最糟糕的邪惡。在一個獵人橫行的世界裡，沒有人比得上他。現在狄恩提出了一個她不願去想的可能性：外科醫生只不過是個助手，去輔助某個更可怕的人。

「無論他們的關係是什麼，」札克說，「他們合作都遠比單打獨鬥要有效率得多。而且一起出獵，他們的攻擊模式有可能會改變。」

「怎麼說？」史力普問。

「截至目前為止，支配者都選擇男女伴侶下手。他會讓男人靠牆坐著當觀眾，觀看他性侵女人。他希望另一個男人在場，看到他領取戰利品。」

「但是現在他有了個搭檔，」瑞卓利說。「有個男人會在旁觀看。而且想要觀看。」

札克點頭。「荷伊也許正好能扮演支配者幻想中的重要角色，那就是旁觀者，觀眾。」

「這表示，他下回可能不會選擇一對伴侶。」她說。「他會選擇……」她停下，不願意往下想。

但札克等著聽她的答案，雖然這個答案他已經推斷出來了。他坐在那邊昂起頭，灰白的眼珠出奇熱切地看著她。

結果接著講完的是狄恩。「他們會選擇一個女人，獨居的。」

札克點頭。「容易制伏，容易控制。沒有丈夫要擔心，他們可以把注意力完全放在那個女人身上。」

我的車。我的家。我。

◆

瑞卓利把車停進朝聖者醫院的一個停車位，關掉引擎。她沒馬上解開門鎖、下車，而是坐在車上，掃視著停車場。身為警察，她向來自認是一個戰士，一個獵人。從來不曾把自己想成獵物。但現在，她發現自己的行為就像個獵物，有如一隻準備要離開安全巢穴的兔子般警覺。她，以往向來無所畏懼，現在淪落到朝著車窗外緊張地猛看。她，曾經踢開門，總是第一批衝進嫌疑犯家中的警察。她在後照鏡裡瞥見自己一眼，看到了蒼白的臉、憂心忡忡的眼睛，這個女人她簡直不認識了。不是個征服者，而是個被害人。一個她鄙視的女人。

她推開車門下了車。站直身子，緊貼在臀部槍套的手槍重量讓她覺得安心些。讓那些混蛋放馬過來吧；她已經準備好要收拾他們了。

她獨自搭了停車場的電梯上樓，肩膀挺起，自尊壓過了恐懼。等到她再度走出電梯，看到了其他人，就覺得那把槍好像沒必要，甚至多餘。她把套裝的外套拉下來遮住槍套，走進醫院，進入電梯，裡頭還有三個滿臉青春煥發的醫學院學生，聽診器半露出口袋。他們彼此交換醫學術語，炫耀著自己剛學到的辭彙，沒理會站在旁邊那個一臉倦容的女人。是啊，就是那個臀部藏著一把槍的女人。

到了加護病房，她逕自走過病房區的職員櫃檯，走向五號隔間。然後在外頭站住，對著玻璃隔間裡皺眉。

一個女人躺在考薩克的床上。

「對不起，女士？」一個護士說。「訪客必須先登記。」

瑞卓利轉身。「他人呢？」

「誰？」

「文斯．考薩克。他應該在那張病床上的。」

「對不起，我三點才開始值班——」

「要是有任何事發生，你們應該要打電話給我的！」

此時，她的激動已經引起另一個護士的注意，她趕緊介入，用一種太常對付心煩家屬的撫慰口氣說話。

「考薩克先生今天早上拔管了，女士。」

「什麼意思？」

「他喉嚨的那根管子——協助他呼吸的那根——我們取出來了。他現在狀況還好，所以我們就把他轉到中重度病房，就在走廊往前那邊。」然後她又辯解地補了一句：「我們打過電話給考薩克的太太，你知道。」

瑞卓利想到黛安．考薩克和她空蕩的雙眼，很好奇那通電話她到底有沒有聽懂，說不定那些訊息就像一枚硬幣落入黑暗的井內般。

等她來到考薩克的病房，已經比較冷靜點，也恢復了自制。她悄悄朝裡探頭。

考薩克醒了，正注視著天花板。他的肚子在被單底下凸起，雙臂在身體兩側完全不動，好像深怕一動，就會擾亂那些纏結的電線和輸液管。

「嘿，」她輕聲說。

他望著她。「嘿，」回應的聲音低沉而沙啞。

「你介意有訪客嗎？」

他的回答是拍拍床，邀請她進去坐，留下。

她拖了張椅子到他床邊坐下。他的目光又往上，她一開始以為他要看天花板，結果不是，而是看著一具架在房間角落的心臟監視儀。一道心電圖痕跡發出嗶嗶聲，掠過螢幕。

「那是我的心臟。」他說。之前的插管讓他喉嚨嘶啞，講出來的話幾乎只有氣音。

「看起來跳動得還不錯。」她說。

「是啊。」然後他沉默了一會兒，雙眼還是盯著監視儀。

她看到她今天早上請花店送來的花，已經插在他床邊桌上，那是病房裡唯一的一瓶花。沒有其他人想到要送花嗎？連他太太都沒想到？

「我昨天碰到黛安了。」她說。

他看了她一眼，又迅速別開眼睛，但她還是看到了他眼中的沮喪。

「我猜想她沒告訴你。」

他聳聳肩。「她今天沒來。」

「啊，那大概晚一點會來吧。」

「我要知道才是見鬼了呢。」

他的回答讓她吃了一驚。或許他自己也吃了一驚。他忽然臉紅了。

「我不該那樣說的。」他說。

「你想跟我說什麼都沒關係的。」

他又往上看著監視儀，然後嘆了口氣。「那好吧。好爛。」

「什麼好爛？」

「一切。像我這樣的男人活了一輩子，乖乖做自己該做的事情。帶薪水回家。給小孩他們想要的。從來不收賄賂，一次都沒有。然後忽然間我就五十四歲，轟，我自己的心臟轉過來對付我。現在我躺在這裡心想：*這一切到底是為了什麼？*我遵守規則，最後養出一個窩囊廢女兒，隨時需要錢的時候就會打電話給老爸。還有個老婆成天在吃她從藥房能弄到的任何藥物，吃得整個人昏頭昏腦。我沒辦法跟止痛藥王子競爭啊。我只是那個給她一個家、幫她付所有藥錢的男人。」他笑了一聲，認命又傷心。

「那你為什麼還要守著這段婚姻？」

「不然我還有什麼選擇？」

「單身啊。」

「你的意思是，孤單。」他說*孤單*這個字眼，彷彿那是最糟糕的選擇。有些人是抱著最大的希望做出選擇；而考薩克只是為了避免最糟糕的下場而做出選擇。他往上盯著自己的心跳軌跡，那抽搐的綠色線條象徵著人類必有一死。無論壞選擇或好選擇，最後都會來到這一刻，來到這個醫院的病房，恐懼與後悔相伴。

等我到了他這個年紀時，我會在哪裡？她很好奇。躺在醫院裡，後悔我做過的種種選擇，渴望著我沒走的那條路？她想著自己那戶安靜的公寓和空蕩的牆面，還有孤零零的床。她的人生又哪裡會比考薩克的高強？

「我一直擔心它會停止，」他說。「你知道，忽然變成一直線。那真的會把我嚇到拉屎。」

「那就別再看了。」

「要是我不看，那誰會替我留意？」

「櫃檯那邊的護士會注意。她們那邊也有監視器的，你知道。」

「但是她們真的有在看嗎？或者她們只是在鬼混，聊購物和男朋友及一堆狗屎？我的意思是，那可是我他娘的心臟耶。」

「她們也有警報系統。只要有一丁點不對勁，她們的機器就會開始尖叫。」

他看著她。「你沒唬我？」

「怎麼，你不信任我？」

「不曉得。」

他們對望一會兒，她覺得羞愧難當。她沒有理由期望他信任自己，尤其是在墓園所發生的事情以後。那一幕依然糾纏著她，想到心臟病發的考薩克，孤單無依地躺在黑暗中。而她，那麼專心一意地追逐，不顧一切。她沒辦法看他的眼睛，於是她目光垂下，看著他胖乎乎的手臂，上頭縱橫交錯著膠帶和靜脈注射管。

「我很抱歉，」她說。「老天，我真的很抱歉。」

「抱歉什麼？」

「沒有照應你。」

「你在說什麼啊？」

「你還記得嗎？」

他搖搖頭。

她暫停一下，突然明白了他是真的不記得，也明白自己可以別再多說，他就永遠不會知道她是怎麼辜負了他。沉默或許是比較簡單的辦法，但她知道自己無法忍受這個負荷。

「那麼你還記得什麼，有關在墓園的那一夜？」她問。「最後一件事？」

「最後一件事？我在奔跑。我猜想我們都在跑，對吧？追那個兇手。」

「還有呢？」

「我還記得我當時很火大。」

「為什麼？」

他冷哼一聲。「因為我居然跑輸一個小妞。」

「然後呢？」

他聳聳肩。「就這樣了。那就是我記得的最後一件事。直到這裡那些護士開始把那根該死的管子插進……」他停下來。「我醒過來就不礙事了。而且我一定會讓她們知道這一點的。」

接下來是一段沉默，考薩克咬著牙，目光仍頑固地注視著心臟監視儀。然後他很厭惡地說：

「我想我搞砸了那次追逐。」

她聽了很驚訝。「考薩克——」

「你看看這個。」他朝自己凸起的肚腩揮了下手。「就好像我吞了個天殺的籃球似的。看起來就像那樣，或者像是懷孕十五個月。我連個小妞都跑不過。我以前跑很快的，你知道。以前我的身材就像匹賽馬。不像現在這樣。你真該瞧瞧我當年的樣子，瑞卓利。你不會認得的。我敢說你完全不相信，對吧？因為你只看到我現在這副德性。廢人一個。抽太多菸，吃太多東西。喝太多酒，她心裡默默加上這條。

「只是一大桶噁心的肥油。」他氣呼呼拍了一下自己的肚子。

「考薩克，聽我說。搞砸的人不是你，是我。」

他看著她，顯然很困惑。

「在墓園裡。當時我們兩個都在跑。追著我們認為是兇手的那個人。你就在我後頭。我聽到你在喘氣，努力想跟上。」

「你又要戳我的痛腳了。」

「然後你就不在了。忽然就是不在了。但是我繼續跑，結果全是浪費時間。那根本不是兇手，而是狄恩警探，走在墓園邊緣。兇手早就離開了。我們追的目標根本就不存在，考薩克。只是幾個影子，如此而已。」

他沒吭聲，等著她把故事講完。

她逼自己繼續。「這時候我應該要回去找你的。我應該發現你沒跟上來。但是一堆事情變得好瘋狂，我根本沒用腦子。我沒停下來想一下你人在哪裡……」她嘆了口氣。「我不知道自己隔了多久才想起來。或許只有幾分鐘。但是我想，恐怕已經拖太久了。而這段時間裡，你就躺在那裡，在一塊墓碑後頭。我耽誤太久才想起來，才開始去找你。」

接下來是一段沉默。她很納悶他是否聽懂她說的話，因為他開始無聊去弄他的靜脈注射輸液管，重新整理那一圈圈的管子。好像不想看她，想把注意力轉移到別的事情上頭。

「考薩克？」

「嗯。」

「你有什麼要說的嗎？」

「有。事情過去就算了吧。我要說的就是這樣。」

「我覺得自己真是個大混蛋。」

「為什麼？因為你在忙著盡自己的職責？」

「因為我應該要照看自己的搭檔。」

「我又不是你的搭檔。」

「那天夜裡，你就是我的搭檔。」

他笑了一聲。「那天夜裡我是個他娘的包袱。一個兩噸重的大球外加鏈子，把你往後拖。你在那邊大驚小怪，自責沒有照看我。我呢，我躺在這裡氣自己把工作搞砸了。我的意思是，我名副其實就撲通一聲倒地。我一直想著以前我那些自我欺騙的愚蠢謊言。你看到這個肚子了沒？」

他又拍拍自己的腹部。「我都騙自己說會消失的。而且我還相信自己會開始吃減肥餐，擺脫這個救生圈。但結果，我只是褲子愈買愈大號，騙自己說是那些成衣商故意把尺碼亂搞，如此而已。再過兩年，或許我就要穿小丑褲了。到時候就算吃一大堆瀉藥和利尿劑，也沒辦法讓我通過定期體檢了。」

「你真的那樣做？吃藥好通過體檢？」

「我沒承認也沒否認。我只是告訴你，我心臟的這個狀況，其實拖很久了。我早就知道有可能出事。但現在真的發生了，我又氣得要命。」他憤怒地哼了一聲，再度往上看著心臟監視儀，螢幕上他的心跳加快了。「現在我的心臟出大狀況了。」

他們對坐一會兒，看著心電圖，等著他的心跳減緩。她以前從來沒太注意自己的心臟在胸中跳動。這會兒她看著考薩克的心跳痕跡，也開始意識到自己的脈搏。她以前一直把自己的心跳視為理所當然，現在她好奇著那是什麼滋味：等著每一下心跳，害怕可能不會有下一次，害怕胸中的生命搏動會忽然停止。

看著躺在那裡、雙眼依然盯著監視儀不放的考薩克，她心想：他不光是生氣而已；他還嚇壞了。

忽然間，他坐直身子，一手揮向胸口，恐慌地睜大眼睛。「叫護士來！叫護士來！」

「怎麼了？發生什麼事了？」

「你沒聽到警報聲嗎？是我的心臟——」

「考薩克，那只是我的呼叫器。」

「什麼？」

她拆下皮帶上的呼叫器，關掉嗶嗶響聲，然後舉起來給他看上頭顯示的電話號碼。「看到沒？不是你的心臟。」

他倒回枕頭上。「耶穌啊。把那玩意兒帶走吧。它會害我心臟病發。」

「可以借用一下你的電話嗎？」

他躺在那裡，雙手依然按著胸口，整個身體因為紓解而鬆弛。「可以，可以。我無所謂。」

她撥了電話，一個熟悉的沙啞嗓音接了：「法醫處，我是艾爾思醫師。」

「我是瑞卓利。」

「佛斯特警探和我正在這裡，看著我電腦裡的一套牙科X光片。之前國家犯罪情報中心給了我們一份新英格蘭地區失蹤女性的清單，我們一直在追查。現在這套片子，是緬因州警局用電子郵件寄給我的。」

「那是什麼案子？」

「是今年六月二日的一宗謀殺綁架案。謀殺被害人是肯尼斯・魏特，三十六歲。被綁架的是他太太瑪拉琴，三十四歲。我正在看的X光片，就是瑪拉琴的。」

「我們找到佝僂病女士了？」

「結果吻合，」艾爾思醫師回答。「這位被害人現在有名字了：瑪拉琴・魏特，他們正要把資料傳真過來給我們。」

「慢著。你剛剛說，這個謀殺綁架案是發生在緬因州？」

「一個叫藍丘的小鎮。佛斯特說他去過那裡。開車過去大概要五小時。」

「這名兇手的出獵範圍比我們原先以為的要大。」

「等一下，佛斯特要跟你講話。」

佛斯特興高采烈的聲音傳來。「嘿，你吃過龍蝦三明治嗎？」

「什麼？」

「我們可以在路上吃到龍蝦三明治。林肯維爾海灘那邊有一家很棒的午餐小店。我們明天早上八點出發，剛好可以趕到那邊吃午餐。開我的車還你的？」

「可以開我的車。」她暫停一下，忍不住又補了一句：「狄恩大概也會想跟我們一起去。」

佛斯特頓了一下。「好吧，」他最後不太熱切地說：「你說了算。」

「我會打電話給他。」

她掛斷電話時，可以感覺到考薩克的目光看著他。

「所以聯邦調查局先生現在也是偵辦團隊的一份子了。」他說。

她沒理會，只是按了狄恩的手機號碼。

「這是什麼時候發生的事？」

「他只是另一個資源而已。」

「你之前可不是這麼看他的。」

「後來我們有個機會一起合作。」

「可別告訴我，你看到了他的另一面。」

她揮手示意考薩克安靜，等著電話接通。但是狄恩沒接電話，只聽到一個錄音留言：「本用戶目前無法接聽電話。」

她掛斷了，看著考薩克。「有什麼問題嗎？」

「你看起來才是有問題的人。你得到了一個新線索，等不及就要打給你的聯邦新哥兒們。發生了什麼事？」

「沒發生什麼事。」

「我看起來可不是這樣。」

她臉頰發熱。兩人都心知肚明，她沒跟他坦白。就連她在撥狄恩的手機號碼時，都感覺到自己脈搏加快，也很清楚這是什麼意思。她感覺自己像是一個犯了癮的毒蟲，忍不住又撥電話去他住的旅館。鈴響時，她轉身避開考薩克兇惡的眼神，面對著窗外。

「杜郎飯店。」

「能不能幫我接到你們一位客人的房間？他的名字是嘉柏瑞．狄恩。」

「請稍候。」

趁著等待時，她搜索枯腸，努力想著該用什麼字句、什麼口氣跟他說話。慎重。公務口吻。警察。你是警察。

旅館接線生又回到線上。「對不起，但是狄恩先生現在不住這裡了。」

瑞卓利皺起眉，把話筒握得更緊了。「他有留下聯絡電話嗎？」

「這邊沒有登記。」

瑞卓利望著窗外，雙眼忽然被西沉的太陽弄得目眩。「他什麼時候退房的？」她問。

「一個小時前。」

20

瑞卓利闔上那個裝著緬因州警局傳真資料的檔案夾，望著車窗外掠過的樹林，偶爾樹木間會有一棟白色的農莊飛逝而過。在車上閱讀總是害她噁心想吐，而瑪拉琴．魏特失蹤的種種細節只是更讓她難受。他們在路上吃的午餐也沒有幫助。佛斯特一直很想試試看一家路邊小店裡的龍蝦三明治，而儘管她當時也吃得很高興，但現在那些蛋黃醬在她胃裡翻騰。她看著前面的路，等著那個作嘔感過去。幸好佛斯特開車冷靜而小心，不會有什麼意想不到的舉動，踩在油門上的腳很穩。她向來欣賞他這種完全可預測的行事作風，但眼前更甚以往，因為她感覺自己動盪不安極了。

等到她覺得好過一點，就開始注意到車窗外的自然美景。她從來沒深入緬因州這麼遠。以往她所去過緬因州最北的地方，是在十歲那年的夏天，他們一家開車到一個叫老果園海灘的小鎮。她還記得木板道和臨時遊樂場，藍色棉花糖和整穗的玉米。她也還記得走進海裡，那海水冷得像是冰柱刺進她骨頭。然而她還是繼續走入更深處，完全就是因為她母親警告她不要。「對你來說太冷了，小珍。」安琪拉喊道。「留在溫暖的沙灘上就好。」然後珍的哥哥和弟弟也附和：「是啊，別下水，小珍；你那兩條醜死人的雞腿會凍得斷掉！」所以她當然下水了，板著臉走過沙灘，來到海水輕拍並起泡的地方，踏入讓她猛吸一口氣的水中。但是這麼多年後，讓她最記得的不是海水的冰冷刺骨；而是她哥哥和弟弟從沙灘上看著她時雙眼中的熱度，那眼神嘲笑著她、激她不敢更深入那冰得令人無法呼吸的海水中。於是她繼續走，水淹到她的大腿、她的腰部，她的肩膀，她毫不猶豫往前，甚至沒有暫停一下預做準備。她只是往前，因為她最害怕的不是痛苦，而是羞辱。

這會兒老果園海灘已經被他們拋在後頭一百六十公里外了，而她從車上看到的景致，一點也不像她童年記憶中的緬因州。在這麼北邊的海岸，沒有木板道或臨時遊樂場。她只看到了樹林和綠色田野，還有偶爾出現的小村落，每一個村子都有一座白色的教堂尖塔。

「每年七月，愛麗絲和我都會走這條路線開車北上。」佛斯特說。

「這裡我沒來過。」

「從來沒有？」他驚訝地看了她一眼，搞得她很煩。那眼神彷彿在說：那你都去哪裡了？

「從來沒有理由跑來啊。」她說。

「愛麗絲的爸媽在小鹿島上有一個營地，我們都住那裡。」

「好笑。我從來沒想到愛麗絲是那種會去露營的人。」

「啊，他們稱那裡是營地。但其實就是一般的房子。有真正的浴室和熱水。」佛斯特大笑。

「如果要愛麗絲在樹林裡小便，她會瘋掉。」

「只有動物才該在樹林裡小便。」

「我喜歡森林。如果可以的話，我願意住在這裡。」

「然後想念大城的各種刺激？」

佛斯特搖搖頭。「我告訴你我不會想念什麼好了。那些壞事。讓你搞不懂人類到底有什麼毛病。」

「你認為在這裡會比較好嗎？」

他沉默了，眼睛看著路，窗外是連續不斷的樹林。

「不會，」最後他終於說。「所以我們才會來這裡。」

她看著車窗外的樹，心想：那個不明兇手也來過。支配者，來搜尋獵物。他可能就曾開車經過這條路，說不定還曾看著外頭同樣的這些樹，或者在那家公路旁的龍蝦小店停下來吃過飯。掠食者不見得都在大城市裡。有的會流連在鄉村小徑，或開車經過一個個小鎮，這類地方的鄰居都很相信他人，門都不鎖。他只是來這裡度假，剛好看到一個無法放棄的機會嗎？掠食者也會度假的。他們就跟其他人一樣，會開車到鄉下玩，會享受大海的氣息。他們是不折不扣的人類。

在外頭，隔著那些樹，她開始看到短暫的海景和花崗岩的海岬，構成了一片崎嶇的景致。要是不曉得那個不明兇手也來過這裡，她會更能欣賞這片風景的。

佛斯特減速，伸長脖子往前看著馬路。「我們錯過那個轉彎了嗎？」

「哪個轉彎？」

「我們應該要右轉，進入蔓越莓嶺路的。」

「我沒看到這條路。」

「開了這麼久，現在應該要碰到那條路才對。」

「我們已經遲到了。」

「我知道，我知道。」

「我們最好打葛曼的呼叫器。跟他說兩個大城裡跑來的笨瓜在樹林裡迷路了。」她打開手機，皺眉看著微弱的訊號。「你想他的呼叫器在這裡能收到嗎？」

「慢著，」佛斯特說，「我想我們走運了。」

就在前頭，一輛掛著緬因州車牌的汽車停在路邊。佛斯特在那車旁停下來，瑞卓利搖下車窗想跟那位駕駛人問路。但她還沒來得及自我介紹，那名開車的男子就往外朝他們喊：「你們是波士頓警局的人嗎？」

「你怎麼知道？」她說。

「麻州車牌。我猜想你們迷路了。我是葛曼警探。」

「我們是瑞卓利和佛斯特，才正想打你的呼叫器，問一下路怎麼走呢。」

「這邊山丘下的手機訊號不太好。收訊死角。你們就跟在我後頭上山吧。」他發動車子。

要不是葛曼帶路，他們真的會完全錯過蔓越莓嶺路。這只是一條穿過樹林的泥土路，唯一的標示就是釘在木柱上的牌子：「二十四號防火道」。他們沿著車轍顛簸前進，這是一條曲折的Z字形上坡路，像是林間隧道般，樹林濃密得完全看不到其他景觀。然後樹林退去，大片陽光突然照下來，他們看到梯田狀的花園，還有一片綠色田野往上綿延，丘頂是一棟佔地廣大的房屋。那景觀讓佛斯特驚訝得減速，兩人都看得目瞪口呆。

「真是沒想到，」佛斯特說。「看到那條破爛的泥土路，我還以為最後會來到一棟小木屋或是拖車屋呢。絕對想不到會是這樣。」

「或許那條破爛泥土路，就是故意要造成這種效果。」瑞卓利說。

「免得不三不四的人跑來？」

「是啊，只不過沒用，不是嗎？」

等到他們跟著前面的車停下，葛曼已經站在車道上，等著跟他們握手。他跟佛斯特一樣穿著西裝，但他的那套很不合身，好像買了西裝後又瘦了很多。他的臉也像是大病過一場似的，蠟黃的皮膚鬆弛。

他遞給瑞卓利一份檔案和錄影帶。「犯罪現場錄影，」他說。「我們也正在準備其他檔案的副本要給你們。其中一些就在我的後行李廂——你們離開的時候可以帶走。」

「艾爾思醫師會把遺體的最終報告給你們一份。」瑞卓利說。

「死因是什麼？」

她搖搖頭。「化成骨骸了。沒辦法確定死因。」

葛曼嘆了口氣，朝那棟房子看。「唔，至少我們現在曉得瑪拉琴的下落了。原先我快被搞瘋了。」他指著那棟房子。「裡頭沒什麼好看的，已經徹底打掃過了。但是既然你們想看，我們就去看吧。」

「現在住在裡頭的是誰？」佛斯特問。

「沒有人。謀殺案之後就空著了。」

「很好的房子啊，空著多可惜。」

「還卡在遺囑認證那一關。但是就算可以賣，也很難賣掉的。」

他們爬上階梯，來到門廊，地上堆積著風吹來的落葉，一盆盆枯萎的天竺葵從屋簷垂掛下來。看起來已經好幾個星期沒人來掃地或澆水了，一種被忽略的氣氛就像蜘蛛網般，籠罩著這棟房子。

「我七月之後就沒來過了，」葛曼說著掏出一個鑰匙圈，找尋正確的那把。「我上星期才銷假上班，現在還沒完全進入狀況。告訴你，肝炎真的會讓你元氣大傷。我還只是得了比較輕微的那種，A型。至少還能保住一條命……」他抬頭看了兩名訪客一眼。「給你們個建議：別在墨西哥吃甲殼類海鮮。」

他終於找到正確的鑰匙，開了門鎖。走進去，瑞卓利聞到了新鮮油漆和地板蠟，還有徹底洗刷、消毒過的氣味。然後又被遺棄，她心想，看著客廳裡罩著床單的家具所形成幽靈般的形狀。白橡木地板像擦亮的玻璃般發出光澤。陽光從落地玻璃窗照進來。這裡，就在山丘頂，他們棲息在幽深濃密的樹林上方，視野往下一路延伸到藍丘灣。一架噴射機在藍色天空刮出一條白線，下方一條船在水面上劃出尾波。她站在窗前一會兒，望著瑪拉琴·魏特生前一定很喜歡的這片景色。

「告訴我們有關這對夫婦的事情吧。」她說。

「你看了我傳真過去的檔案了？」葛曼問。

「看了，可是我還是沒辦法理解他們是什麼樣的人，他們人生的動力是什麼。」

「這種事，我們真有辦法知道嗎？」

她轉身面對葛曼，突然留意到他眼睛有股發黃的色調。下午的陽光似乎更加深了那種病弱的顏色。「從肯尼斯談起吧。全都是他的錢，對吧？」

葛曼點點頭。「他是個混蛋。」

「我在報告上沒看到這點。」

「有些事在報告上不能提的。但這是鎮上大家普遍的看法。你知道，我們這裡有不少像肯尼斯這樣的富家子弟。藍丘現在很熱門，很多波士頓有錢人在這裡置產。他們大部分都相處得還可以。但每隔一陣子，就會出現一個肯尼斯．魏特這種人，到處玩『你知道我是誰嗎？』的遊戲。是啊，沒錯，他們全都知道他是誰。他是個有錢人。」

「他的錢是哪裡來的？」

「祖父母。我想是做船運業的。當然不是肯尼斯自己賺來的錢，但是他喜歡花。在港口裡有一艘很不錯的欣克利遊艇。而且他常常開著一輛紅色法拉利來回波士頓。直到他被吊銷駕照，車子也被扣押為止。酒後駕駛太多次了。」葛曼咕噥著。「我想這大致上就總結了肯尼斯．魏特三世這個人。錢很多，腦子卻不太行。」

「真是糟蹋了。」佛斯特說。

「你有小孩嗎？」

佛斯特搖頭。「還沒有。」

「你想養出一堆沒用的孩子，」葛曼說，「只要留一堆錢給他們就好了。」

「那瑪拉琴呢？」瑞卓利問。他想起佝僂病女士的遺骸放在解剖檯上。彎曲的脛骨和畸形的胸骨，那是窮困童年的骨骼證據。「她不是生來有錢的，對吧？」

葛曼點點頭。「她在西維吉尼亞州一個煤礦小鎮長大。暑假來這裡找了個端盤子的工作。她就是這樣認識肯尼斯的。我想他娶她，是因為只有她肯忍受他那些狗屁倒灶的鳥事。不過聽說他們的婚姻並不幸福。尤其是那個意外發生後。」

「意外？」

「幾年前。肯尼斯開車，又照例喝多了酒。車子撞上一棵樹。他毫髮無傷——真的很幸運，對吧？但是瑪拉琴在醫院住了三個月。」

「她一定就是在那次車禍弄斷大腿骨的。」

「什麼？」

「她的大腿骨有一根鋼釘。還有兩塊脊椎骨動過融合手術。」

葛曼點點頭。「我聽說她跛腳了。真可惜，因為她長得不錯。」

所以醜女跛腳就無所謂了，瑞卓利心想，但是忍著沒說出口。她走到一面有嵌入式櫥櫃的牆壁前，審視著一張他們夫婦穿泳裝的照片。兩人站在沙灘上，藍綠色的海水輕拍著他們的腳踝。女人很矮，簡直像兒童，深棕色的頭髮披肩。現在是屍骸的頭髮了，瑞卓利不禁心想。男人是淺色頭髮，已經開始有點肚腩了，肌肉轉為鬆弛的肥肉。原先可能頗有魅力的臉，被他那個略帶不屑的表情給毀了。

「他們的婚姻不幸福？」瑞卓利問。

「管家是這麼告訴我的。車禍之後，瑪拉琴就不太願意出遠門。肯尼斯最遠只能拖著她去波士頓。但是肯尼斯每年一月都要去加勒比海的聖巴泰勒米，所以就把她留在這裡。」

「一個人？」

葛曼點點頭。「還真是體貼吧？她有個管家幫她跑腿，打掃家裡，帶她去購物，因為瑪拉琴不喜歡開車。在這裡滿寂寞的，但是管家認為，肯尼斯不在的時候，瑪拉琴其實似乎比較快樂。」葛曼暫停一下。「我得承認，我們發現肯尼斯之後，曾經閃過一個念頭，認為有可能……」

「是瑪拉琴殺了他。」瑞卓利說。

「這通常是第一個考慮的。」他從口袋掏出手怕，擦了一下臉。「你們覺得這裡會熱嗎？」

「是很暖沒錯。」

「我現在不太耐熱，身體還是沒完全恢復。這就是我在墨西哥吃蛤蜊的代價。」

◆

他們走過客廳，經過那些罩著床單的家具所形成的鬼魅形狀，以及一座巨大的石砌壁爐，爐床旁還整齊堆著劈好的柴火，用來在緬因州的寒夜燃起火焰。葛曼帶著他們來到客廳裡一個區域，地板上沒鋪地毯，牆壁是空蕩的白，沒有裝飾。瑞卓利瞪著剛漆上的白漆，頸後的寒毛紛紛豎了起來。她低頭，看到這裡的橡木地板顏色比較淡，打磨過且重新上了亮光漆。然而血是沒有那麼容易擦去痕跡的，只要讓室內變暗，噴上光敏靈，地板就還是會顯露出血，它的化學痕跡在木板的裂縫和紋理中嵌得太深，因而無法完全抹去了。

「當時肯尼斯就靠坐在這裡，」葛曼說，指著剛漆過的那面牆。「雙腿往前伸，手臂縛在後頭。手腕和腳踝都用防水膠帶綁住了。脖子被割了一刀，是藍波刀那類的刀子。」

「沒有其他傷口嗎？」瑞卓利問。

「只有脖子。像是處決。」

「有電擊槍的痕跡嗎？」

葛曼頓了一下。「你知道，他死了大約兩天後，管家才發現。溫暖的兩天。當時皮膚看起來已經不太好了，更別說聞起來不太好。電擊槍的痕跡很容易就會漏掉了。」

「你們用多波域光源檢查過這塊地板嗎？」

「當時這裡幾乎滿地是血，我不確定用特殊燈光會照出什麼。但反正犯罪現場的錄影帶裡頭全都錄下了。」他看了客廳裡一圈，看到電視機和錄放影機。「我們就看一下錄影帶吧？裡頭應該可以回答你大部分的問題。」

瑞卓利走到電視機前，按下電源鍵，把錄影帶塞進去。電視上亮起家庭購物頻道，正在介紹一條鋯石墜子的項鍊，只要九十九・九五美元，鋯石的每個切面在一名天鵝頸的模特兒脖子上閃閃發亮。

「這些玩意兒我完全沒轍，」瑞卓利拿著兩個遙控器手忙腳亂。「我連我家的都不太會用了。」她看了佛斯特一眼。

「嘿，別問我。」

葛曼嘆了口氣，接過遙控器。那個戴著鋯石項鍊的模特兒忽然消失了，取而代之的是魏特家車道上的畫面。風聲嘶嘶吹著麥克風，扭曲了攝影者的聲音。那攝影者說出自己是帕迪警探，又說了時間、日期、地點。那是六月二日下午五點，這一天狂風大作，吹得樹木搖晃。帕迪把攝影機轉向屋子，開始走上台階。電視上的畫面隨之跳動。瑞卓利看到花盆裡盛開的天竺葵，同樣那些天竺葵現在已經因為無人照看而枯死了。然後一個聲音傳來，喊著帕迪，螢幕空白了幾分鐘。

「當時前門沒鎖，」葛曼說。「管家說這很平常。住這裡的人常常不鎖門的。她理所當然認為有人在家，因為瑪拉琴從來不出門。她先敲門，但沒有人應。」

螢幕上忽然出現一個新的畫面，攝影機經過打開的門，直接進入客廳。那個管家開門後，一定就是看到這一幕，惡臭和驚駭撲面而來。

「她朝屋裡或許走了一步，」葛曼說。「看到肯尼斯靠坐在遠端那面牆邊。還有滿地的血。她不太記得還看到別的什麼，只想趕緊離開這屋子。然後她跳上自己的車，用力踩油門，輪胎都在碎石子車道上挖出軌跡了。」

攝影機進入客廳，轉動著拍過家具，接近主要事件：肯尼斯·魏特三世，只穿著一件四角內褲，頭垂在胸前。五官因為早期分解而腫脹。充滿氣體的腹部鼓起，臉也腫得根本不像人類了；但瑞卓利注意到的不是他的臉，而是放在他大腿上那個精緻得不協調的物件。

「我們不曉得那個是怎麼回事，」葛曼說。「我覺得像是某種象徵性的手工藝品。我是這樣歸類的。用來嘲笑被害人。『看看我，全身被綁起來，大腿上放著這個蠢茶杯。』正好就是妻子可能會對丈夫做的，顯示出她有多麼鄙視他。」他嘆了口氣。「不過當時我以為可能是瑪拉琴幹的。」

攝影機從屍體身上轉開，這會兒沿著走廊往前。把兇手的腳步倒推回去，朝著肯尼斯和瑪拉琴睡覺的臥室走去。那畫面搖晃得像是在一艘船上透過舷窗看到的暈船景象。攝影機在每一道門口暫停，匆匆拍一下裡頭。首先是浴室，然後是客房。畫面繼續往前走，瑞卓利的脈搏加快。她不知不覺地走近電視機，好像沿著那道長廊往前走的人是她，而不是帕迪。

螢幕上忽然出現了主臥室的畫面。窗子上頭垂著綠色的織錦緞窗簾，一座梳妝台和衣櫃，全都漆成白色，還有一扇壁櫥門。一張四柱床，被子往後拉開，幾乎完全扯下床。

「他們在睡夢中被偷襲，」葛曼說。「肯尼斯的胃裡幾乎沒有食物。他被殺害的時候，已經至少八個小時沒進食了。」

瑞卓利湊得離電視更近，雙眼迅速掃視著螢幕。現在派迪又轉身回到走廊。

「倒帶。」她對葛曼說。

「為什麼？」

「倒回去就是了。回到一開始拍臥室的地方。」

葛曼把遙控器交給她。「你自己來吧。」

她按了倒退鍵，錄影帶往後退。帕迪退回走廊，正走向主臥室。再一次，畫面掃過右邊，緩緩搖過梳妝台、衣櫃、壁櫥門，然後對著床。佛斯特現在也站在她旁邊，尋找著同一樣東西。

她按了暫停鍵。「不在那裡。」

「什麼東西？」葛曼問。

「摺疊好的睡袍。」她轉向他。「你們沒發現嗎？」

「我根本不曉得我們應該要找這個。」

「那是支配者的特有手法之一。她會把女人的睡袍摺疊起來，放在臥室裡，當成一種他控制場面的象徵。」

「如果兇手是他的話，他在這裡沒搞這個。」

「這個案子的其他一切都跟他吻合。防水膠帶、大腿上的茶杯，還有男性被害人的姿勢。」

「錄影帶上你們看到的，就是當初我們發現的狀況。」

「你確定拍攝的時候，沒有動過任何東西？」

這個問題並不得體，葛曼整個人僵住了。「唔，我猜想第一個趕到現場的警察走進來，總是有可能會決定把東西亂動，只是為了讓我們偵辦起來更有趣。」

向來比較圓融的佛斯特趕緊介入，撫平瑞卓利一貫的直率言辭所留下的傷痕。「這個兇手也不可能帶著清單，一概照著做。看起來，這回他稍微改變了一些。」

「如果是同一個兇手的話。」葛曼說。

瑞卓利從電視機前轉身，再度看著肯尼斯曾靠在上頭死去、且緩緩膨脹的那面牆。她想著葉格夫婦和甘特夫婦，想著防水膠帶和睡著的被害人，想著把這兩個案子緊緊聯繫在一起的種種細節。

但是在這裡，在這棟房子，支配者少掉一個步驟。他沒把睡袍摺疊起來。因為他和荷伊當時還沒合作。

她想起在葉格家房子裡的那個下午，她的目光直瞪著蓋兒．葉格的睡袍，然後想起那種寒意徹骨的熟悉感。

外科醫生和支配者是從葉格夫婦那個案子開始結盟的。就在那一天，他們用一件摺疊好的睡袍，引誘我加入遊戲。即使在監獄裡，沃倫．荷伊也還是有辦法送出一張名片給我。

她看著葛曼，這會兒他坐在一張罩了被單的椅子上，又在擦臉上的汗。這次會面已經把他累壞了，他就在他們的眼前逐漸衰弱下來。

「你們從來沒找到任何嫌犯嗎？」她問。

「沒有一個是我們有把握的。而且我們總共找過四、五百個人訪談。」

「據你所知，魏特夫婦認識葉格夫婦或甘特夫婦嗎？」

「在偵辦的時候，這兩個姓氏從來沒出現過。聽我說，你們這一兩天就會拿到所有檔案的副本，到時候可以再重新核對一下我們的所有資料。」葛曼摺起他的手帕，放回西裝外套口袋裡。「你們可能也該去跟聯邦調查局那邊問一下，」他又說。「看他們有沒有什麼要補充的。」

瑞卓利愣了一下。「聯邦調查局？」

「當初我們交了一份報告給暴力犯罪逮捕計畫那個資料庫。接著一個聯邦調查局行為科學組的人就跑來。花了幾個星期旁觀我們的調查，然後就回華府去了。從此再也沒有他的消息。」

瑞卓利和佛斯特看著彼此。她看到他眼中的驚訝，就跟她一樣。

葛曼緩緩從椅子上起身，掏出鑰匙圈，暗示他想結束這次會面了。直到他走向前門，瑞卓利才終於有辦法開口問那個很明顯的問題。即便她不想聽到答案。

「那個趕來這裡的聯邦調查局探員，」她說，「你還記得他的名字嗎？」

葛曼在門口暫停，衣服鬆垮垮掛在枯瘦的骨架上。「記得。他的名字是嘉柏瑞．狄恩。」

21

她從下午一路開到晚上，雙眼看著黑暗的高速公路，心裡則想著嘉柏瑞．狄恩。佛斯特在她旁邊睡著了，只剩她一個人，還有她的思緒，她的憤怒。狄恩還瞞著她什麼？她很好奇。他冷眼旁觀她吃力地尋找答案時，還暗藏著什麼資訊沒說？從一開始，他就領先她好幾步。第一個趕到墓園、發現那個死去的保全警衛。第一個看到可麗娜．甘特的屍體放在墳墓上。在蓋兒．葉格驗屍時第一個建議做溼抹片。早在他們所有人之前，他就已經曉得會驗出活的精子。因為他以前碰到過支配者。

但狄恩沒料到的是，支配者會找一個搭檔。狄恩就是在那時跑來我家。那是他第一次對我產生興趣。因為我擁有一些他想要的，一些他需要的。我是他進入沃倫．荷伊心靈的嚮導。

她旁邊的佛斯特在睡夢中發出一個響亮的鼾聲。她看了他一眼，發現他鬆開嘴，一副毫無防備的純真。他們合作搭檔這麼久，她從沒看過巴瑞．佛斯特黑暗的一面，一次都沒有。但狄恩的欺瞞徹底撼動了她，於是現在，她看著佛斯特，納悶著他會不會也瞞著她什麼。會不會連他也有什麼殘忍之處，只是一直沒讓人發現。

她終於走進自己那戶公寓時，已經快九點了。一如往常，她花時間把門上的鎖一一鎖上。但這回她拴上門鏈、轉動滑塊鎖時，控制她的不是恐懼，而是憤怒。她把最後一個鎖給狠狠鎖上，接著直接走到浴室，完全沒停下來執行她平常檢查櫥櫃、看看每個房間的儀式。狄恩的背叛暫時驅走了所有關於沃倫．荷伊的思緒。她解開槍套，把手槍放進床頭桌的抽屜裡，砰地把抽屜給關上。然後她轉身看著梳妝台鏡子裡的自己，覺得很受不了。一頭有如蛇髮女妖的亂髮，受傷的眼神。

這個女人讓一個男人的吸引力遮瞎了眼睛，竟然看不見最明顯的事實。

電話鈴響聲嚇了她一跳。她低頭看著來電顯示屏幕：華盛頓特區。

電話鈴響了兩三聲，同時她設法控制住自己的情緒。等到她終於接起，只是冷冷地朝話筒說：「我是瑞卓利。」

「我聽說你想聯絡我。」狄恩說。

她閉上眼睛。「你在華府。」她說。儘管她試著不讓自己的聲音露出敵意，但這句話講出來還是一副指控的口吻。

「我昨天晚上被召回。很抱歉我離開前沒機會跟你談。」

「那如果有機會的話，你會說什麼？要不要換個口味，告訴我真相？」

「你一定要了解，這是一個高度敏感的案子。」

「這就是為什麼，你從沒告訴我有關瑪拉琴．魏特的事情？」

「對你那部分的調查來說，那不是立即必要的。」

「你憑哪一點決定？啊，慢著！我都忘了。你是操他媽的聯邦調查局。」

「珍，」他平靜地說，「我希望你來華府。」

她愣了一下，被對話中這個突然的轉折嚇了一跳。「為什麼？」

「因為這件事我們沒辦法在電話裡談。」

「你希望我在不知道原因的狀況下，就跳上飛機飛過去？」

「要不是覺得有必要，我也不會要求你的。我已經透過警察局長辦公室，取得馬凱特副隊長的許可了。稍後會有人打電話過去給你，幫你把出差的事項安排好。」

「慢著。我不明白——」

「等你到了這邊，就會明白了。」然後電話掛斷了。

她緩緩放回聽筒。站在那裡瞪著電話，不敢相信自己剛剛聽到的。等到電話鈴聲再度響起，她立刻接起來。

「珍・瑞卓利警探嗎？」一個女人的聲音說。

「我就是。」

「我打來是要跟你安排明天到華府的事項。我可以幫你訂全美航空，六五二一號班機，中午十二點整離開波士頓，下午一點三十六分抵達華府，這樣可以嗎？」

「稍等我一下。」瑞卓利抓起一支筆和一本記事本，開始記下班機的資訊。「聽起來沒問題。」

「然後星期四返回波士頓，有一班全美航空六四〇六班機，上午九點三十分離開華府，十點五十三分抵達波士頓。」

「我要在那邊過夜？」

「狄恩探員是這樣要求的。我們幫你訂了水門飯店，除非你想住其他旅館。」

「不，呃，水門就好了。」

「明天上午十點，會有一輛禮車去你的公寓接你到機場。另外你到達華府機場後，會有另一輛車去接你。麻煩把你的傳真號碼給我好嗎？」

過了一會兒，瑞卓利的傳真機開始印出資料。她坐在床邊，瞪著那整齊打字的行程表，被一連串事件發展的迅速程度搞得不知所措。那一刻，她最渴望的就是和湯瑪士．摩爾談談，尋求他的建議。她伸手拿了電話，然後又緩緩放下。狄恩的警告完全嚇壞她了，她再也不相信自己的電話線是安全的。

她忽然想到，自己還沒有執行每天晚上檢查公寓內部的例行公事。這會兒她覺得非得去確認一切都很安全才行。於是她取出床頭桌抽屜的手槍。然後，如同過去一年她每天晚上都會做的，她逐一檢查每個房間，搜尋惡魔。

◆

親愛的歐唐娜醫師，

在上次的來信中，你問我是從什麼時候開始，知道自己跟其他人不同。坦白說，我不確定我跟其他人不同。我覺得自己只是比較誠實、比較自覺罷了。我更能意識到那種對著我們所有人低語的原始衝動。我很確定你也聽到過這類低語，那些禁忌的影像一定也偶爾像閃電般閃過你的腦海，儘管只有短暫片刻，卻照亮了你黑暗潛意識中的血腥風景。或者你走過樹林時，會看到一隻鮮豔的珍奇鳥類，在更高的道德感壓垮你之前，你的第一個衝動就是出獵，將牠殺死。

那是我們的DNA裡先天的本能。我們全都是獵人，在大自然血腥的熔爐裡經過幾千萬年的淬鍊。在這一點上頭，我跟你或其他任何人沒有不同。我覺得很好笑的是，過去這十二個月來，我所碰到過那麼多心理學家和精神病學家都想了解我，刺探我的童年，彷彿我的人生過往中曾有那麼一刻，有那麼一個事件，把我變成今天這樣。恐怕我讓他們全都失望了，因為並沒有這樣一個明確的時刻。於是我會把他們的問題轉向，問他們為什麼認為自己有任何不同？他們心中當然都會有一些令他們羞愧、驚駭、無法抑制的畫面吧？

看到他們否認，我心裡覺得好笑。他們跟我撒謊，也跟自己撒謊，但我看得出他們眼中的那種不確定。我喜歡把他們逼到邊緣，迫使他們看著斷崖下頭，注視著他們幻想的黑暗深淵。

他們和我唯一的差別，就是我面對自己的幻想，既不覺得羞愧，也不覺得驚駭。

但是我被歸為有病的人。我是需要被分析的人。所以我把他們他們暗自想聽到的事情全都告訴他們，心知這些事會讓他們著迷。在他們訪談的大約一個小時裡，我滿足他們的好奇心，因為那是他們來見我的真正原因。沒有其他人能像我這樣激起他們的幻想。沒有其他人能帶領他們到如此禁忌的領域。即使在他們試著替我做側寫的時候，其實我正在替他們做側寫，衡量他們對血的慾望。當我講話的時候，我觀察他們的臉，尋找興奮的跡象。擴張的瞳孔，伸長的脖子，發紅的臉頰，屏住的呼吸。

我告訴他們我去聖吉米納諾的事情，那是位於義大利托斯卡尼起伏丘陵間的一個小鎮。當時我漫步在紀念品店和戶外咖啡店之間，碰到一家完全以酷刑為主題的博物館。沒錯，你知道，正合我的胃口。裡頭很暗，微弱的光線刻意重現出中世紀地牢的氣氛。那種幽暗也掩蓋了遊客們的表情，免得暴露出他們有多麼渴望地看著那些展覽。

其中有一個展覽品特別吸引每個人的注意：那是源自威尼斯的器具，最早可以追溯到十七世紀，用來懲罰那些被查到與撒旦通姦的女人。這個鐵製裝置打造成梨子的形狀，懲罰時就塞進那些不幸女人的陰道。隨著一個螺絲不斷旋緊，那個梨子就會擴張，直到最後陰道被撐破為止。這個陰道梨只是眾多古老的酷刑工具之一，其他還有很多設計來毀傷乳房和外生殖器的器具，全都是以神聖教會為藉口，因為這個教會無法容忍女人的生殖力量。我向那些來拜訪的醫學專家描述這些裝置時，完全是一副務實的平靜態度，他們大部分人都沒去過這樣的博物館，也當然羞於承認他們想去看。但即使我告訴他們有關那個四爪乳房鉗和殘缺的貞操帶時，我都看著他們的眼睛，尋找表面的嫌惡和驚駭之下，所隱藏那種興奮與激動的暗流。

啊沒錯，他們都想聽細節。

飛機降落時，瑞卓利闔起那個裝著沃倫・荷伊信件的檔案夾，看著窗外。她看到灰色的天空有沉重的雨雲，又看到站在飛機跑道上那些工作人員的臉上有汗水發亮。外頭一定溼熱得像是做蒸氣浴，但她歡迎這種熱氣，因為荷伊信上的那些字句令她寒意徹骨。

到飯店的禮車上，她望著深色玻璃車窗外的這個城市。她以前只來過華府兩次，上一次是去聯邦調查局的胡佛大樓，參加一個跨機關執法人員的系列會議。那回她是晚上到，還記得自己望著那些被泛光燈照得發亮的紀念碑，驚嘆不已。她也記得那個星期參加了好多派對，跟那些男人拚酒量，比賽講爛笑話。酒精、荷爾蒙和陌生城市全都加在一起，最後她就跟一個也來參加會議的普羅維登斯警察（當然，已婚的）上了床。這就是華府對她的意義：後悔與骯髒床單的城市。這個城市讓她曉得自己也會受到老套的誘惑，不能免疫。也讓她明白，儘管她以為自己跟任何男人都是平等的，但是等到一夜激情過後，感覺受傷的只有她。

在水門飯店的登記櫃檯前排隊時，她打量著排她前面那位時髦的金髮女郎。髮型完美，紅色超高跟鞋，看起來就是屬於水門飯店的那種人。瑞卓利痛苦地意識到自己磨損且土氣的藍色低跟鞋。女警的鞋子，是要讓人走路的，而且是走很多路。不需要找藉口，她心想。這就是我；我就是這樣的人。從小在波士頓郊區的里維爾長大，現在以追獵惡魔為生。高跟鞋不是獵人穿的。

「我可以效勞嗎？」一個職員對著她高聲說。

瑞卓利拉著她的行李箱來到櫃檯前。「我應該有預訂。瑞卓利。」

「是的，這裡登記了你的名字。另外還有一位狄恩先生的留話要給你。說你們的會議排在三點三十分。」

「會議？」

他的目光從電腦螢幕上抬起。「你不曉得這事情？」

「我想我現在知道了。有地址嗎？」

「沒有。但是下午三點會有一輛車過來接你。」他滿臉微笑，把一張鑰匙卡遞給她。「看起來有人幫你全都安排好了。」

◆

烏雲抹黑天空，大雷雨即將來襲的預感讓她手臂上起了雞皮疙瘩。她就站在飯店大廳外，在潮溼的空氣中猛冒汗，等著禮車來接她。但結果開到門口的頂篷下、停在她面前的，是一輛深藍色的 Volvo 車。

她從乘客座旁的車窗望進去，發現開車的是嘉柏瑞·狄恩。

車鎖喀啦一聲解開，她開門坐進去。她沒想到這麼快就會面對他，覺得自己毫無準備。可恨的是，他看起來這麼冷靜又泰然自若，而她自己還因為上午的旅程而處於茫然中。

「歡迎來到華府，珍，」他說。「一路上還好嗎？」

「很順利。我已經慢慢喜歡上搭禮車了。」

「旅館房間呢？」

「比我以前住過的那些好太多了。」

他唇邊浮起一個隱約的微笑，同時把注意力轉向開車。「所以對你來說，跑這麼一趟，也不完全是苦刑了。」

「我有說過是苦刑嗎？」

「你看起來不是很高興來到這裡。」

「如果知道自己來的原因，我就會高興得多。」

「到那邊以後，你就會知道了。」

她看著車窗外經過的路名，這才發現他們正在朝西北方行駛，跟聯邦調查局的總部是反方向。「我們不是要去胡佛大樓？」

「不。我們要去喬治城。他想在他的房子裡見你。」

「誰？」

「康威參議員。」狄恩看了她一眼。「你沒帶槍吧？」

「我的槍還放在行李箱裡。」

「很好。康威參議員不准任何槍枝進入他的房子。」

「為了安全嗎？」

「為了安心。他在越南服役過。他不需要再看到槍了。」

第一波雨水開始落在擋風玻璃上。

她嘆了口氣。「我真希望我能說同樣的話。」

◆

康威參議員的書房裡有許多深色木頭和皮革——男人的房間，有許多男人收藏的各種工藝品，瑞卓利心想，注意到牆上掛的一批日本刀劍。這批收藏的銀髮主人以溫暖的握手和輕柔的聲音迎接他們，但他炭黑色眼珠銳利得像雷射光，而且她感覺他毫不隱瞞地打量著她。她忍受著他的仔細審視，因為她明白，要等到他看得滿意了，一切才能繼續進行下去。而他看到的，就是一個坦然回瞪著他的女人。這個女人不在乎政治的微妙，但是非常在乎真相。

「請坐吧，警探，」他說。「我知道你才剛從波士頓飛過來，大概還需要一點時間恢復。」

一名秘書端著托盤進來，上頭放了咖啡和瓷杯。瑞卓利按捺住自己的不耐，看著秘書倒咖啡，遞鮮奶油和糖。最後那個秘書終於離開書房，同時把房門帶上。

康威一口都沒喝，就放下他的杯子。其實他不想喝咖啡，而現在免去了一切客套，他把全副注意力放在瑞卓利身上。「很高興你能趕來這裡。」

「其實好像由不得我決定。」

她的坦率讓他露出微笑。雖然康威遵守所有的社交禮儀，跟她握手，殷勤款待，但她猜想，他其實就像大部分土生土長的新英格蘭人，很欣賞有話直說，跟她一樣。「那麼我們就直接進入正題了？」

她也放下自己的咖啡杯。「我贊成。」

於是狄恩站起來，走向書桌。他拿著一個鼓脹的手風琴式檔案夾回來，從裡頭抽出一張照片，放在她面前的茶几上。

「一九九九年，六月二十五日。」他說。

她看著照片，裡頭是一個蓄著絡腮鬍的男子，靠牆垮坐著，腦袋後方刷了石灰水的牆壁上有一片噴濺的血跡。他穿著深色長褲和一件白色舊襯衫，光著腳，大腿上放著一套瓷杯碟。

她一時沒法搞懂這張照片，還在暈頭轉向，狄恩就又在旁邊放了第二張照片。「一九九九年，七月十五日。」

照片裡的被害人也是一名男子，這個鬍子刮得很乾淨。死時又是靠坐在一片血跡噴濺的牆前面。

狄恩放下第三張照片，又是另一名男子。但這個人全身腫脹，腹部因為分解所排出的氣體而繃得鼓鼓的。「九月十二日，」他說。「同樣是一九九九年。」

她坐在那裡，震驚地看著這批死人的展示，整整齊齊排列在櫻木茶几上。這些恐怖的照片放在那些精緻的咖啡杯和茶匙之間，感覺好不協調。狄恩和康威一直沉默地等著，她一一拿起那些照片，逼自己留意每張照片中的細節，想找出其中的獨一無二之處。但三張照片都只是同樣主題的不同變奏，而那個主題她已經在葉格家和甘特家見過了。照片中的男人是沉默的觀眾，他們被征服了，而且被迫要看著那難以啟齒的一幕。

「那女人呢？」她問。「一定還有女人才對。」

狄恩點點頭。「只有一個被指認出來，就是三號照片裡的太太。這張照片拍攝後大約一個星期，她被發現半埋在樹林中。」

「死因呢？」

「勒死。」

「死後被性侵？」

「她的遺體上採到了新鮮的精子。」

瑞卓利深吸一口氣。輕聲問：「另外兩個女人呢？」

「由於屍體已經在分解晚期，無法確認她們的身分。」

「但是你們找到遺體了？」

「是的。」

「為什麼沒辦法確認她們的身分？」

「因為找到的屍體不止兩具。而是多出很多很多。」

她抬頭看，對上了狄恩的雙眼。他從頭到尾一直在觀察她、等待她震驚的反應嗎？為了回答她沒問出口的問題，他把三個檔案遞給她。

她打開第一個檔案夾，發現是其中一個男性被害人的驗屍報告。她想都沒想，就習慣性翻到最後一頁，去看結論：

死因：單一刀傷所造成的大量出血，刀傷完全切斷左頸動脈與左頸靜脈。

支配者，她心想。是他殺的。

她把翻起的紙頁放下，回到第一頁。然後忽然間，她瞪大了眼睛，看著她匆忙去閱讀結論時所忽略的一個細節。

那是第二段：驗屍執行時間：一九九九年七月十六日，二十二點十五分。執行地點：科索沃，賈科維察的移動式設備上。

她又去看接下來兩個病理學檔案，立刻看到了驗屍地點。

科索沃，佩奇。

科索沃，賈科維察。

「驗屍是在現場做的，」狄恩說。「有時是在很簡陋的環境下執行。帳篷和提燈。沒有自來水。而且有很多遺體要處理，多到我們都忙不過來了。」

「這些是戰爭罪的調查。」她說。

他點點頭。「那是一九九九年，我跟著聯邦調查局派出的第一個團隊過去。要求我們去的是『前南斯拉夫問題國際刑事法庭』、簡稱『前南刑庭』，調查局派出我們總共六十五個人，去執行這次任務。我們的工作，就是去歷史上最大的犯罪現場之一，在那邊找出證據，並予以保存。我們從各個屠殺地點蒐集彈道證據。我們發掘出一百多名阿爾巴尼亞人的屍體，做了驗屍。另外可能還有幾百具我們沒找到的屍體。而且我們在那裡的那段期間，殺人案還一直在繼續發生。」

「為了報仇，」康威說。「以那場戰爭的背景來說，完全可以預料得到。或者其實任何戰爭都是如此。狄恩探員和我都曾在海軍陸戰隊服役。我打了越戰，狄恩探員則是參加了沙漠風暴。我們都看過一些事情，是我們沒有勇氣說出口的，而且會讓你質疑我們人類憑什麼自認比禽獸高明。在科索沃戰爭期間，塞爾維亞人殺害阿爾巴尼亞人，戰爭結束後，則是阿爾巴尼亞人的科索沃解放軍殺害塞爾維亞平民。雙方的手上都沾了很多血。」

「一開始，我們認為這些兇殺案就是如此。」狄恩說，指著茶几上的那些犯罪現場照片。

「戰後為了報仇而殺人。我們的任務不是要去處理發生中的違法事件。我們是應國際法庭的請求，專門去蒐集戰爭罪的證據。不是要去處理這些的。」

「但是你還是處理了，」瑞卓利說，看著那些驗屍報告的紙張上方，印著聯邦調查局專用信紙的徽記。「為什麼？」

「因為我看得出這些案子的本質，」狄恩說。「這些謀殺案不是基於種族因素。三個男人裡頭，兩個是阿爾巴尼亞人，一個是塞爾維亞人。但他們都有共同點。他們都娶了年輕的妻子。很有吸引力的妻子，從他們家被擄走。到了第三次攻擊，我知道了這個兇手的特有手法。我知道我們在處理的是什麼。但這些案子依法屬於當地司法系統管轄，不是前南刑庭。於是我們就把案子交給當地的警方。」

「那他們做了什麼？」她問。

「簡單說，什麼都沒做。沒有逮捕任何人，因為根本沒找出任何嫌疑犯。」

「當然了，他們展開了調查，」康威說。「但是想想當時那樣的狀況，警探。幾千名因戰爭而死去的人，埋在超過一百五十個大型墳墓中。外國和平部隊努力要維持秩序。武裝的亡命之徒流竄到被炸毀的村莊裡，只想找理由殺人。至於一般老百姓，他們還懷有舊日的仇恨。那裡就像是一百年前美國的荒野西部，為了毒品或家族世仇或個人恩怨，隨時都會爆發槍戰。而且事後，命案幾乎都會歸咎到種族緊張情勢。你要怎麼分辨不同的謀殺案是什麼性質？有太多謀殺案了。」

「對一個連續殺人兇手而言，」狄恩說，「那裡是人間天堂。」

22

瑞卓利看著狄恩。聽到他曾在軍中服役，她並不驚訝。她早就從他的舉止、他自信的神態看出來了。他了解戰區，也熟悉軍事征服者慣常有的行為：羞辱敵人，奪取戰利品。

「我們的不明兇手當時在科索沃。」她說。

「在那種地方，他是如魚得水。」康威說。「因為暴力死亡已經是司空見慣了。一個兇手可以走進這樣一個地方，犯下殘暴行為，然後又離開，不會有人發現有什麼不對勁。我們不會知道有多少謀殺案被當成戰爭造成的死亡。」

「所以這個兇手，可能是最近移民到美國來的，」瑞卓利說，「來自科索沃的難民。」

「有這個可能。」狄恩說。

「而且你一直知道。」

「沒錯。」他毫不猶豫地說。

「你隱瞞了關鍵資訊。你就坐在那邊，旁觀我們這些笨警察在那邊兜圈子。」

「我讓你們得出自己的結論。」

「是喔，但是卻不曉得全部的事實。」她指著那些照片。「要是早知道這些，一切可能就完全不同了。」

狄恩和康威看著彼此。然後康威說：「恐怕有一些事情，我們還沒告訴你。」

「還有？」

狄恩從那個手風琴檔案夾裡拿出另一張犯罪現場照片。儘管瑞卓利自認已經準備好了，但是第四張照片帶來的，卻是震撼她肺腑的力量。她看到一個淺色頭髮的青年，唇上蓄著小鬍子。他非常瘦，胸部的肋骨根根分明，瘦弱的肩膀像兩個節瘤往前突出。他可以清楚看到這男人死時的表情，臉上的肌肉凍結成一個驚駭的齜牙怪笑。

「這個被害人是在去年十月二十九日被發現的，」狄恩說。「他太太的屍體始終沒找到。」

她吞嚥著，目光從被害人臉上轉開。「又是在科索沃？」

「不，在北卡羅萊納州的費耶特維爾。」

她吃驚地盯著他看，同時怒氣湧上臉。「你還有多少沒告訴我的？到底還有多少命案？」

「我們知道的就是這些了。」

「意思是，可能還有更多？」

「有可能。但是我們沒辦法取得這些資訊。」

她不相信地看了他一眼。「聯邦調查局居然沒辦法？」

「狄恩探員的意思是，」康恩接著說，「有些案子可能不在我們的司法管轄範圍內。有些國家缺乏可取得的犯罪資料庫。有些地區碰到政治動盪。我們的不明兇手正就是會被吸引到這種地方，覺得像是回到家一樣。」

一個可以在各大洲自由來去的兇手。他的獵場沒有國界。她思索著自己對支配者所知道的種種。他可以迅速制伏被害人。他渴望接觸死人。他使用藍波刀之類的刀子。還有降落傘布料——

淺褐綠的。他感覺在場兩個男人都在觀察她，看她怎麼消化康威剛剛講的那些話。他們在測試她，等著看她能不能符合他們的期望。

她看著茶几上的最後一張照片。「你剛剛說，這個攻擊是發生在費耶特維爾。」

「是的。」狄恩說。

「那一帶有個軍事基地。對不對？」

「布瑞格堡。在費耶特維爾西北邊大約十六公里。」

「基地裡有多少駐軍？」

「大約四萬一千名現役軍人。那裡是第十八空降軍、第八十二空降師、陸軍特種作戰司令部的總部。」狄恩的回答毫不猶豫，顯示他認為這個資訊是有意義的，已經準備好要說出來。

「這就是為什麼你一直瞞著我，對吧？我們要找的這個兇手有戰鬥技巧，是個職業軍人。」

「我們原先也一直摸不著頭緒，就跟你一樣。」狄恩傾身向前，他的臉離她好近，近得她唯一能看清的就是他。康威和房裡的其他一切，都從視野中逐漸退去。「我當初看到費耶特維爾警方交給『暴力犯罪逮捕計畫報告』資料庫的檔案，還以為又看到科索沃了。兇手就等於簽下自己的名，那個犯罪現場太獨特了。男性被害人身體的姿勢。致命傷所使用的刀子類型。放在被害人大腿上的瓷杯或玻璃杯。妻子被綁架。我立刻飛去費耶特維爾，花了兩個星期協助當地警方調查。但是從來沒有找到任何嫌疑犯。」

「為什麼你之前不告訴我這個案子？」她問。

「因為我們這個不明兇手的可能身分。」

「我才不管他是不是四星上將。我有權知道這個費耶特維爾的案子。」

「如果這個案子對於你確認一個波士頓的嫌犯是很關鍵的，我就會告訴你了。」

「你剛剛說，常駐在布瑞格堡的現役軍人有四萬一千名。」

「是的。」

「其中有多少人曾經派駐到科索沃？我想你問過這個問題了。」

狄恩點點頭。「我跟國防部要過一份名單，列出在科索沃服役紀錄正巧符合那些謀殺案地點和時間的軍人。支配者沒在那份名單上。其中只有少數幾個現在駐紮在新英格蘭地區，但符合後來幾個案子發展的，一個也沒有。」

「這一點我應該信任你嗎？」

「是的。」

她笑出聲。「那真是盲目的信任啊。」

「現在我們都是盲目的信任，珍。我在賭我可以信任你。」

「信任我什麼？到目前為止，你還沒告訴我任何真正的祕密。」

接下來的沉默中，狄恩看了康威一眼，而康威則幾乎無法察覺地點了個頭。隨著兩人無言的交換意見，他們同意要把這個拼圖最關鍵的一塊遞給她。

康威說：「警探，你聽過『綿羊藥浴』嗎？」

「我想這個詞，跟真正的綿羊毫無關係吧？」

他微笑。「是的，的確沒錯。這是軍事用詞，指的是中央情報局偶爾會向軍方借用特種部隊的軍人，去執行某些任務。尼加拉瓜和阿富汗都發生過，因為當時中央情報局自己的特別行動組需要額外的人力。在尼加拉瓜，海軍的海豹部隊就進行綿羊藥浴，在當地港口佈下水雷。在阿富汗，陸軍的綠扁帽部隊也進行綿羊藥浴，去訓練當地的伊斯蘭武裝聖戰士。在幫中央情報局工作的期間，這些軍人基本上就變成了中情局的專案人員，脫離國防部的管轄。這些軍人的行動，都不會留下紀錄。」

瑞卓利看著狄恩。「所以國防部給你的那份名單，列出了曾在科索沃服役的費耶特維爾軍人名字——」

「那份名單並不完整。」他說。

「多不完整？有多少名字沒列入？」

「我不知道。」

「你問過中情局嗎？」

「問過，踢到鐵板了。」

「他們不肯告訴你名字？」

「他們不必，」康威說。「如果這個不明兇手曾參與海外的祕密行動，這件事就永遠不會被承認。」

「即使這個軍人現在開始在國內殺人？」

「就是因為他在國內殺人，才更不能承認。」狄恩說。「那會是一個公關大災難。要是他決定出庭作證呢？他可能會透露什麼樣的敏感資訊給媒體？你以為中情局希望我們知道他們的人在國內大開殺戒，屠殺一堆守法的老百姓？性侵女人的屍體？這種事一定會登上報紙頭版的。」

「那麼中情局是怎麼告訴你的？」

「說他們沒有任何跟費耶特維爾那樁兇殺案有關的資料。」

「聽起來是很典型的拒絕台詞。」

「遠遠不只是這樣，」康威說。「狄恩探員去詢問中情局後，不到一天，他就被召回華府，不讓他參與費耶特維爾的調查。那個命令，是直接來自聯邦調查局副局長的辦公室。」

她瞪著他，很驚訝支配者的身分被保密得有多嚴重。

「然後狄恩探員就來找我。」康威說。

「因為你在參議院裡，是軍事委員會的成員？」

「因為我們認識好幾年了。海軍陸戰隊員總是有辦法找到彼此，而且信任彼此。他要求我幫他發出正式詢問。但我問了，也沒有任何收穫。」

「就連參議員都沒辦法？」

康威露出諷刺的微笑。「應該說，是自由派的州所選出來的民主黨參議員。我雖然曾經從軍，替我的國家打過仗。但是國防部裡有些人永遠不會完全接受我，或信任我。」

她往下看著茶几上的那些照片。這些男人被兇手挑上，不是因為他們的政治立場、種族或宗教信仰，而是因為他們娶了美女老婆。「你大可以幾個星期前就告訴我這件事的。」她說。

「警方辦案時，洩漏消息的程度，就跟篩子沒兩樣。」狄恩說。

「我辦的案子不會。」

「任何警方辦案都會。如果這個消息讓你的團隊知道了，最後就會洩漏給媒體。你的工作立刻就會引來錯誤人士的注意。那些人士會設法防止你逮捕真兇。」

「在兇手犯下這些罪行之後，你真以為軍方會袒護他？」

「不，我認為他們就跟我們一樣，想把他抓起來。但是他們希望悄悄地做，不要讓一般公眾知道。顯然地，他們也不曉得他的行蹤。他已經脫離了他們的控制，跑去殺害平民。他變成一個會走動的定時炸彈，他們沒辦法忽略這個問題。」

「那如果他們搶在我們前面抓到他呢？」

「我們永遠不會曉得，對吧？殺人就會停止。而我們永遠想不透。」

「對我來說，這可不是令人滿意的收場。」她說。

「是啊，你想要實現正義。要有逮捕，有審判，有定罪。一個都不能少。」

「你講得好像我是在要求你摘月亮給我似的。」

「在這件事情上頭，你就等於是要求摘月亮了。」

「這就是你找我來這裡的原因嗎？為了要告訴我，我們永遠抓不到他？」

他湊向她，眼神突然變得很熱切。「我們想要的跟你一模一樣，珍。全套都要，一個都不能少。我從科索沃就開始追蹤這個人。你以為如果少了什麼，我會甘心接受嗎？」

康威輕聲說：「現在你明白我們為什麼請你來這裡，明白保密的必要性嗎？」

「我覺得，似乎是保密過頭了。」

「但眼前，這樣才能達到最終、最徹底的揭露——我相信，這樣的結局才是我們想要的。」

她看著康威參議員好一會兒。「我這趟來是你付錢的，對吧？機票、禮車、好飯店。不是花聯邦調查局的錢。」

康威點了個頭，露出苦笑。「真正重要的事情，」他說，「最好是私下進行。」

23

天降大雨，像一千個槌子敲打著狄恩那輛Volvo車的車頂。擋風玻璃的雨刷抹過一片水溼的視野，外頭是停滯的車陣和淹水的街道。

「幸好你今晚不會飛回去，」狄恩說。「機場大概是一片大亂。」

「這種天氣，我只想留在地面上，謝謝你。」

他好笑地看了她一眼。「我還以為你什麼都不怕呢。」

「是什麼給你這種印象的？」

「就是你啊。而且你自己也很努力製造這種印象。老是穿著盔甲，全副武裝。」

「你又想分析我的想法了。你老是這樣。」

「只是習慣。我在波灣戰爭期間就是做這個。心理戰。」

「好吧，我可不是敵人，行嗎？」

「我從來不認為你是敵人，珍。」

她看了他一眼，忍不住又犯了老毛病，欣賞起他側面清爽、鮮明的線條。「但是你以前不信任我。」

「當時我還不了解你。」

「所以你現在改變想法了？」

「不然你以為我幹嘛要你來華府？」

「啊，不曉得耶。」她說，然後魯莽地笑了一聲。「因為你想念我，等不及想再看到我？」

他的沉默害她臉紅了。她忽然覺得自己愚蠢又絕望，正是她瞧不起其他女人的那些特徵。她瞪著車窗外，避開他的目光；但是她自己的聲音，她講過的那些笨話，依然在她耳邊迴盪。前頭馬路上的那些車終於又開始動了起來，輪胎在深水窪裡攪動著。

「其實，」他說，「我確實是想要見你。」

「哦？」這個字講得漫不經心。她已經搞得自己很尷尬了，可不想再犯一次錯。

「我想道歉。因為之前我跑去跟馬凱特說你不適任。我錯了。」

「你是什麼時候判定自己錯了？」

「沒有確切的時間。只不過……看著你工作，一天接一天。看著你有多麼專注，多麼努力想把一切都做得正確。」然後他又輕聲補充：「然後我發現你去年夏天以來所面對的種種。之前我都不曉得有那些問題的。」

「哇。『但是無論如何，她還是設法把工作做好。』」

「你認為我為你感到遺憾。」他說。

「聽到有人說：『看看她達到多少成就，考慮到她必須面對的狀況。』並不會令人覺得是恭維吧。那就頒給我一面殘障奧運的獎牌嘛，給受到心理創傷的警察。」

他火大地嘆了口氣。「你老是尋找每個恭維、每句讚美底下暗藏的動機嗎？有時候，人們說的話是出自真心的，珍。」

「你應該可以理解，我為什麼對於你告訴我的一切這麼多疑。」

「你以為我現在還有什麼祕密目的。」

「我再也不曉得了。」

「但是我一定別有企圖，對吧？因為你絕對不值得我真心的讚美啊。」

「好，我明白你的意思了。」

「你雖然明白了，但是你其實不相信。」他在紅燈前踩下煞車，然後看著她。「你這些疑心病是哪裡來的？身為珍・瑞卓利一直就是這麼辛苦嗎？」

她疲倦地笑了一聲。「別扯到那邊去了，狄恩。」

「這是當女警的宿命嗎？」

「你大概可以自己想像。」

「你的同事似乎很尊敬你。」

「有幾個明顯的例外。」

「總是難免的。」

轉綠燈了，他的目光又回到路上。

「這就是警察工作的本質，」她說。「總是有一堆男性自尊作崇。」

「那你為什麼要選這一行？」

「因為我家政不及格。」

然後兩個人大笑。這是他們第一次同時真心地笑出來。

「老實說，」她說，「我從十二歲開始就想當警察。」

「為什麼？」

「每個人都尊敬警察。至少，在小孩的眼中似乎是如此。我想要警徽，想要配槍。想要一切能讓大家打起精神注意我的東西。我不想長大後待在某個辦公室裡被淹沒，變成隱形人。那就像是被活埋似的，沒人認真聽你講話，沒人注意你。」她一邊手肘靠在車門上，手撐著頭。「現在，我開始覺得沒沒無聞也相當不錯。」至少外科醫生就不會曉得我的名字了。

「你好像很後悔選了警察工作。」

她想到獨自奮鬥的那些漫漫長夜，靠咖啡因和腎上腺素撐下去，驚駭地看著人類對待彼此最醜惡的一面。她又想到飛機男，他的檔案還在她辦公桌上，長期象徵著徒勞一場。他自己的徒勞，以及她的徒勞。我們做著各自的夢，她心想，而有時這些夢帶領我們去意想不到的地方。一個飄著血腥氣味的農莊地下室。或是從藍色天空往下墜落，四肢揮動著想抵抗重力。但那是我們的夢，無論夢想引導我們去到哪裡，我們都會追隨。

最後她終於說：「不，我不後悔。這就是我的工作，是我關心的事情，也會逼得我生氣。我必須承認，警察工作有很大一部分會惹人生氣。我沒辦法只是冷眼旁觀一個被害人的屍體，而不感到憤怒。這時候，我就會變成他們的辯護人——我會讓他們的死影響到我。或許有一天，等到我不會生氣了，我就知道自己該離開這一行了。」

「不是每個人都有像你那樣的熱情和決心。」他看著她。「我想你是我所見過感情最強烈的人了。」

「這可不是什麼好事。」

「不，感情強烈是好事。」

「即使意味著你老是在瀕臨爆發的邊緣？」

「你是嗎？」

「有時候感覺上就是這樣。」她看著雨水撲打著擋風玻璃。「我應該試著多像你一點。」

狄恩沒反應，她不曉得自己這話是不是得罪了他，因為她似乎在暗示他冷漠無情。但他給她的印象一直就是如此：穿灰西裝的男子❷。幾個星期以來，她一直摸不透他，而現在，她挫折之餘，就想挑釁他，逼他表現出任何情緒來，無論有多麼不愉快，即使只是為了證明自己做得到。這是個難以攻破的挑戰。

但就是這類挑戰，會誘導女人自己出醜。

最後他把車停在水門飯店門口，她準備要簡短而乾脆地道別。

「謝謝你送我回來，」她說。「也謝謝你們揭露的真相。」她轉身開門，一陣溫暖而潮溼的風撲進來。「我們回波士頓見了。」

「珍？」

「什麼事？」

「你我之間不要再有隱瞞的企圖了，好嗎？我說出來的話，就是我的意思。」

「如果你堅持的話。」

「你不相信我，對吧？」

「重要嗎？」

「是的，」他輕聲說。「對我來說很重要。」

她愣了一下，脈搏突然加速，目光又回到他身上。他們對彼此隱瞞祕密已經太久了，因而兩個人都不知道如何從對方的眼中看出真相。就在那一刻，接下來什麼話都可能說出口，什麼事都有可能發生。兩個人都沒有勇氣先行動，深怕犯下第一個錯誤。

一個人影掠過她打開的車門外。「歡迎來到水門飯店！需要幫忙拿行李嗎？」

瑞卓利嚇了一跳，往上一看，發現飯店的門廳侍者正在朝她微笑。他看到她開了門，於是認為她要下車。

「我已經登記入住了，謝謝你。」她說，然後回頭看狄恩。但是那一刻過去了。門廳侍者還站在那裡，等著她出來。於是她就下車了。

隔著車窗看一眼，揮一下手；這就是他們的道別。她走進飯店大廳，只暫停一下，看著他的車駛離門口，消失在雨中。

在電梯裡，她往後靠，閉上眼睛，為了她在車上每分可能袒露的情感，每句可能說錯的蠢話，在心裡痛罵自己。回到房間後，她最想做的事情，就是退房，趕緊回波士頓。今天傍晚一定有她可以搭的飛機，或者火車。她向來很愛搭火車。

這會兒她匆忙想逃離，把華府和這裡的難堪都丟在腦後，於是打開她的行李箱，開始收拾。

❷ the man in gray suit，一般釣魚與衝浪者也用來指鯊魚。

她帶來的東西很少，沒花多少時間，她就把原先掛在衣櫥裡的備用襯衫和長褲拿出來，丟在手槍和槍套上頭，再把牙刷和梳子放進盥洗包。她拉上行李箱的拉鍊，正拖著走向房門時，聽到有人在敲門。

狄恩站在走廊上，灰西裝濺上了點點雨水，他的頭髮溼而發亮。「我想我們剛剛還沒談完。」他說。

「你還有其他事要告訴我嗎？」

「事實上，的確有。」他走進房間關上門，發現她已經收好行李箱，準備要離開，於是皺起眉頭。

老天，她心想。總得有個人勇敢起來。總得有個人面對困境，採取行動。

兩人都還沒來得及再說一個字，她便把他拉向自己。同時感覺到他的手臂圈住她的腰。等到雙唇相觸，兩人心裡都毫不懷疑：這個擁抱是兩廂情願的。如果這是個錯誤，那麼兩人的責任也是相等的。她對他幾乎一無所知，只知道自己想要他，而且願意承擔往後的種種後果。

他的臉被雨淋溼了，脫掉衣服後，皮膚上留下了溼羊毛的氣味，她渴望地吸入那氣味，用嘴唇探索他的身體，同時他也熱烈地索求著她的身體。她沒耐心溫柔地做愛；她想要狂暴而不顧一切。她可以感覺到他猶豫了，想慢下來，想保持控制。她跟他搏鬥，利用自己的身體嘲弄他。於是在他們的第一次交會，她成了征服者，而他是投降的人。

◆

當下午的光線從窗子緩緩退去，他們睡著了。她醒來時，只剩黃昏微弱的光線，照著她身邊躺著的男人。即使到現在，這個男人對她依然是一個解不開的密碼。她利用了他的身體，而他也利用了她的，儘管她知道自己應該為他們獲得的歡愉而有些罪惡感，但她真正體會到的，就是疲倦的滿足，還有一種驚奇之感。

「你收拾好行李了。」他說。

「我本來想退了房，今天晚上趕回家的。」

「為什麼？」

「我看不出有什麼留下來的理由。」她伸手摸他的臉，撫摸他粗糙的鬍碴。「直到你出現。」

「我差點都要放棄了。我繞著這個街區開了兩圈，才鼓起勇氣。」

她笑了。「你講得好像很怕我似的。」

「想聽實話嗎？你真的是個令人敬畏的女人。」

「我給人的印象真的是這樣？」

「犀利，熱情。你所製造出來的熱度，讓我嘆為觀止。」他撫摸著她的大腿，手指的觸感讓她又全身悸動起來。「在車子上，你說過你但願能更像我。但其實，珍，我才希望我能更像你一點。我希望我有你那樣的強烈感情。」

她伸手放在他胸膛。「你講話時，好像這裡頭沒有心跳似的。」

「你就是這樣想的嗎？」

她沉默想著：穿灰西裝的男子。

「是嗎？」他又問。

「我不曉得該怎麼想你，」她承認。「你好像總是那麼超然，不太像人類。」

「麻木。」

他的聲音好小，她都不曉得他是否打算讓人聽到。說不定只是喃喃自語而已。

「對於我們工作上要處理的事情，」他說，「我們的反應方式不一樣。你說這些事會讓你生氣。」

「大部分時候是這樣。」

「所以你就投入戰鬥。你往前衝，把所有子彈都射光。就像你在生活中也是如此。」然後他輕笑著又補了一句：「包括壞脾氣。」

「你怎麼有辦法不生氣？」

「我不會讓自己生氣。這就是我處理的方式。後退，吸一口氣，把每個案子都當成在玩拼圖。」他看著她。「這就是為什麼你會激起我的好奇心。你對你所做的事情都有那麼混亂的情緒，那麼強烈的感情。感覺上就是很……危險。」

「為什麼？」

「跟我的方式、我試圖做到的完全不同。」

「你怕我會傳染給你。」

「那就像是太靠近火。我們會被火吸引，即使我們明知道那會燒到我們。」

她的嘴唇貼向他的。「一點危險，」她低語，「有可能非常令人興奮。」

黑夜逐漸到來。他們沖澡洗掉彼此的汗水，然後穿著一樣的飯店浴袍，站在鏡前對著彼此咧嘴笑了。他們吃了客房服務的晚餐，在床上喝葡萄酒，電視轉到喜劇頻道。今夜不會有CNN，不會有壞消息破壞氣氛。今夜，她想要離沃倫．荷伊十萬八千里。

但就連地理上的距離，以及一個男人懷裡的舒適，也無法把荷伊擋在她的夢境外。她在夢中猛地驚醒，全身被冷汗溼透，不是因為熱情，而是恐懼。隔著自己的心跳聲，她聽到自己的手機在響。她還花了幾秒鐘，才從狄恩的懷抱中掙脫，伸手越過他，從他那一側的床頭桌拿了自己的手機，打開來。

「我是瑞卓利。」

佛斯特的聲音傳來。「我想我吵醒你了。」

她瞇著眼睛看鬧鐘收音機。「早上五點？是啊，你想的沒有錯。」

「你還好嗎？」

「我沒事。怎麼了？」

「聽我說，我知道你今天要飛回來。但是我想，你回家之前應該要先知道一下。」

「什麼事？」

他沒立刻回答。隔著手機，她聽到有人在問他有關裝袋證物的問題，於是明白他正在犯罪現場處理。

在她旁邊，狄恩醒了，意識到她忽然的緊繃。他坐起身開了燈。「發生了什麼事？」

佛斯特又回到線上。「瑞卓利？」

「你人在哪裡？」她問。

「我被找來處理一樁竊案通報。現在就在現場——」

「你為什麼要去處理這種案子？」

「因為是發生在你的公寓。」

她全身僵住，電話貼著耳朵，聽到自己脈搏的搏動。

「之前因為你不在波士頓，我們就暫時撤掉了對你們這棟公寓大樓的監視，」佛斯特說。

「是你的一位鄰居報案的，她住在同一棟的二〇三號。一位年輕小姐，叫——」

「史畢格，」她輕聲說。「金潔．史畢格。」

「對。好像非常聰明。她說她在麥金提酒吧當酒保，下班後走回家，注意到防火梯底下的碎玻璃。她抬頭，看到你的窗子破了，立刻打九一一報案。趕到現場的第一個警察發現是你的住處，就打電話給我了。」

狄恩碰觸她的手臂，無言地詢問著。她沒理會，清了清嗓子，故作冷靜地設法開口問：「他拿走什麼了嗎？」她已經用他這個字了。沒說名字，但他們彼此都知道是誰幹的。

「那就是你回來之後，必須告訴我們的。」佛斯特說。

「你現在人在哪裡？」

「就站在你的客廳。」

她閉上眼睛，氣得簡直想嘔吐，腦袋浮現出那個畫面，一堆陌生人跑去她家，打開她的衣櫃，碰觸她的衣服，慢吞吞檢視她最私密的東西。

「我看起來，好像東西都沒人動過，」佛斯特說。「你的電視和CD播放器都還在。一大罐零錢還放在廚房料理台上。你還有什麼東西，會是有人想偷的嗎？」

我心靈的平靜。我清醒的頭腦。

「瑞卓利？」

「我想不出任何東西。」

佛斯特頓了一下，才柔聲說：「我會陪你檢查，每一吋都不放過。等你到家，我們一起來進行。房東已經把窗子用木板封住了，所以雨不會飄進來。如果你想去我家住一陣子，我知道愛麗絲不會介意的。我們有一個空房間從來沒用過——」

「我沒事。」她說。

「沒有問題的——」

「我沒事。」

她的聲音中有怒氣，和自尊。最主要就是自尊。

佛斯特夠了解她，於是就算了，而且也不會覺得被得罪。他很鎮定地說：「等你回來了，就打個電話給我。」

她掛斷電話時，狄恩正盯著她看。她忽然再也受不了被人看著她赤裸且恐懼的模樣，受不了自己的脆弱顯露無遺。她爬下床，進了浴室，鎖上門。

過了一會兒，他敲門。「珍？」

「我要再洗個澡。」

「別把我關在外頭。」他又敲門。「出來跟我談談吧。」

「等我洗完。」她打開蓮蓬頭，走進淋浴間，不是因為她需要洗澡，而是因為流水聲會阻斷談話。那是一個聲音構成的隱私簾幕，讓她可以躲在後頭。當熱水打在她身上時，她低頭站著，雙手撐在瓷磚牆上，跟她的恐懼搏鬥。她想像著恐懼有如泥土般從她皮膚落下，咕嚕嚕流入排水口。一層又一層，盡數洗去。等到她終於關掉水，覺得自己冷靜下來，獲得淨化了。她擦乾身體，在鏡中看到自己的臉一眼，不再蒼白，而是因為熱水而發紅。她再度準備好要扮演眾人面前的那個珍·瑞卓利了。

她走出浴室。狄恩正坐在窗邊的一張扶手椅上。他什麼都沒說，只是看她繞著床從地板上撿起衣服，開始穿上。床上皺巴巴的床單無言見證了他們的熱情。一通電話就讓那些熱情告終。而現在她帶著脆弱的決心在房間裡走動，扣好襯衫的釦子，拉起長褲的拉鍊。外頭依然黑暗，但對她來說，這一夜已經結束了。

「你打算要告訴我嗎？」他問。

「荷伊去過我公寓了。」

「他們知道那是他？」

她轉身面對她。「不然還會有誰？」

那些話一出口，她沒想到會那麼刺耳。她紅了臉，從床底下拉出她的鞋子。「我得回家了。」

「現在才清晨五點。你的飛機要到九點三十才起飛。」

「聽到這個消息後，你真以為我還能回去睡覺？」

「你到波士頓會累壞的。」

「我不累。」

「因為你分泌了大量腎上腺素。」

她腳塞進鞋子裡。「別這樣，狄恩。」

「別怎樣？」

「想要照顧我。」

一段沉默過去了。然後他一副嘲諷的口吻說：「對不起。我老是忘記你是完全有辦法照顧自己的。」

她背對著他，僵住一會兒，已經後悔剛剛說的話。頭一次很希望他會照顧她，希望他會擁住她，哄她回到床上。希望他們可以相擁入眠，直到她必須離開為止。

但是當她轉身面對他時，看到他已經從椅子上起身，開始忙著穿上衣服了。

24

她在飛機上睡著了。他們開始朝波士頓降落時，她才醒來，覺得昏昏沉沉，而且口渴得要命。壞天氣從華府跟著她過來，飛機往下穿過雲層，亂流搖撼著椅背的桌板和乘客的神經。在她的窗外，機翼被一片灰色簾幕遮住，但她累得完全沒力氣擔心了。她還想著狄恩，害她一直分心，無法專注在應該思考的事情上頭。她往外看著迷霧，想起他雙手的觸摸，他氣息呼在她皮膚上的暖意。

然後她想起兩人最後說的話，是在機場入口的路邊，在傾盆大雨中冷靜而匆忙地說聲再見。不是戀人，只是工作上的夥伴，急著要去繼續忙各自的事情。她怪自己造成兩人之間的新距離，也怪他就這樣讓她走掉。再一次，華府又成為那個充滿悔恨與髒床單的城市。

飛機在大雨中落地。看著地面工作人員穿著長袍型雨衣衝過停機坪，她已經開始擔心接下來的事情。要搭車回到一戶再也無法感到安全的公寓，因為他去過那裡了。

她從行李提領區推著她的行李箱走出去，一陣大風立刻夾帶著雨水撲過來。等著要搭計程車的隊伍排得好長，人人都垂頭喪氣。她看著那排停在對街的禮車，發現了其中一輛車窗上亮出「瑞卓利」字樣，這才鬆了口氣。

她敲敲駕駛座旁的玻璃，然後車窗降下來。是另一個司機，不是昨天送她到機場的那位老黑人。

「有什麼事嗎?」

「我是珍．瑞卓利。」

「要去克萊蒙街，對吧?」

「沒錯，就是我。」

那司機下了車，幫她打開後座的車門。「歡迎搭乘。我幫你把箱子放在後行李廂。」

「謝謝。」

她坐進車裡，往後靠在華麗而昂貴的皮革椅子上，疲倦地嘆了口氣。外頭的傾盆大雨中，喇叭亂響又輪胎打滑;但是在這輛禮車內的世界，卻是溫馨而靜謐。她閉上眼睛，車子緩緩離開羅根機場，駛向波士頓高速公路。

她的手機響起鈴聲。她打起精神坐直了，茫然地在她的皮包裡摸索著電話，幾支筆和一些零錢掉到車裡的地板上。響到第四聲，她才終於勉強接了。

「我是瑞卓利。」

「我是康威參議員辦公室的瑪格麗特，負責安排你的出差事項。我只是想再確認一下，在機場有車接你回家。」

「有的，我現在就在禮車上。」

「啊。」暫停一下。「好吧，我很高興搞清楚這件事了。」

「哪件事?」

「禮車接送服務公司打電話來確認，說你取消了他們去機場接你的車。」

「不，他在機場接到我了。謝謝。」

她掛斷電話，彎腰去撿皮包裡掉出來的東西。原子筆滾到駕駛座位底下了。她伸手要拿，手指刮過地板，忽然注意到地毯的顏色。海軍藍。

她緩緩坐直身子。

車子才剛駛入查爾斯河下方的卡拉罕隧道。車子很多，他們慢吞吞沿著水泥隧道前進，裡頭的燈光是一種難看的琥珀色。

海軍藍尼龍六六，杜邦安特強。凱迪拉克和林肯車的標準配備地毯。

她還是保持不動，目光轉到隧道牆面。她想到蓋兒．葉格和送葬行列，一整排禮車緩緩迂迴前進，朝墓園大門駛去。

她想到亞歷山大和可麗娜．甘特，死前一個星期，才抵達羅根機場。

然後她想到肯尼斯．魏特和他的酒駕。他被吊銷駕照而無法開車，卻還帶他的太太去波士頓。

他就是這樣挑上他們的嗎？

一對夫婦上了車。女人漂亮的臉蛋出現在他的後照鏡裡。她往後靠坐在光滑的皮革座椅上，等著車子要載他們回家，從來沒想到她正在被人觀察。她沒想到就在那一刻，這個她幾乎沒注意到長相的男人，已經決定就是她了。

隧道裡的琥珀色燈光掠過車內，同時瑞卓利一塊磚接一塊磚，建造起她的理論。這麼一輛舒服的車子，這麼一趟安靜的車程，皮革座位柔軟得就像人類的皮膚，一個無名男子開著車。全都是設計來讓乘客覺得安全且有保護的。乘客對於開車的司機一無所知，但司機曉得乘客的名字、航班號碼，以及他們住的地方。

車陣停了下來。在遠遠的前方，她看得到隧道的開口，一塊小小的灰光。她的臉始終對著車窗，沒敢看司機，不希望他看到她的憂慮。她雙手冒汗，伸進皮包握住手機。她沒把手機拿出來，只是緊抓著坐在那裡，思索著自己接下來該怎麼辦。到目前為止，司機都沒做任何驚動她的事情，完全只是一個尋常的禮車司機而已。

她緩緩從皮包裡拿出手機，打開來。在燈光黯淡的隧道裡，她努力要看清上頭的鍵盤數字，以便撥號。輕鬆點，她心想，擺出只是通知佛斯特一聲的姿態，不要尖叫著求救。但她要說什麼？「我想我有麻煩了，但我不能確定？」她按了佛斯特號碼的速撥鍵。聽到鈴響，然後是靜電雜音中一個微弱的「喂」。

隧道。我在該死的隧道裡。

她掛斷電話，往前方看著他們離隧道口有多遠。那一刻，她的目光不自覺地轉向司機的後照鏡。她犯了錯，跟他對上目光，表明注意到他正在看她。此時他們兩人都知道了，彼此心知肚明。

下車。趕快下車！

她撲向門把，但他已經把車鎖給鎖上。她七手八腳想解鎖，恐慌地去抓解鎖鈕。這麼一點時間，對他來說已經綽綽有餘。他手伸向後座，拿著電擊槍對準她，啟動。

電擊槍尖端的探針擊中她的肩膀。五千伏特的電力注入她的軀體，有如閃電般傳遍她的神經系統。她眼前一黑，倒在座位上，雙手無力，全身肌肉拚命抽搐，她的身體失控，屈服地顫動著。

◆

一個打鼓的聲音在上方輕敲，把她從黑暗中喚醒。她的視網膜逐漸亮起一片灰光迷霧。她嚐到血，溫暖而帶有金屬味，她的舌頭咬破了，陣陣抽痛著。那片迷霧緩緩消融，她看了天光。他們已經出了隧道，開往……哪裡？她的視線依然模糊，但可以看到車窗外有高聳建築物的形狀，襯著背後的灰色天空。她設法移動手臂，但沉重又遲緩，肌肉因為之前的抽搐而筋疲力盡。車窗外掠過的建築物和樹木快得令人眼花，她不得不閉上眼睛，把所有的力氣專注在讓自己的四肢聽從指揮。她感覺肌肉抽搐，手指握緊成拳。更緊一點，更堅強一點。

打開門。解開門鎖。

她睜開眼睛，跟眩暈奮戰，隨著車窗外的景物飛逝而過，她的肚子裡不斷翻騰。她使勁伸直手臂，每一吋都是一次小小的勝利。現在她的手伸向門，伸向解鎖鈕。她按下去，聽到那鎖喀啦一聲解開。

她的大腿忽然有個東西在壓。她看到他的臉往座位後看，拿著電擊槍又抵住她的腿。另一陣電流衝進她的身體。

她的四肢抽搐。黑暗籠罩下來。

◆

一滴冷水落在她臉頰上。防水膠帶從捲軸上拉開的刺耳尖響。她醒來，發現他正把她兩邊手腕綁在背後，膠帶繞了好幾圈才割斷。接下來他脫掉她的鞋，扔在地板上，又剝掉她的兩隻襪子，以便把她的腳踝也綁上膠帶。她的視野逐漸清晰，看到他探進車廂裡的腦袋頂端，他的注意力集中在綁起她的腳踝。在他身後，隔著打開的車門，是一大片綠色。沼澤和樹。沒有建築物。是沼澤嗎？他把車開到了後灣沼澤嗎？

又一陣防水膠帶拉開的尖響，然後是膠帶貼住她嘴巴，她聞到黏膠的氣味。

他低頭看著她，她看到了種種細節，是她在機場第一次看到車窗降下時，根本沒注意到的。當時那些細節根本無關緊要。深色眼珠，稜角分明的臉，表情中有一種野生動物的機警。還有一種期待的興奮。那張臉，坐在後座的人根本不會注意到。他們是一群穿著制服的、沒有臉孔的軍隊，她心想。幫你打掃飯店房間的人，幫你拖行李的人，駕駛禮車接送你的人。他們跟我們在同一個世界活動，但除非在你需要的時候，否則很少注意到他們，

直到他們闖入我們的世界。

他從車內地板拿起她掉落的手機。扔在路上，用腳跟用力踩爛，那手機變成一堆塑膠和電線，然後被踢到路邊樹叢裡。這樣她就沒辦法打九一一，引導警方來找她了。

現在他效率十足。完全是個經驗豐富的專業人員，做著他最拿手的事情。他探進車裡，把她往外拖，然後輕鬆抱起來，連一聲吃力的悶哼都沒有發出。一個可以揹著四十五公斤背包走上好幾哩路的特種部隊軍人，要搬動一個五十二公斤的女人根本是小意思。她被搬到車子後方的途中，雨水打在她臉上。她看了一眼樹林，在細雨中發著銀光，還有濃密的林下灌木叢。但是沒有其他車，雖然她可以聽到樹林後頭的車子經過，發出了呼噓－呼噓聲，像是把海螺湊到耳邊會聽到的那種海洋聲音。近得足以讓她喉嚨竭力發出一聲叫喊，但是被嘴上的膠帶摀住了。

車子的後行李廂已經打開了，鋪著淺褐綠的降落傘，等著要接收她的身體。他把她丟進去，又回去拿她的鞋子，也丟進後行李廂內。然後他關上行李廂門，接著她聽到他轉動車廂鎖的鑰匙。即使她能掙脫雙手，也沒辦法逃出這個黑色棺材了。

她聽到車門甩上，然後車子又開始移動。她知道，他要去跟一個正在等著她的男人會合。

她想著沃倫．荷伊。想著他淡淡的微笑，他戴著乳膠手套的長手指。她想到他那兩隻戴著手套的手裡會拿著什麼，於是恐懼吞噬了她。她的呼吸加快，感覺自己快窒息了，怎麼吸氣都不夠快、不夠多，無法逃過被悶死的下場。她恐慌地扭動，像一隻發瘋的動物，拚命想求生。她的臉撞上自己的行李箱，那撞擊一時間讓她愣住了。她筋疲力盡躺在那裡，臉頰抽痛。

車子減速停下了。

她全身僵住，心臟怦怦跳，等著看接下來會怎樣。她聽到一個男人的聲音說：「祝你有美好的一天。」然後車子又開動了，逐漸加速。

是收費站。他們正在收費高速公路上。

她想到波士頓西部有那麼多小城，有那麼多空蕩的田野和大片的森林，很多地方不會有其他人想到要停下來；要是有具屍體扔在那裡，可能永遠不會被發現。她想起蓋兒·葉格膨脹且有黑色靜脈紋路的屍體，還有瑪拉琴·魏特散落的骨頭，躺在寂靜的森林中。就這樣死掉了。

她閉上眼睛，專注在輪胎底下路面的隆隆聲。車開得很快。到現在，應該早已越過波士頓的市界了。佛斯特等不到她的電話時會怎麼想？他要多久才會明白有事情不對勁了？

沒有差別了。他不會曉得要去哪裡找。沒人曉得。

她的左手臂被身體壓得發麻，現在刺痛得難以忍受。她翻身趴著，臉貼著那輕柔的降落傘布料。跟曾經裹住蓋兒·葉格和可麗娜·甘特的布料是一樣的。她想像自己在布料的皺褶裡可以聞到死人，一時嫌惡極了，想起身成為跪姿，結果腦袋撞到後行李廂的頂部，頭皮一陣刺痛。都怪她的行李箱，雖然很小，但是塞在裡頭，害她能活動的空間很有限，而幽閉恐懼症再度搞得她恐慌起來。

控制。該死，瑞卓利。趕緊控制好自己。

但她無法拋開外科醫生的影像。她想起自己一動也不動地躺在地窖的地板上，他的臉在上方赫然出現。想起自己等著他的手術刀劃下，心知自己逃不掉。想起當時她能期望的最好結果，就是迅速一死。

她想起當時的另一個可能性，要糟糕得太多太多。

她逼自己緩緩地深呼吸。一滴溫暖的液體滑下她的臉頰，同時覺得後腦刺痛。她剛剛割傷頭皮了，現在持續流著血，滴在那降落傘上頭。證據，她心想。用血留下我來過的痕跡。

我在流血。剛剛我的腦袋撞上什麼了？

她抬起身後的手臂，手指摸過後行李廂的頂部，尋找剛剛刺破她頭皮的東西。她摸到了鑄模的塑膠，一大片平滑的金屬。然後，忽然間，一個突出螺絲的鋒利邊緣扎著她的皮膚。

她暫停下來，讓她發痛的手臂肌肉休息一下，眨掉流到眼裡的血。她傾聽著輪胎壓過路面的持續輕敲聲。

還是開得很快，波士頓被遠遠拋在後頭了。

◆

這個地方真不錯，在樹林裡。我站在空地上，周圍環繞著一圈樹，那些樹的頂端像是主教堂的尖塔般插入天空。雨下了一個早上，但是現在一道陽光穿透雲層，灑在我釘了四根鐵樁的地上，鐵樁上已經綁著四段繩子。除了樹葉上持續落下的滴水聲，四周一片寂靜。

然後我聽到了翅膀的撲動聲，抬頭看見三隻烏鴉棲息在頭頂的樹枝上。牠們觀察的目光出奇地熱切，彷彿預料到接下來會發生什麼事。牠們已經知道這是什麼地方了，現在牠們等待著，撲動著黑色的翅膀，被腐肉的預兆吸引到這裡來。

陽光曬暖了地面，溼漉漉的葉子上冒出蒸氣。我的背包掛在一根樹枝上以保持乾燥，這會兒我看著它被裡頭裝的工具拉低了，垂在那兒像一顆沉重的果實。我不需要清點裡面的東西；當初收的時候我非常仔細，撫摸著那些冰冷的不鏽鋼，一一放進小背包裡。即使坐牢一年，也沒有減損我的熟悉感，當我的手指緊握著一把手術刀，感覺上舒適得就像跟一個老朋友握手。

現在我即將要迎接另外一個老朋友了。

我走到路上等候。

天上的濃雲消散，只剩幾縷薄雲，午後的天氣也變得逐漸悶熱起來。這條路只不過是兩條車轍形成的泥土路，外加零星幾株高草冒出來，頂端脆弱的穗狀種子顯然不曾被最近經過的車子驚擾。我聽到呱叫聲，抬頭看著那三隻烏鴉跟著我，正在等著這場表演開始。

大家都喜歡看熱鬧。

一縷淡淡的塵煙在樹林外頭升起。有輛車正朝這裡駛來。我等著，心跳加快，雙手因為期待而汗溼。那輛車終於轉彎進入視線，像一頭發出微光的黑色巨獸，緩緩沿著泥土路開來，尊貴且從容不迫。載著我的朋友前來。

這會是一場漫長的拜訪，我心想。抬頭看了一下，太陽依然高掛天空，我們還有好幾個小時的天光。夏日的歡樂時光。

我走到馬路中央，那禮車緩緩停在我面前。司機下了車。我們一個字都不必說；只是看著對方微笑。那是兩個兄弟之間的微笑，聯繫我們的不是家庭血緣，而是共同的慾念，共同的渴望。寫在紙上的字讓我們相識相知。在那些長信中，我們訴說自己的幻想，組成我們的同盟，從我們筆下寫出來的字就像一個蛛網的絲線，把我們聯繫在一起。讓我們來到這個樹林中，有烏鴉熱切地在樹上觀看。

我們一同走向車後。他對於要上她很興奮。我看得出他長褲裡的鼓起，聽到他手裡車鑰匙搖晃出尖銳的聲響。他的瞳孔擴張，唇上因汗水而發亮。我們站在後行李廂旁，兩人都渴望看到我們客人的第一眼。嗅到她恐懼的第一絲甜美氣息。

他把鑰匙插進鎖孔裡轉動。車廂蓋往上打開。

她蜷縮側躺著，往上眨眼看著我們，她的雙眼因為突來的光線而茫然。我太專注在她身上了，沒有立刻注意到那個小行李箱一角扯出來的白色胸罩有什麼重要性。直到我的搭檔往前彎腰要把她拖出來，我才明白其中含義。

我大喊：「不！」

但她已經兩手往前舉，扣下扳機。

他的腦袋在一片血霧中爆炸。

那是一段奇異而優雅的芭蕾，他的身體弓起，往後倒下。接著她的雙臂精準無誤地揮向我。我只來得及把身體轉向一側，第二顆子彈就從她的槍內射出。

我沒感覺到那子彈穿入我的頸背。

奇異的芭蕾繼續著，只不過現在跳舞的是我自己的身體，我雙臂畫了一個圈，以向前直體跳水的姿勢飛過空中。我側面著地，但是那撞擊並不痛，只有軀體摔在泥土上的聲音。我倒在那裡，等待疼痛襲來，但是什麼都沒有。只有一種驚奇之感。

我聽到她掙扎著爬下車。她之前躺在那個狹窄的空間裡超過一個小時，現在花了好幾分鐘，才讓她的雙腿恢復控制。

她走向我。一腳朝我肩膀推了一下，把我推成仰天躺著。我的意識完全清醒，往上看著她時，我很清楚接下來會發生什麼。她的手槍指著我的臉，雙手顫抖，呼吸急促。她左頰有乾掉的血跡，像是戰士塗在臉上的油彩。她身體的每根肌肉都準備好要殺人，每個直覺都尖叫著要她扣下扳機。我回瞪著她，毫不畏懼，看著她雙眼中演出的那場戰役，好奇著她會選擇以什麼方式來擊敗我。她雙手握著毀滅自己的武器；我只不過是催化劑而已。

殺了我，接下來的種種後果將會毀滅你。

讓我活著，我就會永遠在你的噩夢裡糾纏。

她發出一個輕輕的嗚咽聲，緩緩垂下手槍。「不，」她輕聲說。然後又說了一次，更大聲，更挑釁：「不。」接著她直起身子，深吸一口氣。

然後回頭走向車子。

25

瑞卓利站在那塊空地上，往下看著被敲入泥土裡的四根鐵樁。兩根給手臂，兩根給腿。鐵樁上原本還有四根綁好繩套的繩子，準備好要套住手腕和腳踝，現在繩子拆下來裝入證物袋，就擺在旁邊。她避免一直去想這些鐵樁的明顯用途。反之，她在這塊空地上走動，帶著任何警察檢視犯罪現場那種認真的態度。而她的四肢本來會固定在那些鐵樁上、她的肉本來會被荷伊背包裡的工具割開，則是她保持距離、不去多想的一個細節而已。她可以感覺到她的同事都在觀察她，可以聽到自己接近時、他們的聲音就壓低了。她縫過的頭皮上貼著繃帶，明顯標示出她是個走動的傷兵，而他們對待她的態度，就好像她是玻璃做的，很容易碎掉。她受不了這個，眼前她最需要的，就是相信自己不是被害人，相信自己完全能控制情緒。

於是她在這塊空地上走動，就像她處理任何其他犯罪現場一樣。前一晚州警局的人已經來過這裡拍了照片、仔細檢查過，這個犯罪現場已經正式解除封鎖了。但是今天早上，瑞卓利和她的團隊還是覺得有必要也來察看一下。她跟佛斯特走進樹林，拉開捲尺，測量著從馬路到掛著沃倫·荷伊背包這塊林中小空地之間的距離。她不理會這一圈樹對她的個人意義，只是以一種超然的態度看著那塊空地。她的筆記本上記錄了背包裡面物品的清單：手術刀和夾鉗、牽開器和手套。她審視著荷伊鞋印的照片，現在已經用石膏翻模；然後又盯著那個裝了打結繩索的證物袋，不要停下來去想這些繩子本來是要套住誰的手腕。她抬頭看一下天氣的變化，不要提醒自己這片樹頂和天空，本來會是她此生所看到的最後一景。被害人珍．瑞卓利今天不在這裡。儘管她的同事可能在觀察她，等著看她短暫露出被害人的模樣，但是他們不會看到的。沒有一個會看到。

她闔上自己的筆記本，抬頭看到嘉柏瑞．狄恩穿過樹林走向她。儘管她一看到他就振奮起來，但也只是朝他點個頭，臉上的表情擺明了告訴他：我們就公事公辦吧。

他明白，兩人以專業的態度面對彼此，小心不要流露出兩天前彼此親密共度的任何痕跡。

「那個司機是貴賓禮車服務公司六個月前雇用的，」她說。「葉格夫婦、甘特夫婦、魏特夫婦——他全都載過。而且他可以查閱公司的載客清單。所以他一定是在上頭看到了我的名字。把排定去機場接我的車子取消掉，這樣他就可以取而代之。」

「那貴賓公司調查過他應徵時的推薦信嗎？」

「他的推薦信是幾年前的，不過都毫無問題。」她暫停一下。「他的履歷上沒提到任何服役紀錄。」

「那是因為約翰．史塔克不是他真正的名字。」

她皺眉看著他。「他是身分竊賊？」

狄恩朝樹林比了一下，他們走出空地，開始穿過樹林，以便私下交談。

「真正的約翰．史塔克早在一九九九年九月就死在科索沃了，」狄恩說。「他是聯合國的救助人員，因為搭乘的吉普車壓到地雷而被炸死。後來被葬在德州的基督聖體市。」

「那麼我們連他真正的名字都不知道了。」

狄恩點點頭。「他的指紋、牙齒X光片、組織採樣都會送去國防部和中央情報局。」

「但是我們不會得到任何回答，對吧？」

「如果支配者是他們的人，他們就不會回答了。就他們來看，你解決了他們的問題。他們不必再多說什麼，也不必再多做什麼了。」

「我雖然解決了他們的問題，」她恨恨地說，「但是我自己的問題還沒解決呢。」

「荷伊？你永遠不必擔心他了。」

「老天，我真應該再朝他開一槍的——」

「他大概已經四肢癱瘓了，珍。我想不出還能有更淒慘的懲罰了。」

他們走出樹林，來到泥土路上。那輛禮車昨天夜裡已經被拖走了，但是曾經發生過的事依然留下痕跡。她低頭看著乾掉的血，那個據知為約翰·史塔克的男人就死在這裡。幾碼之外有一灘比較小的血漬，是荷伊倒下的地方。他的四肢失去知覺，他的脊椎被打爛了。

我本來可以結束這一切的，但是我讓他活下去。到現在，我還是不知道這樣做到底對不對。

「你還好嗎，珍？」

她聽到他這個問題裡的親密意味，那是無言地承認他們不光只是工作夥伴而已。她看著他，忽然對自己受傷的臉和頭上那塊鼓起的繃帶覺得難為情。她不希望他看見自己這副模樣，但現在她就站在那裡面對著他，想掩飾臉上的瘀青也沒有意義了，於是只能站直身子，迎視他的目光。

「我很好，」她說。「頭皮上縫了幾針，幾根肌肉痠痛，外加醜得要命。」她朝自己瘀青的臉含糊地比了一下，大笑說。「不過你該看看另一個傢伙，他才更慘。」

「我不認為來這裡對你有好處。」他說。

「什麼意思？」

「太快了。」

「我才應該來這裡。」

「你從來不肯對自己寬容一點，對吧？」

「為什麼我該對自己寬容？」

「因為你不是機器。過去的問題早晚會困擾你的。你不能在這個地方走來走去，假裝這裡只是另一個犯罪現場而已。」

「我就是這樣對待這個地方。」

「即使是在你差點出了事之後？」

差點出了事。

她低頭看著泥土上的血跡，一時之間那條路似乎在搖晃，彷彿發生了一陣輕微的地震，搖晃著她精心建築起來當成庇護的那些牆，威脅著要毀掉她的立足之地。

他握住她的手，那種穩定感讓她眼中泛淚，彷彿是在說：就這麼一次，你可以當個人，可以軟弱。

她輕聲說：「華府的事情我很遺憾。」

她看到他眼中的受傷表情，明白他誤解了。

「所以你希望我們之間的事從來沒有發生過。」他說。

「不。不，我完全不是那個意思。」

「那你遺憾的是什麼？」

她嘆了口氣。「我很遺憾我離開的時候，沒告訴你那一夜對我的意義。我很遺憾我沒好好跟你道別。而且我很遺憾……」她暫停一下。「很遺憾沒讓你照顧我，就那麼一次。因為其實，我真的需要你照顧我。我不像我期望的那麼堅強。」

他微笑，捏了捏她的手。「我們都沒那麼堅強，珍。」

「嘿，瑞卓利？」是巴瑞．佛斯特，在樹林邊緣喊著她。

她眨掉淚水轉身看著他。「什麼事？」

「我們剛剛接到一樁雙屍命案的通報。牙買加平原的Quik Stop雜貨店。死亡的是一名店員和一位顧客。犯罪現場已經封鎖起來了。」

「耶穌啊。才一大清早。」

「我們離那邊剛好很近。你可以走了嗎？」

她深吸了口氣，轉身回來面對狄恩。他已經放開她的手，儘管她想念他的碰觸，但現在她覺得比較堅強些，地震消失了，她腳下的地面又再度結實了。不過她還沒準備好要結束這一刻。他們上回在華府的道別太匆促了；她不會讓同樣的事情再度發生。她不會讓自己的人生像考薩克那樣，成為一部由後悔組成的悲慘歷史。

「佛斯特？」她說，雙眼還是看著狄恩。

「怎麼樣？」

「我不去了。」

「什麼？」

「讓其他人接手吧。我今天實在沒辦法。」

沒有回答。她回頭看了佛斯特一眼，看到他震驚的臉。

「你的意思是……你今天要請假？」佛斯特說。

「對，這是我第一次請病假。你有意見嗎？」

佛斯特搖搖頭大笑。「我只能說，早該請了。」

她看著佛斯特離開，聽到他走進樹林時還在笑。她等到佛斯特的身影消失在那些樹裡，這才轉身回來看著狄恩。

他張開雙臂；她走進他的懷抱中。

26

每兩個小時，他們會來檢查我的皮膚，以避免褥瘡生成。三張臉輪流出現：早班是阿米娜（Armina），晚班是貝拉（Bella），大夜班是柯拉蓉（Corazon）。我的ＡＢＣ姑娘，我這麼喊她們。對於那些觀察力不敏銳的人來說，這三個人很難區分，她們全都有光滑的褐色臉龐和悅耳的聲音。像是穿著白制服的菲律賓女郎合唱團。但是我看得出她們的差異。我可以看到她們走近我病床的不同方式，感覺到她們抓住我的軀體翻向一邊、在羊皮毯褥子上重新調整位置的不同手法。無論日夜，她們都必須幫我翻身，因為我自己沒辦法，而我身體的重量往下壓著床墊，會磨薄我的皮膚。這樣會壓迫我的毛細管，阻斷血液的養分供應，使得組織營養不良，變得蒼白脆弱且容易擦傷。一個小小的瘡有可能很快就化膿且變大，就像有隻老鼠在啃噬那些肉。

多虧ＡＢＣ姑娘，我沒有任何褥瘡——或者她們是這麼告訴我的。我無法確認，是因為我看不到自己的背部和臀部，肩膀底下也沒有任何感覺。我完全仰賴阿米娜、貝拉、柯拉蓉保持我的健康，而就像任何嬰兒一樣，我對於照顧我的人全神貫注。我審視她們的臉，吸入她們的氣味，牢牢記住她們的聲音。我知道阿米娜的鼻梁有點歪，貝拉的氣息老是有大蒜味，柯拉蓉則是有點口吃。

我也知道她們怕我。

當然，她們知道我為什麼來到這裡。在脊髓病房工作的人全都曉得我是誰，而儘管他們對我跟其他病人一樣客氣有禮，但我注意到他們不會注視我的眼睛，碰觸我時會稍微猶豫一下，好像要去碰一塊熱鐵似的。我常看到走廊上那些護士助理交頭接耳、不時朝我瞥一下的眼神。他們跟其他的病人聊天，問起他們的朋友和家人，但從來不會問我這類問題。啊，他們會問我感覺如何、是否睡得好，但頂多也就是如此了。

但是我知道他們很好奇。每個人都很好奇，每個人都想偷窺一下「外科醫生」，但他們怕太接近，彷彿我可能會忽然跳起來攻擊他們。於是他們只敢在門外迅速看我一眼，但是不會進來，除非職責所需。ABC姑娘會照顧我的皮膚、我的膀胱、我的肚腸，然後她們就趕緊逃走，留下惡魔獨自在巢穴裡，被他自己毀壞的身體困在這張床上。

所以也就難怪，我會這麼期盼歐唐娜醫師的來訪了。

她一星期來一次。帶著她的卡式錄音機和她的黃色橫格記事本，皮包裡裝著用來寫筆記的藍色原子筆。另外她還會帶著好奇心，無畏且不害羞地展露出來，像是展露身上的一件紅斗篷。她的好奇純粹是專業上的，或者她是這麼相信的。她把椅子移近我的床，把麥克風放在活動邊桌上，好錄到我講的每一個字。然後她身體前傾，脖子朝我伸，好像要把喉嚨獻給我。她的喉嚨很迷人。她是天生金髮，而且顏色很淡，她的血管在白皙的皮膚下透出精緻的藍色線條。她看著我，毫不害怕，問著她的問題。

「你想念約翰．史塔克嗎？」

「你明知道我想念的。我失去了一個兄弟。」

「兄弟？但你連他真正的名字都不知道。」

「警方也不知道，他們還一直問我。我幫不了他們，因為他從來沒告訴過我。」

「但是你在獄中一直跟他通信。」

「對我們來說，名字不重要。」

「你們兩個熟悉到可以一起殺人。」

「只有一次，在烽火台丘。我想，那就像是做愛。第一次，兩個人都還在學著要信任對方。」

「所以一起殺人，就是了解他的一種方式？」

「還有更好的方式嗎？」

她抬起一邊眉毛，彷彿不太確定我是不是在開玩笑。但我是認真的。

「你剛剛說他是兄弟，」她說。「這是什麼意思？」

「我們兩個人之間有一種連結。一種神聖的連結。要找到完全了解我的人好困難。」

「我可以想像。」

我很注意是否有任何一絲嘲諷，但從她聲音裡沒聽出來，從她眼裡也沒看出來。

「我知道這世上一定有其他人像我一樣，」我說。「真正的挑戰是要找到他們，跟他們聯繫。我們全都希望能跟自己的族類在一起。」

「你講得好像你是不同種的生物。」

「爬蟲智人。」我嘲弄道。

「你說什麼？」

「我讀到過，人類的腦子有一部分可以追溯到爬蟲類的起源。這部分腦子控制了我們最原始的功能。戰鬥與逃跑。交配。侵略。」

「啊。你指的是舊皮質。」

「是的。在我們變成文明的人類之前便有的腦子。它沒有情緒，沒有良知，沒有道德。就是你在一條響尾蛇的眼睛裡面所看到的。人類腦子的這個部分，會直接回應嗅覺的刺激。這就是為什麼爬蟲類對氣味的感覺這麼敏銳。」

「沒錯。以神經學來說，我們的嗅覺系統跟舊皮質密切相關。」

「你知道我的嗅覺向來非常厲害嗎？」

一時之間，她只是注視著我。再一次不曉得我是認真的，或只是為了她而編出這套理論——因為她是神經精神學家，而我知道她會欣賞這樣的理論。

她的下一個問題顯示她決定把我的話當真：「約翰．史塔克的嗅覺也很厲害嗎？」

「我不曉得。」我專注地瞪著她。「現在他死了，我們永遠也不會知道了。」

她審視著我，像是一隻就要猛撲過來的貓。「你看起來很生氣，沃倫。」

「我難道沒有理由生氣？」我往下看著自己無用的身軀，死氣沉沉地躺在羊皮毯褥子上。我甚至不再把它想成我的身體了。為什麼要呢？我感覺不到它。那只是一團陌生的肉體而已。

「你是氣那位女警。」她說。

這麼明顯的陳述根本不值得回應，所以我沒吭聲。

但是歐唐娜醫師所受的訓練是要瞄準感情，把傷疤組織剝開，露出底下疼痛而帶血的傷口。她聞到了苦惱情緒的氣味，這會兒就進一步又扯又刮又挖。

「你還會想到瑞卓利警探嗎？」她問。

「每天都會。」

「想到什麼？」

「你真的想知道嗎？」

「我正在試著了解你，沃倫。了解你所想的，你所感覺的。是什麼讓你殺人的。」

「所以我還是你的小白老鼠，不是你的朋友。」

她頓了一下。「是的，我可以當你的朋友——」

「但是你來這裡的原因，不是為了要當我的朋友。」

「老實說，我來這裡是因為你可以教我。你可以教我們所有人：為什麼人類要殺人。」她湊得更近，輕聲說。「所以告訴我。把你所有的想法告訴我，無論這些想法有多麼令人不安。」

我沉默許久，然後輕聲說：「我有一些幻想……」

「什麼幻想？」

「有關珍・瑞卓利。有關我想對她做些什麼。」

「告訴我吧。」

「那些可不是美好的幻想。我很確定你會覺得很受不了。」

「無論如何，我還是想聽。」

她的雙眼中有一種奇異的光芒，彷彿從裡頭點亮了。她臉上的肌肉因為期待而繃緊。她憋著呼吸。

我凝視她，心裡想著：啊是的，她想聽。就像其他每個人一樣，她想聽每個黑暗的細節。她宣稱自己的興趣只是學術上的，說我告訴她的僅供研究之用。但我看到她雙眼中急切的微光，聞到了她興奮的費洛蒙氣味。

我看到了爬蟲類，在籠子裡被喚醒。

她想知道我所知道的。她想在我的世界裡行走。她終於準備好要開始這趟旅程。

現在該邀請她加入了。

Storytella 87

門徒

The Apprentice

門徒 / 泰絲.格里森作 ; 尤傳莉譯. -- 初版. -- 臺北市 : 春天出版國際, 2019.03

面 ; 公分. -- (Storytella ; 87)

譯自 : The Apprentice

ISBN 978-957-741-197-6(平裝)

874.57 108002758

ISBN 978-957-741-197-6

Printed in Taiwan

作　者　泰絲．格里森

譯　者　尤傳莉

總編輯　莊宜勳

主　編　鍾靈

出版者　春天出版國際文化有限公司

地　址　台北市大安區忠孝東路四段303號4樓之1

電　話　02-7733-4070

傳　眞　02-7733-4069

E－mail　frank.spring@msa.hinet.net

網　址　http://www.bookspring.com.tw

部落格　http://blog.pixnet.net/bookspring

郵政帳號　19705538

戶　名　春天出版國際文化有限公司

法律顧問　蕭顯忠律師事務所

出版日期　二〇一九年三月初版

二〇二一年七月初版四十二刷

定　價　420元

總經銷　楨德圖書事業有限公司

地　址　新北市新店區中興路二段196號8樓

電　話　02-8919-3186

傳　眞　02-8914-5524

香港總代理　一代匯集

地　址　九龍旺角塘尾道64號 龍駒企業大廈10 B&D室

電　話　852-2783-8102

傳　眞　852-2396-0050